Un parfum de cuir

Alice Collignon

Un parfum

de cuir

ÉDITIONS V.D.B.

Vous désirez recevoir notre catalogue...
Vous pouvez nous joindre
à l'adresse ci-dessous :

EDITIONS V.D.B.
Les Restanques
F.-84210 LA ROQUE-SUR-PERNES
e-mail : editionsvdb@wanadoo.fr

Vous pouvez également visiter notre site :

http://www.editionsvdb.fr

La Belle Fournière

Du four communal elle avait la clé.
Aux aurores elle se levait.
Pour entendre les sarments crépiter.
De ses commères elle recevait,
Pétris dans leurs grandes cuisines,
Tartes aux croisillons entrelacés,
Pains et fougasso bien levés.
Elle arrivait de son Piémont,
La « Belle Angeline »,
Pour, de son courage et sa beauté,
Eclairer « le four » de Bargemon...

Alice Collignon

Introduction
comme au début du siècle

En découvrant cette région du département du Var, le voyageur ne peut s'imaginer qu'en 1900 les villages de Flayosc et Bargemon étaient de grands centres de fabrication de chaussures. Les hommes et les femmes y travaillaient en chantant, les villageois des alentours venaient y apprendre leur métier de cordonnier. Il n'y avait pas d'usines mais des « ateliers », où l'on coupait, clouait, piquait le cuir.

Assises devant leurs portes, tout en bavardant, les femmes cousaient à la main les « tiges » des chaussures.

1

Olivia Bonnefois était une brune énergique. Grande, mince, un front intelligent. Elle avait fait un petit héritage à la mort de son père qui exploitait une carrière de pierre à Bargemon. Depuis longtemps elle mûrissait son plan : posséder un atelier de chaussures ! Son mari, Ernest, secouait la tête quand elle lui disait :

— Tu te sens le courage d'avoir un atelier ?

Il lui répondait :

— Je suis trop bête !

— Qui a dit que tu étais bête ?

— Je ne sais pas commander, je suis trop brave…

Et il la méritait bien, cette expression méridionale, « être brave », être bon ! Il aurait donné sa chemise et n'aurait pas su sévir.

— Si tu avais assez de courage, tu pourrais t'installer.

— Tu sais bien que nous ne pouvons pas…

Après les obsèques de son père, ayant perçu son héritage chez maître Peyrard, Olivia avait décidé de garder l'exploitation de la carrière. Ce qui lui ferait un revenu pour acheter ses cuirs aux tanneurs de Draguignan, à moins que ce ne soit chez Albert Plauchud Fils ou Vaillant, à Barjols. Le brave Ernest était un peu effrayé.

— Qu'est-ce qu'ils vont dire ?

— Je m'en moque. Si demain tu étais malade, personne ne paierait le boucher ou le docteur pour nous !

Le marchand « crépin » de Draguignan était connu pour sa probité, s'il le fallait il attendrait un peu pour les paiements…

Mais la liste était longue : une grande table recouverte de zinc pour le coupeur, les formes en bois, le pied « col de cygne », l'enclume pour le montage des chaussures, des centimètres, des « tranchets », des fers de cordonnier « marque-points », sans oublier les grandes pinces en bois pour tenir le travail.

Des râpes, des gouges, des limes, des emporte-pièce, des pieds à coulisse, des alênes plus ou moins fines, de la cire, de la poix, des œillets et des clous de toutes sortes, jusqu'aux « caboches » à grosse tête carrée, clous à crampons. Les lampes à alcool pour chauffer les fers ou la colle. Penser aux tenailles, et le fil, les marteaux à clouer, ceux à rabattre ou le tire-forme !

Ne pas oublier quoi que ce soit, ni l'établi, le *veyadou* [1], avec son globe à eau pour l'éclairage. Même en commençant modestement, c'était un inventaire à n'en plus finir. Il fallait aussi passer par les tanneurs. Ceux de Barjols étaient les plus connus, mais celui d'Aups était compétent, alors que ceux de Draguignan étaient les plus près, en plus de ceux de Bargemon.

Tous ces outils n'étant que de la quincaillerie, ils ne posaient pas de problèmes à Olivia, mais les cuirs ? Les peaux, comment les sélectionner ? Tout dépendait de la chaussure à fabriquer. Pour de la chaussure d'usage, pour un berger qui faisait de longues marches ou pour un homme de la carrière, il lui faudrait un bon cuir gras « côté chair ».

S'il s'agissait de chaussures du dimanche ou pour aller au Cercle, il faudrait un cuir souple, régulier. Alors que pour les bottines un cuir « côté fleur » ou du « box-calf », fait avec

1. *Etabli de cordonnier, de* veyado, *« veillée » ou « veilloir » en français.*

des peaux de jeunes veaux, serait le fin du fin, élégant.

Entourée depuis son enfance par les cordonniers, elle allait d'un atelier à l'autre. De la place Saint-Etienne à la route de Draguignan où se trouvait l'atelier de Blanc, en face du chemin de Couchoire, près du vieux lavoir. Puis chez Béraud Alfred en montant à droite, à Notre-Dame-de-Montaigu, pour finir chez Digne.

Elle se renseignait. Le soir, éclairée par sa lampe à pétrole, tardivement, elle alignait des colonnes de chiffres, sur un cahier d'écolier, elle savait qu'elle ne serait pas dérangée par les curieux.

— J'ai vu de la lumière hier soir chez toi, tu étais malade ?

— Non, je raccommodais.

— Si tard ?

— Oui, comme ça je suis tranquille dans la journée.

Elle n'allait pas dire ses projets à sa voisine. Son cahier s'emplissait de termes de cordonnier, *première, semelle, bout rapporté, tige, claque, glissoir, doublure*. Ah ! la doublure serait en chèvre, en mouton ou en cheval. Et Olivia continuait, *contrefort, trépointe*, pour passer à un grand dessin qui ressemblait à une bête écartelée. C'était en fait une peau, avec ses quatre pattes, ou ce qui figurait une peau. Découpée comme une carte de France avec ses départements, plutôt ses provinces, qui se trouvaient être les catégories des cuirs, selon leur finesse ou leurs usages.

Le dos était la première qualité, le « croupon », puis venaient le « collet dos », le « collet col » et les cuirs à semelles, le « flanc ». Suivaient les « pattes avant », les « pattes arrière », pour terminer par la « tête », la dernière catégorie. Olivia répétait ses leçons, en numérotant de petits bouts de cuir qu'elle avait glanés par-ci, par-là, soi-disant pour fermer une « lapinière », elle s'en servirait en guise de charnière ou ce serait pour l'anse d'un panier quand ce ne serait pas une tapette pour tuer les mouches. Le soir, Ernest lui faisait répéter sa leçon. Mélangeant les morceaux de cuir, les rugueux, les grainés, les lisses, la questionnant sur leur qualité…

— Pourquoi nous appelle-t-on des cordonniers ?

— A cause de la ville de Cordoue, en Espagne, célèbre pour ses cuirs en peau de chèvre.

— Et pourquoi le marocain, pour les portefeuilles ?

— Parce que ça venait du Maroc. C'est de

là que vient le mot « maroquinerie ».

— Et quelle est la date de la fête des cordonniers ?

— Le jour de la Saint-Crépin, le 25 octobre.

Enfin, Olivia se sentit prête pour le grand jour.

La Saint-Michel, le 29 septembre, était depuis des temps immémoriaux le jour où l'on renouvelait les baux de location en Provence et bien entendu le jour des déménagements. On ne voyait pas passer une charrette, un charreton avec un matelas ou une armoire, sans entendre dire :

— Eh ! Vous faites Saint-Michel ?

Il avait fallu vider entièrement la grange. Olivia riait.

— On nettoie un peu.

— Vous allez faire un appartement ?

— C'est une surprise.

Les araignées avaient été chassées, le bâtiment lavé à grande eau ; la fontaine était juste en face. Le soir, Olivia et son mari étaient éreintés. Ernest avait sous les toits son atelier, ce que l'on appelait un « boutigon », du provençal *boutigue,* soit boutique ou plutôt échoppe, près du ciel et du soleil pour y voir clair dans le travail.

Tout Bargemon résonnait des chansons scandées par les marteaux en haut de chaque maison, pendant qu'Olivia allait commander sa table de « coupeur » chez le menuisier, sur la route de Seillans. Pour cela, elle devait passer devant le Cercle des Travailleurs, qui à cette heure matinale n'était pas ouvert. Elle avait bien rencontré quelques femmes qui s'étonnaient de la voir si pressée. Si elles avaient su qu'elle avait aussi commandé de grandes portes vitrées pour sa remise, elles n'en seraient pas revenues. Le menuisier avait juré le secret, il ne voulait pas perdre sa pratique. Son voisin était le fabricant de charrettes, qui encombrait toute la rue avec son matériel, ils étaient bons amis mais parfois on entendait des éclats de voix…

— Si tu veux, tu n'as plus qu'à t'installer chez moi…

— J'attends que tu fasses faillite !

— Ce n'est pas demain, grand couillon !

Ils ne se parlaient pas d'un jour ou deux, mais quand le soir ils entendaient le claquement des boules pour la partie de pétanque, ils laissaient de côté leur rancune. Comme les cordonniers, ils quittaient leur tablier de cuir pour se rendre au terrain de jeu. C'était alors des :

— Tu l'as vue, celle-là ?

17

Et la partie finie, ils revenaient côte à côte, parlant « point » ou « bouchon ».

Route de Seillans, Olivia repassa devant le Cercle des Travailleurs. Pour en faire partie, il fallait payer une cotisation de dix sous. On n'acceptait pas les feignants, on connaissait les anciens et on les honorait. On laissait une chaise vide, réservée, quand un vieux entrait se retremper dans cette ambiance joyeuse. Trois patrons s'y retrouvaient aussi le soir, ce qui inspirait des réflexions à leurs concurrents qui, plus « arrivés » ou voulant « arriver », allaient au Cercle des Pimparins [1], dont le siège était au rez-de-chaussée de l'hôtel du Commerce, sur la place de la Convention. C'était le cercle des notables, des bourgeois ! Il fallait s'y faire voir, avec le notaire ou le médecin, quand il avait le temps d'y entrer. On y voyait plus de canotiers que de casquettes.

Au Cercle des Travailleurs, on jouait aux cartes ou on lisait le journal. Ils étaient plus républicains que socialistes ; les anciens parlaient encore du « coup d'Etat de 1851 ». Aux cercles se rencontraient plutôt les hommes ayant une activité dans le village, les cultivateurs étaient plus dispersés. Mais il y avait

1. *Mésanges.*

18

aussi « la Chambrée [1] », elle était située à l'opposé du Cercle des Pimparins, à l'autre bout de la place, comme pour les narguer. Là était le rendez-vous des cordonniers des villages voisins. Ceux de Claviers, qui rentraient à pied chez eux, mais surtout les Piémontais y venaient le soir après le travail. Ils avaient loué un grand local, avaient acheté des provisions et leur boisson. Parfois ils cuisinaient, sur un gros poêle à bois, des plats de leur pays. Ils se servaient, faisaient le ménage à tour de rôle ou en équipe, ils voulaient rester entre eux, entre cordonniers, gens de la même corporation.

La Chambrée était ouverte le samedi soir, mais bien souvent, le dimanche, ils allaient rejoindre leurs amis au Cercle des Travailleurs. Ils se liaient d'amitié avec les paysans qui montaient à Bargemon et, après avoir lu *Le Petit Var* ou *La Provence républicaine,* commençaient les éternelles discussions sur la politique, sur les patrons, quand ça ne finissait pas sur une *Internationale* chantée à tue-tête. Alors qu'à la Chambrée les chansons du pays, piémontaises, étaient reprises en chœur au son

1. *La « Chambrée » était aussi le nom d'un club politique au XIXe siècle.*

d'un accordéon qui jouait des valses aux résonances presque tyroliennes.

Olivia connaissait tout cela. Ils étaient courageux et gais, tous ces Piémontais. Ils avaient laissé au pays leur famille. Certains, célibataires, faisaient des sourires avantageux aux filles du village. Ils étaient acceptés parce que réguliers dans leur travail.

Il n'y avait pas de jalousie féminine. Rares étaient les Italiennes, les quelques femmes installées à Bargemon au cœur du village restaient chez elles, ne travaillaient pas dans les ateliers où seules les filles et femmes de cordonniers du pays allaient chercher de l'ouvrage, le plus souvent le montage des tiges, qu'elles tenaient sur de grandes pinces de bois calées entre leurs genoux. Ce qui laissait libres leurs deux mains pour tirer le fil poissé, le ligneul, faire les coutures, poser les rivets ou les œillets pour le laçage.

Olivia rentrait chez elle, contente de sa commande au menuisier, souriant de la curiosité que causaient ses allées et venues.

Bargemon était éclairé par le soleil couchant. Peu à peu les femmes rassemblaient leur petit outillage. Les enfants après la sortie de l'école venaient les aider à rentrer les chaises ou les grandes pinces en bois, qui bien souvent leur arrivaient presque au bas du menton. Les travailleuses suivaient le rayon de soleil, déplaçaient leurs chaises au fur et à mesure que celui-ci éclairait ou réchauffait un angle de rue, une placette.

La rue s'animait, les odeurs de soupe aux légumes ou de farcis [1] s'échappaient par les fenêtres ouvertes. Leur journée finie, les femmes s'interpellaient d'une croisée à l'autre derrière les volets à lattes ou commençaient de longues parlotes sur le pas de leur porte, en attendant que les hommes rentrent du travail. S'ils tardaient trop, elles envoyaient un garçon, de préférence, voir si le père n'était pas au Cercle.

Il y avait surtout des discussions dans tout le village pour savoir si enfin un jour on verrait le train de la compagnie Sud-France arriver à Bargemon, venant de Draguignan en direction de Nice, passant par Grasse, pour emporter leurs chaussures vers les grossistes qui les exporteraient. Depuis qu'ils le promettaient, messieurs les Députés, messieurs les Sénateurs, même Clemenceau en avait parlé !

Il la leur fallait pour la gare de Bargemon, cette extension, pour écouler leurs chaussures

1. *Légumes farcis.*

21

vers une grande gare du PLM [1] et la Compagnie générale transatlantique à Marseille, à Nice, qui les enverraient vers l'Afrique, l'Algérie, l'Australie, même à Paris où les agents de police, les « hirondelles », avaient aux pieds les bottines noires faites à Bargemon. Si le rêve tardait à se réaliser, les discussions pour savoir sur quel terrain passerait la voie, qui serait exproprié, à combien s'élèveraient les dédommagements, ne tarissaient pas depuis le 17 août 1885, où une loi avait approuvé la convention entre monsieur le ministre des Travaux publics et monsieur Rey, président de la commission de la Société marseillaise de crédit, pour un montant de 27,4 millions de francs (or), par actions de 500 francs à 5 % l'an…

La voie Draguignan-Meyrargues avait été réalisée en plusieurs tronçons de sept à neuf kilomètres par des sociétés privées, passant par Flayosc, Villecroze et Aups, desservant Salernes et Sillans-la-Cascade. Le 22 mars 1889, un train spécial sur voie unique était parti de Meyrargues pour Draguignan, avec deux cents invités à bord, tiré par une petite locomotive de type « 03 » à tender séparé.

1. *Paris-Lyon-Méditerranée.*

C'était le train du « Far West » de Provence, le fameux « Train des Pignes [1] ».

Plus tard, l'ingénieur de Polytechnique Félix Martin lancera l'idée d'une voie ferrée Saint-Raphaël-Toulon, le long du littoral. En reconnaissance, la ville de Saint-Raphaël en fera son maire. A Bargemon, on attendait toujours la voie « marchandises ». On entendait, au conseil municipal :

— Oui ! Entre Cotignac et Taradeau, ils vont la faire passer avant chez nous, parce qu'il faut que monsieur de C. puisse arriver plus vite à son château, quand il viendra de Paris…

— Et nous alors ?

— Il y en a que pour les gros !

Et le vent de colère montait, tous attendaient les élections pour pouvoir s'exprimer.

Petit à petit, dans ce village qui avait été un gros bourg niché dans un cirque de verdure, au climat méditerranéen, aux sources chantantes, s'étaient implantées des fabriques de chaussures, de trois à quatre ouvriers, pour en avoir une quarantaine, hommes et femmes, en 1896, et enfin arriver à trois cents employés et patrons en ce début de siècle. Avec les comman-

1. *Pommes de pin.*

des pour l'armée, la guerre de 1870 avait amené une véritable manne sur le village.

Les ouvriers cordonniers étaient habituellement de Bargemon. Leurs femmes et leurs filles travaillaient avec eux, en faisant le plus délicat, les coutures à la main ou la pose des œillets. Au fur et à mesure étaient venus les gens des villages d'alentour, soit de Claviers, de Flayosc, ou des départements voisins, Basses-Alpes et Alpes-Maritimes, et en 1876 ce fut au tour des premiers ouvriers italiens d'arriver.

Les « fabriques » étaient la plupart du temps de grandes pièces où travaillaient deux ou trois personnes. L'atelier, une pièce tout en haut sous les toits, afin d'avoir le plus de clarté possible pour une longue journée de travail qui commençait bien souvent à quatre heures du matin et se terminait quelquefois à neuf heures du soir.

Là, au milieu des « tranchets » pour couper le cuir, des « tiges » et des « formes » en bois où prendraient tournure les chaussures en attente de leur finition, se tenait le cordonnier, ses pieds arc-boutés, appuyés sur les barreaux de son *veyadou*, cette petite « table-établi » encombrée de râpes, de clous, de poix, et d'éclats de vitre parfois. Tout ce qui lui servait à finir, polir le tour de ses semelles.

Usant sa vue à l'éclairage du globe de verre empli d'eau qui, face à la bougie allumée ou la lampe à pétrole, lui reflétait une lumière crue, pour coudre, bien assis sur sa chaise basse aux pattes sciées, comme celles de son établi, le gros soulier à soufflet, dit « napolitain », ou la lourde chaussure de fatigue, « l'article de Bargemon », qu'attendaient les bergers des Alpes, les armées d'Afrique, d'Algérie, et l'Egypte, sans oublier l'Amérique.

C'était tout cela, Bargemon. Les « maîtres cordonniers » savaient faire une chaussure depuis ses mesures, sa coupe, jusqu'à ses finitions les plus délicates, même le cloutage. Certains y faisaient des fantaisies, plantaient leurs clous en forme de losange et même y ajoutaient au centre un plus gros, une « caboche » à tête carrée, c'était leur signature !

Les Italiens étaient tous piémontais, de Pinerolo, de Mondovi, de San Damiano ou de Carrù. Ceux qui avaient eu le courage de franchir les Alpes connaissaient leur métier et étaient vite embauchés. Leur dialecte était cousin du provençal, ils n'avaient pas besoin d'interprètes dans les villages du haut Var ou dans les Alpes-Maritimes, car dans certaines vallées italiennes on ne parlait, par quel miracle, que le provençal, l'ancienne langue d'oc.

Il y avait entre eux, avec leurs « patrons cordonniers », une sorte de compréhension de leur confrérie qui n'existait pas ailleurs. Ils partageaient tout, et après le travail, le jour de repos, ils se retrouvaient bien souvent pour un repas de famille, un baptême ou une partie de plein air, partageant leurs victuailles. Même en habitant le village ils mangeaient parfois ensemble à la « fabrique » et tous les matins l'un d'eux lisait le journal à haute voix.

Le coupeur préparait avec son tranchet le travail sur sa table recouverte de zinc et il distribuait les fournitures à chacun. Les femmes venaient chercher les tiges qu'elles cousaient chez elles à la main ou à la machine à coudre de l'atelier, ce qui était encore rare. Tous étaient plus ou moins payés à la journée, mais le plus souvent à la paire de chaussures. Un ouvrier pouvait arriver à « monter » et à finir une paire par jour chez lui. Certains en faisaient huit ou neuf par semaine.

Combien de fois avaient-ils tiré leur fil, le ligneul, qui avait été passé sur la poix afin de le rendre plus résistant, pour coudre solidement ces semelles qui affronteraient les rudes chemins montagnards ou, là-bas, cette Afrique lointaine ?

Depuis des années Olivia Bonnefois, elle

aussi, cousait des tiges, assise devant sa porte. Elle avait un sacré culot ! Aller s'installer à l'angle de la place Saint-Etienne ! Alors qu'à l'autre bout, face au soleil et au village de Claviers, se tenaient assises contre le mur de la grande maison bourgeoise ses amies de toujours, tricotant au crochet les couvertures de coton ou attentives à leur travail de piqueuses.

La piqueuse préparait sa tige comme une couturière « bâtissait » son patron, puis, perçant le cuir avec l'alêne, elle s'appliquait à en coudre les épaisseurs avec les fils au bout effilé, enduit de cire et de poix, les croisant, les tirant avec ses deux mains, un dessus, un dessous, avec une telle régularité qu'une machine n'aurait pas mieux fait. Il lui aurait été impossible de bâtir ou coudre les semelles au-dessus, elle n'en aurait pas eu la force, c'était le travail d'un homme. Avoir le courage de rejoindre Olivia, c'était abandonner le mari avec qui chacune travaillait mais aussi aller au-devant de nouvelles fâcheries.

2

Apollonie Testard, plus têtue et réjouie que jamais, était partie de bon matin des Roures [1], la demeure de son amie Léocadie Roux, pour rendre visite à sa filleule Violaine. Elle voulait lui faire la surprise et une visite, dans la maison du notaire son père, place Moreri. La route sinueuse, boisée de pins, était un régal. On apercevait dans la trouée le village de Claviers, ainsi qu'au-delà la brume s'élevant au-dessus de la mer, qui faisait par endroits une barrière gris argent, dans le ciel coloré de rose et d'or par le lever du soleil.

Apollonie avait pris le raccourci qui arrivait devant l'ancien champ de foire. Les toits de Bargemon, la vieille tour du Clos, restant de l'enceinte de 1589, étaient dorés dans l'éclai-

1. « *Les Chênes* », *en provençal.*

rage matinal. La rue qui descendait en pente douce passait devant la chapelle de Notre-Dame de Montaigu, qui datait de 1609, où se trouvait la Vierge miraculeuse, statuette de bois rapportée de Montaigu, en Belgique, par le père Gache en 1635 et déposée dans la chapelle Notre-Dame-de-l'Annonciation, de la confrérie des Pénitents blancs. Guérisons et miracles y avaient été nombreux à partir de cette date.

Apollonie, pressée, pensait bien brûler un cierge en revenant. Elle avait en tête d'organiser une kermesse où sa filleule serait à la première place, pour lui trouver le mari idéal. Il lui fallait rencontrer monsieur le curé, les dames patronnesses de Bargemon et leur demander d'ouvrir leurs escarcelles, ce qui ne serait pas facile. Madame la notairesse Gisèle, surprise d'entendre le bruit du heurtoir de cuivre contre la porte d'entrée, ouvrit elle-même.

— De bon matin !

— Oui, j'ai préféré venir tôt, avant la chaleur. Violaine est-elle là ?

— Bien sûr. Où voulez-vous qu'elle aille à cette heure-ci ?

— Se promener, c'est le meilleur moment de la journée.

— Je sais que vous êtes infatigable.

Gisèle portait un élégant déshabillé ivoire, garni de dentelle.

— Excusez-moi, je ne suis pas encore habillée.

— Tu es ravissante, dommage que personne ne te voie.

— Vous allez me faire rougir, entrez...

Elles étaient passées dans une pièce mi-salon, mi-boudoir où se trouvait Violaine, appuyée contre le montant de la fenêtre.

— Vous, marraine ! Que vous arrive-t-il ?

— Je viens te voir, mais que fais-tu toute seule ?

— Je contemple le paysage, je ne m'en lasse jamais.

Ce que l'on apercevait ne pouvait se voir que par les fenêtres nord des maisons de la place Moreri. Un magnifique cirque était là, avec ses pentes en courbes douces, étagées de *restanco* [1] et de bastides isolées, nichées bien à l'abri des vents, surtout de la cisampo, le vent cisalpin. La tramontane venant du Ventoux ne pouvait arriver jusque-là, ni le levant-gregau, ce vent grec qui souffle de l'est au sud, ou le levant, qui amenait la pluie, ni l'au-

1. *Murets de pierre retenant une bande de terre. Restanques, en français.*

31

tan, ce vent des hautes mers… Même le mistral, *lou mistrau,* le maître, ne pouvait passer. Ce n'était pas pour rien que les Romains s'étaient installés là, bien des siècles plus tôt.

— C'est vrai, c'est impressionnant. Il paraît que c'est aussi beau que la Grèce, mais je ne suis pas venue pour te parler de paysage.

— Et de quoi donc ?

— D'une kermesse. Il faut un peu réveiller Bargemon. J'ai un plan, j'espère qu'il te plaira.

— Je parie que vous voulez encore me marier !

— Et pourquoi pas ? Il y a de beaux partis dans la région.

— Vous croyez ?

Et Violaine partit d'un grand éclat de rire.

A quelques mètres de là, il y avait un rassemblement. Les femmes, leurs brocs à la main ou avec leurs seaux, laissaient déborder l'eau claire qui jaillissait de la fontaine, place Saint-Etienne. Elles ne pensaient plus au repas qui mijotait sur un coin du « potager [1] » ou sur le côté d'une petite cuisinière en tôle noire aux garnitures de laiton. Elles étaient là, le nez en l'air, regardant Honoré le menuisier perché

1. *Plan de travail… pour préparer le potage !*

sur son échelle, en train d'aider son apprenti à poser une belle enseigne au-dessus de la porte de ce qui avait été la remise d'Olivia Bonnefois.

Sur un fond vert, de la même couleur que les bancs de la promenade aux magnifiques platanes, se détachait en lettres du plus beau jaune : *La Bargemonnaise.* En dessous, *Chaussures cousues main,* et sur un côté, en belle anglaise : **Olivia Bonnefois, Propriétaire.**

Olivia était là, surveillant la pose de cette enseigne qui allait faire parler d'elle. Quand elle fut sûre que tout allait bien, elle se retourna vers les femmes et leur dit en riant :

— Alors, ça vous plaît ?

Elles restaient médusées. Enfin « Jeanne la Rousse », qui avait son franc-parler, lui répondit :

— Je crois que tu t'es bien fichue de nous, avec ton appartement…

— Je ne vous ai jamais dit que ce serait un appartement ! Vous m'avez demandé si je faisais des travaux, je vous ai répondu oui. Si je vous avais tout raconté, vous n'auriez plus eu de surprise.

Petit à petit, les mains rougies par l'eau fraîche, elles s'approchaient.

— Et comment vas-tu faire, toute seule ?

— Qui vous a dit que j'étais seule ?

— Mais c'est écrit, « Olivia Bonnefois »...

— Je suis Olivia Bonnefois, propriétaire.

— Et Ernest ?

— Ernest, c'est mon mari, la maison est à moi. Il a voulu que l'atelier porte mon nom, c'est simple.

— Et il va travailler pour toi ?

— Non ! Il va travailler pour lui. Comme d'habitude, en attendant de retourner chez Blanc.

— Mais comment vas-tu faire ?

Les questions fusaient de tous côtés. Les contrevents s'ouvraient, des hommes arrivaient sans se presser, mais curieux eux aussi. On entendait :

— Elle s'est bien moquée de nous ! Il va lui falloir un coupeur, puis un monteur...

Un autre ajoutait :

— Ernest est un bon ouvrier, il fait même du fin.

— Et les tiges, qui les piquera ? Il ne faut pas oublier que les soufflets aujourd'hui doivent être piqués à la machine. S'il faut qu'elle paie à droite et à gauche, elle n'a pas fini !

— Elle va vite boire le bouillon !

Olivia devinait toutes ces discussions, Ernest, lui, s'enfermait dans son mutisme. Il avait un peu peur de cette jalousie.

« Et si tu manges ton héritage ? lui répétait-il. Moi je travaillerai toujours, mais toi ?

— J'ai tout prévu. N'oublie pas que j'étais la première en calcul à l'école et que les problèmes, je les avais toujours finis avant les autres. Mon père me faisait faire le compte des tombereaux de pierres et la paie des ouvriers quand j'avais douze ans. Il disait que j'étais le chef de chantier de la carrière. »

Ernest admirait sa femme. Leur couple, qui aurait pu passer pour disparate tellement ils étaient de caractères opposés, était soudé par un amour d'enfance. Déjà sur les bancs de l'école communale, un jour il avait osé lui donner un petit papier plié en quatre. Intriguée, Olivia l'avait glissé dans son livre d'histoire et avait lu *Je veux me marier avec toi*. Ils avaient treize ans. Elle ne l'avait pas regardé, mais elle n'avait pas boudé. Depuis ce jour, Ernest avait travaillé encore plus sérieusement et à quatorze ans il avait voulu aller s'embaucher chez Blanc, l'atelier installé en face du chemin de Couchoire.

S'il savait faire, monter, terminer, même clouter une chaussure, Ernest n'était pas coupeur. Le coupeur était souvent maître cordonnier et devenait le patron, le propriétaire d'un petit atelier. S'il n'était pas le patron, il faisait office de chef d'atelier. Il distribuait le travail, contrôlait ou guidait les débutants. Il n'en était pas plus payé pour autant, mais on respectait son savoir. Olivia avait rencontré Elie Dumas au cimetière, il avait accepté de l'aider. Il viendrait couper quelques paires de tiges le soir et avait consenti à n'être payé que plus tard, quand l'argent serait rentré.

Olivia avait toujours eu un but : réussir. Avoir son atelier, se battre contre tous ces hommes qui abusaient du travail des femmes, les payant moins que le prix officiel. Elle connaissait les tarifs et règlements, aux environs de 3 francs par jour pour les hommes, plutôt moins que plus. De 1,50 à 2 francs pour les femmes, alors qu'à Flayosc, cet autre village du Var où régnait aussi la chaussure, où les cordonniers et ateliers étaient plus importants, les ouvrières arrivaient à être mieux payées : près de 1 franc de plus par jour, et cela, tout le monde le savait ! « Si tu n'es pas contente, va à Flayosc », disait-on dans les ateliers.

Olivia Bonnefois avait décidé de payer plus cher le travail fourni.

Dans le village, on l'appelait « maître Bradamante », mais son prénom était Gian-Baptiste. Il dirigeait d'une main de fer le domaine de la Bastidane, grande ferme allongée aux toits de tuiles délavés par les ans, abritée sous de grands platanes. Trois cyprès sombres montaient la garde au début du chemin. Ils étaient là pour accueillir les visiteurs en guise de bienvenue, entre la Barre des Fées et la chapelle de Favas.

Haut en couleur, par sa stature et par le bon vin de son cru, Gian-Baptiste Bradamante donnait une idée de sa volonté orgueilleuse dès que l'on avait croisé son regard gris acier. Il avait réussi à arracher à une terre ingrate, sèche et caillouteuse, plusieurs hectares de vignes au rendement jamais vu à Bargemon. Levé à l'aube, il ne rechignait pas au travail. Combien de fois ses mains calleuses avaient-elles ramassé les pierres sèches des *restanco* écroulés ? Combien de gestes pour remonter les vieux murs de soutènement, sans compter les journées de labourage ?

Il était retourné dans son Piémont natal, à Canale près d'Asti, pour y chercher des plants de vigne, des cépages de barbera et de grignoli. Après plus de vingt ans, il voyait son travail récompensé, de belles vignes au soleil dont les fruits mûrissaient doucement sur les flancs de la colline provençale.

Sa femme Domenica, toujours vêtue de noir, n'avait qu'à s'incliner quand il avait parlé. Seul Giuseppe, l'aîné des fils, avait grâce devant lui. D'un esprit vif et sournois, il savait tout ce qui se passait. Lorsqu'il n'était pas certain d'un fait, il arrivait souriant, se renseignait d'un air détaché près des journaliers qu'employait son père. Il serait un jour le maître de la Bastidane. Tout serait à lui, même si le droit d'aînesse, ancestral en Italie, n'existait plus en France. Oh ! il y aurait bien à prélever les dots pour ses sœurs. S'il avait l'œil, le bon, on pourrait peut-être éviter les dots d'Agnès ou de Rose, si celle-ci allait au couvent.

Mais il y avait la mère, Domenica, qui sous son fichu noir et son air de bonté menait aussi d'une main ferme ses filles. Qui sait si elle n'arriverait pas un jour à influencer Gian-Baptiste ? Il est vrai qu'elle avait parfois son mot à dire, il ne fallait pas oublier qu'elle avait apporté en dot le pré dit de la « Madone-Dorée », à Canale. Qu'il couvrait tout un pan de colline et faisait l'envie de tout le village quand les paroissiens montaient en chantant avec force *Ave Maria* vers le petit oratoire illuminé par les cierges.

La vente de ce pré avait permis d'acheter, à

Bargemon, la terre des voisins, lorsque le père Giraud était mort. Cette terre, le jour où elle serait à lui, Giuseppe, il la ficherait en l'air et y planterait un nouveau cépage. Lui, il ferait de la « clairette », qui serait aussi légère et pétillante que le mousseux d'Asti dont son père était si fier.

Domenica Bradamante avait inculqué à ses filles le maintien, l'art de la cuisine, la broderie, mais aussi comment tenir la ferme, la lessive, et cuire le pain dans le grand four de pierre une fois par semaine. On faisait aussi les pâtes fraîches sur la grande planche enfarinée, les gnocchi à la pomme de terre, les ravioli, sans oublier les tagliarini, ces larges nouilles taillées à la main, d'où leur nom, mais le plat régional vraiment piémontais, c'était cette polenta de maïs, cuite dans la marmite en fonte noire, que l'on renversait sur la planche spéciale, comme un gros gâteau, et que l'on coupait avec un fil en belles tranches blondes. Alors Domenica servait religieusement à chacun la sauce faite avec les petites saucisses et les funghi-porcini, ces cèpes odorants de leur forêt. C'était un véritable rituel, chacun tendait son assiette mais on ne commençait à manger qu'après le bénédicité récité par Gian-Baptiste. Agnès, Lucia et Rose accompagnaient leurs parents dans cette prière, les garçons la murmuraient plus ou moins dans leur moustache. Giuseppe, lui, se disait que la polenta refroidissait.

Comme l'avait exigé le père, il y avait aussi le temps du travail à la filature. Les fragiles vers à soie étaient nourris très tôt le matin, étalés sur leurs claies de bambou, les *canisso,* attendant les feuilles de mûrier. Il fallait surveiller le moment de la ponte des graines qui s'achetaient, s'exportaient même, dans de petites boîtes rondes en fer, d'Italie, de Turquie et même de Chine ! Mais aussi apporter aux vers à soie branches de bruyère ou autres rameaux, pour qu'ils puissent y filer leurs cocons. Il arrivait parfois que des femmes fassent éclore les graines dans des sachets à la chaleur du creux de leur poitrine…

La peau fine et satinée, transparente, plissée, ils glissaient agiles entre les rameaux où ils tissaient leur dentelle d'un fin réseau léger, comme leur voisine l'araignée dans les poutres du grenier, puis discrètement ils s'y cachaient en s'enroulant sur eux-mêmes, laissant les fils qu'ils mâchaient se transformer en soie. Venait alors à la filature le travail du dévidage des cocons, le « décoconage », qui consistait à en tirer la soie fragile pour la mettre en bobines. Depuis des siècles, ces générations de femmes surveillaient les multiples phases de la production, du grainage aux cadres de toile remplis de la graine de la ponte, pour passer plus tard aux grands métiers à tisser d'où sortiraient les soieries les plus chatoyantes.

Son casse-croûte dévoré à belles dents, Matteo se rafraîchit à une source, la Doue, en arrivant au village de Bargemon. Qu'allait-il y trouver ? Quels refus ?

Il venait de Carrù, au Piémont, où ses parents avaient eu un commerce de ferblanterie-coutellerie avec une bonne clientèle. Leur maison de la Via Roma, recouverte de vigne vierge, faisait l'envie des voisins. Un soir, il avait sept ans, il n'oublierait jamais cette terrible nuit, il entendit les sanglots de sa mère, les supplications de son père :

« Pardon, je te demande pardon, Angela, nous n'avons plus rien ! »

Tout ce qu'ils possédaient était parti sur une table du cercle, à ce jeu de cartes infernal, le *cinque*[1], où les habitués guettaient avidement le joueur malchanceux...

1. *Cinq, en italien.*

« Continue ! Joue sur l'honneur ou ton parapluie, sa poignée est en argent ! »

Un vertige était passé dans les yeux de Stefano Bignante. Ce fut d'un geste mécanique qu'il posa son parapluie sur la table.

« Cinque ! »

Il avait perdu tout leur patrimoine et quitté le cercle sans se retourner. Le lendemain matin, Stefano Bignante avait ordonné à Matteo de l'accompagner. Inquiet de l'attitude de son père, l'enfant ne disait mot. Il frémit en arrivant devant l'échoppe de *Maestro* Filippo, le plus méchant cordonnier de la région. Stefano quitta Carrù le soir même pour la Suisse ; Angela travailla comme lingère, son mari ne rentra au pays qu'après de longues années pour recevoir son pardon.

A l'entrée de Bargemon, Matteo se rappela ce long apprentissage du métier, tellement dur pour un enfant de sept ans. Son certificat de maître cordonnier en main, ce fut à Mondovi qu'il trouva son premier travail grâce aux chaussures de dames à talons bobines qu'il avait parfaitement réussies. Autour de lui, à Mondovi, deux noms se murmuraient : Florence et Monaco.

Il choisit Monaco, où la langue ressemblait à l'italien. En entrant en gare de la principauté, le train poussa une sorte de cri, hurla, vida ses poumons d'acier dans une haleine monstrueuse. Un nuage gris qui sentait le charbon s'éclaircissait lentement, montant vers le ciel, ne laissant qu'un épais brouillard qui n'avait rien de commun avec les brumes matinales du Piémont. Des élégantes en tenue de voyage, les mains cachées dans des manchons de fourrure, gardaient leurs doigts bien au chaud ainsi que leur argent.

Devant la grande verrière face à la sortie attendait toute une foule d'hommes en livrée, chauffeurs aux guêtres de cuir, casquettes à visière vernie, tuniques bien coupées. Avec leurs moustaches conquérantes, ils avaient des allures martiales. Matteo les aurait pris pour des officiers du tsar, tellement ils étaient imposants près de leurs calèches ou omnibus…

Tout en haut du « Rocher », dans une ruelle aboutissant au Palais princier, rue des Briques, Matteo trouva la maison d'un « pays », Gino Caproni, qui lui proposa de le faire employer à l'hôtel de l'Hermitage, où il travaillait à l'entretien des chaussures de la clientèle, mais on n'avait pas besoin d'un deuxième cordonnier ! Une femme de chambre lui indiqua l'Eden Théâtre, là, il se retrouva entre deux coulisses avec un fauteuil dans les bras ; il était engagé comme « homme à tout faire », bousculé par des habilleuses et jeunes femmes en tenues plus que légères... Il entendit parler de la Provence, du Var, mais aussi d'un concours de chaussures à Monaco. Travaillant la nuit, il réussit à faire une paire d'escarpins en soie et fut tout étonné de recevoir le premier prix, la médaille d'or de la Principauté !

Le lendemain, il prit le train pour Toulon, pensant trouver du travail chez un Piémontais. En passant dans une rue étroite de la ville basse, une odeur de cuir le fit frémir. Ayant descendu les trois marches de la minuscule échoppe, il fut vite désenchanté, il n'y avait là que rognures et pointes émoussées. Son confrère lui indiqua Barjols, célèbre pour ses tanneries, le moyen le plus économique était de faire la route à pied... Avant de quitter la ville il admira le port, ses cuirassés, canonnières et avisos de toutes tailles, la flotte russe, qui était ancrée à Toulon, enviant les matelots aux cols carrés bleus ou blancs, les bérets avec des pompons rouges ou noirs. Matteo faisait le tour du monde sur place...

Les kilomètres défilaient sous ses semelles. Un soir, il dormit dans un campement de

bouscatiés [1] piémontais, bûcherons et char-
bonniers dont il partagea la *minestrone,* soupe
épaisse de légumes et de pâtes, puis reprit au
petit matin la route vers le nord-est, Barjols,
Draguignan, Bargemon.

Comment avait-il pu faire tout ce trajet,
Matteo ? Il se le demandait encore, épuisé de
fatigue… Barjols, avec ses fontaines jaillis-
sant de tous côtés, effaçait son désarroi, Plauchud et Vaillant étaient au complet. Il ne re-
gretta pas les odeurs nauséabondes de peaux
macérées dans ce tanin, extrait de l'écorce des
chênes verts, écrasée comme les olives d'un
moulin à huile.

Il continua jusqu'à Draguignan où nombreuses étaient les familles piémontaises, en
haut du quartier de la « Roque [2] » où se dres-
sait la grosse tour de l'Horloge.

Il avait l'adresse de l'aubergiste Pissicelli,
dans la rue de Gansard, sur un bout de papier
au fond de sa poche. Une odeur de *bagna-
caouda,* faite d'anchois et d'ail pilé dans de
l'huile d'olive, chauffée sur un brasero, arrivait jusqu'à lui, il imaginait les petits cardons

**1. *Bûcherons, en provençal, du piémontais
bosc, « bois ».***
2. *Le Rocher, en provençal.*

attendant d'être piqués par le bout de la fourchette, puis trempés dans la sauce mijotante. Il entendit chanter le « *Mazzolin di Fiori* [1] » de son Piémont, le pays était là… La colonie italienne vivait en bon voisinage avec les vieux Dracénois dont les ânes et mulets étaient attachés à un anneau de fer contre les portes des remises, après avoir passé la journée dans un champ de vignes ou d'oliviers sous lesquels poussait un maigre blé. De la rue de Trans à Portayguières en passant par la rue des Chaudronniers ou celle du Jeu-de-Paume on parlait italien et provençal, mais il n'y avait pas de place pour Matteo à la tannerie Belgrano ou chez Carpinetti.

Continuant vers Bargemon, où se trouvaient ses deux amis de jeunesse, Vassalo et Caglieri, il reprit la route en passant par ce vieux chemin de Grasse qu'empruntait Edmond de Sèguemagne, le fils du châtelain des Grands Seigles à Favas.

1. « *Petit bouquet de fleurs* », chant montagnard piémontais.

3

Matteo marchait sur une route empierrée, entre vignes et forêts, fermes isolées, tuileries, quand il vit Callas, serré autour de son clocher. Ensuite ce fut à l'entrée de Bargemon, cette source, la Doue, jaillissante de fraîcheur cristalline, chantante, il ressentit alors la faim au ventre et sortit son casse-croûte. Il admira le paysage, tout en reprenant la route. Un paradis s'ouvrait devant ses yeux, il se sentait chez lui. L'air était plus vif, c'était sa montagne, mais en moins impressionnant, ses villages aux maisons blotties les unes contre les autres.

Claviers émergeait comme une île entourée d'arbres, il voyait Bargemon, il arrivait. Matteo activait son pas, il ne ressentait plus de fatigue, la rue principale venant de Draguignan était vide, pas une âme devant la fontaine dont l'eau jaillissait d'un masque ancien, coulant claire comme l'eau de roche. Il passa devant un atelier de chaussures, fit un brin de causette avec un ouvrier italien qui lui dit :

— Attends un moment, ils sont tous allés voir la noce !

— Quelle noce ?

— Celle de Mathilde Vidal, des Grands Seigles, le château de Favas.

— C'est loin, Favas ?

— Non, quatre ou cinq kilomètres, mais ici c'est le mariage à la mairie. Vas-y si tu veux voir ça ; tu connaîtras le pays.

Curieux, il voulut l'apercevoir, cette noce provençale. Il comprenait pourquoi la rue était vide, même les lavandières du lavoir de Couchoire, tout près, avaient laissé leurs battoirs et leur linge. Il y avait foule place principale, ancienne place de la Convention, de chaque côté de la fontaine, pour attendre le cortège.

Une musique aigrelette puis douce et un roulement de tambourins arrivaient jusqu'à lui. Les musiciens vêtus de blanc portaient la *taïolo* [1] du pays, rouge, des jours de fête, avec un beau gilet fleuri, un chapeau noir, comme au Piémont.

1. ***Très grande ceinture, de plus de deux mètres.***

— Vive les novis [1] ! cria quelqu'un.

Les applaudissements crépitèrent, la petite charrette fleurie contournait la fontaine et montait vers le haut de Bargemon, pour prendre la route de l'ancien hameau romain fait de fermes, Favas. Les gens se dispersaient, chacun retournait à son travail, on parlait piémontais autour de Matteo. C'était l'heure du repas, un ouvrier, se rappelant sa propre arrivée, proposa :

— Viens avec moi à la Chambrée, elle est au bout de la place. Tu mangeras avec nous, ce n'est pas loin du Cercle.

La gorge de Matteo se contracta, devint sèche, il se rappelait son père et les jeux d'argent, il ne pouvait parler. Il suivit son compagnon. La Chambrée n'était ouverte que les samedis et dimanches. Matteo suivit Luigi Allione.

D'une belle marmite de polenta montaient des « cloc-cloc », pendant qu'un ouvrier la tournait avec un morceau de manche à balai, le bras entouré d'un vieux torchon pour ne pas être brûlé par les éclaboussures.

Dans une cocotte, sur un autre poêle en fonte noire, mijotait un civet de lapin, dont le

1. *Mariés.*

49

sang avait été fouetté à la fourchette avec du vinaigre pour qu'il ne caille pas, le foie haché finement, le tout ajouté en fin de cuisson afin de donner cet « onctueux » à la sauce qu'attendaient les gourmands pour accompagner leur polenta.

La dizaine de cordonniers présents voulurent conseiller Matteo :

— Pourquoi il n'irait pas voir Olivia Bonnefois ?

— La femme de Payan ? Tu es fou ! Déjà qu'Ernest est jaloux ! Il ne parle plus depuis qu'elle a ouvert son atelier.

— Il n'a jamais beaucoup parlé…

— Qui est cette Olivia Bonnefois ? questionna Matteo.

— Une qui n'a pas froid aux yeux ! Elle a ouvert un atelier et son mari travaille chez Blanc, au lieu de travailler chez elle… Il y a quelqu'un qui lui coupe les « tiges » le soir ! Alors les gens jasent…

— Mais je veux bien les lui couper le jour ! Surtout si son mari n'est pas là !

L'ambiance était joyeuse, des grains de polenta se prenaient dans les moustaches, avec le vin rouge du pays, souvent essuyées d'un revers de main.

— Et c'est loin, cet atelier ?

50

— Non, en dessous, place Saint-Etienne, devant la fontaine. Si tu veux, je t'accompagnerai après le manger.

Luigi Allione s'était fait le parrain de Matteo. Ils avaient plutôt l'air sceptiques en les regardant partir, les compagnons de la Chambrée.

C'est d'un poing ferme que Luigi frappa à la porte d'Olivia, qui cria de sa fenêtre qu'elle descendait.

— Oh ! Luigi ! Qu'est-ce qu'il vous arrive ?

— Si on ne vous dérange pas ? Votre mari est là ?

— Mais oui, montez.

Ils entrèrent dans une coquette salle à manger où un bureau « classeur » était contre un mur. Ernest Payan, le mari d'Olivia Bonnefois, leur tendait la main, souriant, et avança des chaises. Luigi attaqua directement :

— Je vous présente Matteo Bignante ; il est maître cordonnier et vient de Mondovi. Il est coupeur et peut vous faire tout ce dont vous aurez besoin, du plus fin au plus gros. Il a même eu une médaille d'or à Monaco ! Il vient d'arriver, il cherche du travail, alors j'ai pensé à vous avant d'en parler dans Bargemon.

Matteo écoutait tout ce qui se disait, en provençal, il devinait le sens des phrases, mais fut étonné quand Olivia lui demanda en italien s'il était marié.

— Vous parlez italien ?

— Ho ! Juste ce qu'il faut. Si vous restez, vous devrez apprendre notre langue ! Les deux, il ne faut pas oublier le français !

Ils s'observaient tous les quatre. Deux réfléchissaient, pendant que les deux autres attendaient. « En parler dans Bargemon » voulait dire bien clairement aller proposer ses services aux autres ateliers qui commençaient à prendre le titre de « fabrique de chaussures » ! Olivia regarda longuement son mari, ils se comprenaient tous deux, elle lui sourit.

— Qu'est-ce que tu en penses ?

— C'est à toi de voir, tu mènes ta barque !

— Matteo, j'ai ouvert mon atelier il y a peu de temps, un ami me prépare les tiges, Luigi m'aide parfois. J'ai des piqueuses à domicile, j'en pique moi-même, et je n'ai pas encore de grosses rentrées. Si vous acceptez un demi-salaire, pour pouvoir vous loger et prendre vos repas avec nous, nous pourrions plus facilement démarrer. Mon mari garde sa place chez Blanc, parce qu'il est ancien et bien payé, ça nous aide. Avec vous il y aurait un homme à l'atelier, cela nous donnerait plus de poids. Je ne peux pas faire sortir du sang d'une courge !

— Est-ce que je peux voir votre atelier ?

— Bien sûr.

Ils y entrèrent par la porte donnant sur le jardin ; Olivia se méfiait encore des voisins. Matteo vit tout de suite la table recouverte de zinc, celle de coupeur, son rêve ! Tout était en ordre, étiqueté ; il s'y voyait.

— J'accepte. Je veux travailler le plus tôt possible.

— Alors ça s'arrose ! dit en riant Olivia.

Elle l'avait, son coupeur, son maître cordonnier, ils n'avaient qu'à bien se tenir, à Bargemon !

Ernest ne disait rien ; il admirait sa femme. Il partit à la cave chercher une bouteille de vin bouché. Matteo devait se loger, il le dit clairement. Ce fut Ernest qui proposa le « chambron[1] du second ».

— Ce n'est pas grand, mais pour vous tout seul, si ça peut vous arranger…

Le « chambron » était une petite pièce mansardée, juste sous les toits, au plafond plâtré sur les *canisso*. Fendues en deux et assemblées, montées en sorte de gros rouleaux, ces cannes de bambou servaient à tout contre un mur, le côté lisse d'un beau vernis naturel,

1. *Chambrette.*

elles décoraient tout en protégeant. Elles étaient un abri pour le soleil, bien accrochées aux montants d'une treille, ou pour y sécher les figues.

Pour les économiser, on les rentrait l'hiver afin qu'elles ne pourrissent pas à la pluie, mais elles étaient surtout utilisées, posées, clouées aux chevrons entre les solives, pour accrocher, retenir le plâtre par leur côté rugueux, fendu. Elles isolaient aussi du gel certaines plantes pendant la mauvaise saison.

Le « chambron du second » avait une petite fenêtre carrée, prise dans l'œil-de-bœuf, juste sous la génoise. Un sommier et un matelas de laine tenaient toute la largeur à droite de la porte. Une grosse planche en guise d'étagère reposait sur deux supports plâtrés, un petit placard d'angle était à gauche de la fenêtre. Il ne restait plus grand-place entre celle-ci et le sommier.

— Mais on pourrait y mettre un veyadou ! s'exclama Luigi.

Matteo ne disait rien, bouleversé par tant de gentillesse. Ils passaient leur tête l'un après l'autre dans le chambranle de la porte…

« Je vais être comme un prince ! »

— Si ça fait votre affaire, je vais mettre des draps pour cette nuit.

En fin de journée il déposa son baluchon, qui était resté à la Chambrée, dans son minuscule logis. Ernest et Olivia avaient une dizaine d'années de plus que lui. Ils l'avaient trouvé tout de suite sympathique, avec sa jeunesse courageuse. Ils décidèrent de lui laisser l'accès à une petite cuisine désaffectée, faisant partie d'un vieil appartement qu'ils ne louaient pas pour y recevoir de la famille. Matteo pourrait ainsi faire sa toilette en toute tranquillité, il devrait seulement aller chercher l'eau à la fontaine devant l'atelier.

L'évier, que l'on appelait la « pile », était taillé dans un beau bloc de pierre douce, jaunie. La cuve, en forme de bassine ronde, recevait en guise de cuvette un *tian* [1] en terre cuite à l'intérieur vernissé. Les eaux usées s'en allaient rejoindre, par un tuyau en plomb, celui en zinc qui courait le long de la façade où le rattrapait celui de la gouttière, qui crachait avec violence son trop-plein les jours de pluie, pour se perdre dans le puits perdu. Il arrivait parfois qu'un relent d'eau grasse remonte, alors on disait « Tiens, il va pleuvoir ». Le puits perdu était un baromètre infaillible.

1. *Plat très creux servant à toutes sortes d'activités (vaisselle, cuisine, etc.).*

Matteo regardait le panorama qui s'offrait à sa vue par la même petite fenêtre carrée, prise dans un autre œil-de-bœuf, que celle du chambron. Il eut envie de faire un brin de toilette et fit une inspection rapide de la cuisine. Contre le potager, prolongement de la pile, se trouvait une toute petite cuisinière en fonte, haute sur pattes, avec une porte de four. Une brique réfractaire était restée à l'intérieur. On aurait presque dit un jouet, cette petite cuisinière. Elle était adossée au mur tout recouvert de larges carreaux en terre cuite, vernissés marron-roux, de ces beaux carreaux de Salernes. Un rideau à petits quadrillés rouge et blanc faisait le tour de l'évier et du potager, froncé sur un élastique maintenu par un clou à chaque bout.

Matteo le souleva, curieux. Il trouva, rangées sur des étagères plâtrées, des poêles à frire noircies. Il y en avait deux, sans doute que dans l'une on faisait le poisson et dans l'autre les omelettes. On ne les rangeait sous le *relaïssé* [1] qu'après les avoir lavées à l'eau bouillante et graissées avec un papier huilé, comme le faisait sa mère, pour qu'elles ne rouillent pas. Il y avait aussi des poêlons en

1. *Ensemble de tablettes et d'étagères.*

terre, à queue, dont il ne connaissait pas la forme.

Olivia avait eu l'obligeance de déposer un petit réchaud à pétrole. Il put faire chauffer de l'eau pour se raser. Le même placard d'angle que dans sa minuscule chambre contenait verres et assiettes. La table contre le mur avait des couverts usagés dans son tiroir.

Cela était émouvant, on aurait dit que quelqu'un venait de partir, laissant tout en place. Il ne croyait pas être si près de la vérité. C'était la petite cuisine de la grand-mère d'Olivia, morte depuis plusieurs années. Olivia n'avait rien transformé, gardant vivant près d'elle le souvenir de « mémé Angeline ».

Le lendemain matin, à sept heures, Matteo était dans l'atelier, à la disposition de sa nouvelle patronne, qui le rejoignit dès qu'elle l'eut entendu descendre les escaliers.

Matteo n'avait pas vu le temps passer quand l'été arriva. Les cordonniers allaient faire la fête, pouvoir danser avec les filles du village. C'était la Saint-Jean, le 24 juin, il y avait bal comme dans beaucoup de villages ce soir-là. Pour rien au monde Matteo n'aurait changé la tradition. C'est en la compagnie de cinq ou six amis qu'il se rendit place de la Convention, où aurait lieu le bal, sous les grandes toiles tendues pour protéger les danseurs du soleil.

Grand, brun aux yeux noisette, tirant d'un geste habituel sur ses moustaches en cœur, Matteo faisait danser les filles qui lui paraissaient les plus jolies, les plus coquettes, tout en ne quittant pas du regard une belle fille brune aux yeux gris, au port de tête fier. Comme lui, elle avait vingt ans. Entourée de deux autres jeunes filles aux chignons gonflants, elle ne dansait pas. Il avait décidé de l'inviter, ce serait une valse ; d'habitude, il choisissait la meilleure du bal. Il ignorait si elle savait danser, qu'importe, il la voulait.

Agnès Bradamante avait repéré son manège. Ses sœurs riaient sous cape, elle non, mais son regard s'était adouci. Une Agnès Bradamante n'acceptait pas n'importe quel garçon et elle ne l'avait jamais vu. L'orchestre attaquait une valse. Tout à coup, Matteo fut devant elle, son sourire était un consentement. Il redressait sa tête au nez un peu fort, Matteo, fier de lui et de ses bottines fauves, brillantes comme jamais. Il valsait, valsait, il ne la sentait pas, tout le monde s'écartait, ils étaient seuls au monde. En la raccompagnant, il lui demanda si elle habitait Bargemon. Elle travaillait à la filature ? Elle lui répondit simplement :

— Oui.

Ce qu'elle ne lui dit pas, c'était que son père était un propriétaire vigneron du village, qui faisait son vin selon les vieilles recettes piémontaises, façon barbera, ce vin couleur de rubis. Sa sœur Clémentine avait dû s'unir à un minotier de Trans-en-Provence, ainsi elle aurait toujours du pain. Lucia devrait épouser la « vigne » d'à côté et Rose serait religieuse à Turin, où était déjà la sœur de leur mère, Maria, la révérende supérieure du couvent Santa Zita. Giuseppe, lui, aurait le domaine et Baptiste devrait partir en Amérique du Sud. Tout était prévu par le père ! Il les obligeait à travailler à la filature pour connaître la valeur du travail. Elle ne lui avoua pas qu'elle voulait faire un mariage d'amour, qu'elle n'accepterait pas le mari qu'on lui présenterait.

Giuseppe, le regard dur, surveillait sa sœur Agnès, la préférée du père, qui avait accepté l'invitation de ce freluquet de la ville. Il n'y avait qu'à voir ses bottes fines, à la campagne ! Elles seraient jolies au beau milieu des vignes, ses bottes ! Il ignorait que Matteo, le cordonnier de Mondovi, avait en un instant décidé d'emmener Agnès au loin, en Amérique, au Chili, et qu'ils seraient riches.

— Tu sais comment elle s'appelle ? lui demanda « Tomarin [1] ».

— Non !

— Tu ne sais rien d'elle ?

— Si !

— Quoi ? Si ?

— Que je vais l'épouser !

— Alors, on revient quand ?

— Dimanche, et on ira à la messe !

— A la messe, tu es fou. Il va falloir se lever de bonne heure !

— On n'aura qu'à ne pas se coucher…

Le dimanche suivant, les filles n'en crurent pas leurs yeux. Ils étaient là, la *Squadra*, l'équipe, comme les avaient baptisés les sœurs Bradamante. Très raides, assis du bout des fesses sur leur banc de bois, ils n'osaient pas tourner la tête. Soudain Matteo reçut un coup de coude dans les côtes. Elle entrait, avec ses sœurs et sa mère. Toutes avaient une mantille noire sur les cheveux. Giacomo l'avait entrevue le premier. Une fossette se creusa dans la joue d'Agnès, elle se mordit les lèvres pour ne pas éclater de rire… Il avait eu le courage de venir ! Et à la messe ! A ne pas s'y tromper

1. *Diminutif de Tomazzo, Thomas.*

c'était pour elle qu'il était là. Heureusement que son père n'était pas venu. Ils ne le faisaient pas exprès, mais les quatre garçons n'avaient pas l'habitude de rester longtemps immobiles sur un banc de bois, le banc craquait, leurs genoux heurtaient le dossier devant eux, leurs jambes se croisaient et se décroisaient.

— Chut… Priez, leur dit une vieille grand-mère souriante en égrenant son chapelet.

Ils n'en pouvaient plus de cette immobilité ; alors tous quatre sortirent et attendirent la fin de la messe sur le parvis de l'église.

Maître cordonnier. Avant d'ouvrir une boutique bien achalandée, il fallait se faire connaître. Peut-être du côté de Draguignan, qui voudrait bien lui ouvrir les portes d'une bonne clientèle, mais il y avait eu la rencontre avec Agnès. Il l'avait enfin trouvée, cette place, pas tellement payée, mais lui aussi habitait maintenant Bargemon, sous le même ciel que l'élue de son cœur. Il avait cherché toutes les occasions pour rencontrer Agnès, la voir de loin sortir de la filature, attendre patiemment qu'un beau jour elle entre enfin dans la boutique pour le ressemelage d'une paire de chaussures. Il savait maintenant qui elle était. « La fille Bradamante »… A la façon dont il l'avait regardée, Olivia lui avait dit :

— Eh ! Méfiez-vous du frère ! Il a l'œil sur tout, et pas le bon…

Il avait alors haussé les épaules, sans répondre, puis un jour Agnès était entrée accompagnée de Rose, la sage, la pieuse Rose. Elle désirait commander une paire de bottines noires. Ce n'était pas à lui qu'elle s'adressa, mais à Luigi. Celui-ci ne fut pas dupe et il aimait les amoureux, alors il se tourna vers Matteo…

— Veux-tu prendre les mesures de mademoiselle Bradamante ?

Matteo reverrait toute sa vie ce moment. Agnès avait dû se déchausser, poser son pied sur une plaque de cuir. Matteo, un genou en terre, avait glissé sous son pied le centimètre de toile vieillie et, entourant le pied cambré, prenait les mesures de l'endroit le plus large, puis ce fut la longueur du pied. La jupe légèrement relevée sur le bas de coton épais laissait voir le haut de la cheville, qui était fine et qu'il avait aussi fallu mesurer. La main de Matteo tremblait légèrement quand il avait dessiné le contour du pied d'Agnès avec son grand crayon plat, bien effilé par le tranchet. Cette paire de bottines, même plus tard au paradis il se la rappellerait ; elles seraient les plus belles de sa vie, avec leur rangée de petits boutons noirs.

Matteo rêvassait tout en étant très attentif à sa future coupe. Il voulait tellement réussir ces bottines. Il avait choisi le cuir le plus souple, le plus fin mais aussi le plus résistant. Il ne voulait pas de reproches, non pas d'Agnès, mais de sa famille. Il avait devant lui ce « box-calf » fine fleur, de la meilleure qualité, noir, aux petites craquelures. On aurait dit une peau vivante, luisante, qui serait encore plus belle quand il l'aurait rendue brillante, une fois les bottines finies, en la lustrant avec ce mélange de farine et de vitriol dont il avait le secret des proportions.

Un vieux journal à la main, il réfléchissait avant d'y couper le patron de la tige, qui serait le dessus de la chaussure. Il revoyait ce pied fin, au cou-de-pied un peu fort, cambré et nerveux, plein de caractère. Il l'imaginait dans ses mains, le réchauffant les jours où il ferait froid. Il la voyait déjà courant pieds nus sur le carrelage de leur chambre.

Luigi le regardait faire du coin de l'œil, il hochait la tête en silence tout en tirant de toutes ses forces, de ses deux mains, le ligneul, ce fil fait de quatre brins très fins, qu'il passait et amenait d'un coup sec dans les minuscules trous faits par son alêne dans les épaisseurs de la semelle. Une grosse chaussure reposait entre ses genoux, ses pieds étaient coincés sur les barreaux de son établi, cette petite table basse aux compartiments faits de baguettes de bois où se trouvaient des clous de toutes tailles. Il était content, Luigi. Il savait que Matteo allait créer une petite merveille, que cela se saurait dans tout le pays et ferait la réputation de l'atelier d'Olivia.

Domenica Bradamante avait deviné le manège de sa fille le jour où, d'un air innocent, celle-ci lui avait demandé :

— Maman, vous voulez bien me faire fabriquer une paire de bottines pour la Saint-Etienne ?

— La Saint-Etienne ! Mais c'est encore loin…

— Je sais ! Mais vous savez qu'Olivia a beaucoup de commandes…

— Et comment le sais-tu ?

Elle rougit, Agnès, avant de répondre :

— A la filature, mes amies en parlent, chez la couturière aussi.

On n'a pas quatre filles sans chuchotis et fous rires qui s'arrêtent subitement. Domenica n'était pas dupe, elle aussi avait eu vingt ans.

Elle aussi avait dansé et sauté à la Saint-Jean, sa main dans celle de Gian-Baptiste, regardant monter haut dans le soir les étincelles du grand brasier, fait des sarments de l'automne précédent. Il avait changé, son Gian-Baptiste, elle le savait courageux en ce temps-là. Il était devenu de plus en plus âpre au gain, voulant toujours agrandir ses champs de vignes. Il était vrai qu'avec quatre filles et deux garçons, il n'allait pas perdre la face. Heureusement qu'il la laissait décider toute seule pour les dépenses de la maison, qu'il ne dirait rien pour cet achat de chaussures. D'ailleurs, elle ne lui en parlerait pas, c'était une affaire de femmes, il ne les verrait même pas, ces bottines ! Elle savait qu'il y avait un nouveau cordonnier chez Olivia Bonnefois. Pourvu qu'il ne tombe pas amoureux d'Agnès ! Ça ferait du grabuge à la Bastidane.

Ayant fini son travail de la matinée, Domenica passa dans la petite chapelle blanchie à la chaux attenante à la maison dire son chapelet devant la statue de la Vierge, fleurie de roses, en attendant la neuvaine du soir qu'elle faisait avec ses filles.

A la filature, Agnès, attentive à son travail, attendait impatiemment la sortie de son équipe. Certaines de ses compagnes portaient leur repas dans un grand panier. C'était de bon appétit que toutes croquaient à belles dents dans les grandes tranches de pain garnies de jambon cru, séché puis salé à leur maison, quand ce n'était pas dans un bon morceau de fromage de chèvre, moelleux et fondant, accompagné des fruits de leurs vergers. Agnès avait des amies, mais ses confidentes étaient ses sœurs. Il y avait une complicité entre elles, elles craignaient leur père, mais étaient frondeuses avec leur mère, la sachant prise entre son mari et ses filles, tout en devant éviter les ennuis que pourrait causer Giuseppe.

Elles adoraient Baptiste, ce grand gaillard à la tête carrée et aux yeux gris comme leur mère. Il était une force de la nature, jovial, qui essayait toujours d'adoucir une réprimande. Il souffrait de ce mépris que lui montrait son frère. Il savait qu'il n'aurait rien à lui de ces magnifiques terres, alors avec patience il attendait ce jour qui le verrait partir vers cette Amérique où l'on devenait riche. Il n'avait pas de salaire, mais sa mère, il le savait, tiendrait parole, elle lui paierait ce voyage en Argentine, à Mendoza, chez le cousin Vacchino…

— Je te le promets ! Tu iras. Il vous attend, tous. Il me l'a juré en quittant le Piémont, « Tous ceux qui viendront au nom des Bradamante auront leur place dans ma maison »...

Ils en rêvaient tous, de ce cousin d'Amérique, Gabriele Vacchino, devenu si riche qu'il fallait trois jours à cheval pour faire le tour du domaine, l'hacienda, avec des pantalons de cuir larges comme des jupes de femmes. Et dire que c'était vrai ! Il y avait ses lettres, les photos avec ses *caballeros* aux grands lassos et les *bollas*. Il avait planté de la vigne, là-bas, comme au Piémont, si loin. Il y avait surtout cette promesse de Gabriele à Domenica, si bonne pour lui depuis son enfance.

Il était le fils de la cousine Silvia, la femme de son cousin Ettore. A la naissance difficile de Gabriele, on avait déboîté son épaule, qui n'avait jamais bien repris sa place, alors il avait grandi avec une épaule un peu plus haute que l'autre sans être bossu, mais la belle Silvia n'avait jamais accepté d'avoir un fils sur lequel on se retournait, elle le chassait carrément : « Lève-toi de devant moi ! »

Le pauvre enfant était terrorisé, alors il allait chercher refuge dans la jupe de Domenica qui n'était encore qu'une jeune fille, elle le consolait tendrement, lui donnait des gâteaux en cachette ou lui tricotait des gilets. Elle était sa petite mère. Dès qu'il l'avait pu, à dix-sept ans, il était parti pour Gênes, le grand port, pour s'y embarquer en disant : « Vous verrez plus tard ! Je vous attendrai… » Voilà pourquoi Baptiste était joyeux ! Il partirait lui aussi rejoindre Gabriele à Mendoza.

Tout cela laissait Agnès rêveuse, la Saint-Etienne approchait, ce serait début d'août. Savoir si Matteo aurait fini ses bottines ?

Elle ignorait qu'elles étaient déjà prêtes. Matteo y avait travaillé toute la nuit et tout le jour. Un délicieux volant finement plissé faisait ressortir l'élégance de la chaussure sur lequel courait la rangée de petits boutons en jais. Une véritable folie. Olivia n'avait pas lésiné sur le prix des boutons, ce serait son cadeau aux amoureux.

Pendant qu'à la Bastidane Baptiste faisait des rêves sur l'Argentine et le cousin Vacchino, Matteo, lui, pensait au Chili, à son parrain Francesco, qui à Santiago avait « réussi », possédait plusieurs hôtels occupés par une foule d'immigrants de toutes nationalités, dont la majeure partie venait aussi d'Italie. Il lui offrait un « hôtel », le parrain Francesco Bignante : « Viens tenter ta chance, il y a de la place pour tous ici… »

De ces hôtels, il y en avait tout en bois, mais on commençait aussi à en construire en pierre. Le soir, il y avait des bals, de la musique, des danseuses qui sur la scène faisaient le grand écart, comme à Paris. Tout cela tourbillonnait dans la tête de Matteo. Il fallait arriver à bavarder avec Agnès, le jour où elle viendrait chercher ses bottines. Lui dire qu'il voulait parler à son père, que lui, Matteo, formait de grands projets. Qu'ils pourraient revenir riches de Santiago, avoir une belle boutique de chaussures fines à Draguignan, la préfecture.

Un jour enfin Agnès, toujours accompagnée de Rose, traversa la place principale, ouvrit la porte de l'atelier. Une petite clochette tintait, pour avertir qu'une clientèle entrait dans la boutique. Luigi s'essuya les mains après son grand tablier de cuir et s'avança en souriant.

— Vous venez chercher vos bottines, mademoiselle Bradamante ?

— Elles sont faites ?

— Voyez avec Matteo, je crois qu'il a fait quelque chose qui vous plaira.

Matteo était resté dans le fond de l'atelier, l'air un peu moins conquérant qu'à l'habitude. Il se demandait comment faire pour en arriver à sa demande. Prenant la paire de bottines sur l'étagère encombrée de chaussures fines, il put enfin prononcer :

— Les voilà…

Sa main tremblait légèrement en les déposant sur le comptoir. Agnès n'en croyait pas ses yeux, elle n'avait jamais rien vu de si joli, de si élégant.

— Mais je ne vais pas oser les mettre pour danser !

— Pour danser à la Saint-Etienne ? Vous irez au bal ?

— Mais oui, comme chaque année !

— Je pourrais aller vous chercher ? Vous voulez bien le demander à votre père ?

— A mon père !

Agnès rougit violemment. Elle tremblait à l'idée d'affronter le terrible Gian-Baptiste Bradamante, lui qui n'aimait pas les garçons de la ville, sans doute encore moins les cordonniers.

— Oui, je voudrais aller au bal avec vous.

Olivia, qui était là, admirait le courage de son employé. « Il n'y va pas de main morte ! » Agnès ne voyait plus les bottines, seule la lumière qui filtrait entre les cils bruns de Matteo existait pour elle.

— Je parlerai à mon père. Venez après le travail, un soir si vous voulez...

Elle n'arrivait pas à demander le prix de ses chaussures. Olivia eut pitié d'elle...

— Dites à votre mère de passer me régler, nous bavarderons un peu.

Rose venant près de sa sœur avait pris le paquet bien enveloppé et la poussa hors de l'atelier.

— Tu n'y vas pas un peu fort ? s'écria Luigi.

— Je veux l'épouser !

— Comme si tu ne connaissais pas les Bradamante et la réputation du père !

— Et alors ? Je les vaux bien !

— Mais tu ne te rends pas compte de ce qu'ils possèdent ? Il va te jeter à la porte !

— Qu'il essaie !

4

Toute la joie devant les jolies bottines s'était envolée. Agnès et Rose marchaient d'un pas rapide, sans se retourner. Leur mère fut surprise de les voir entrer dans la grande salle.

— Vous êtes déjà là !

Rose restait les bras ballants, son paquet au bout de la main droite. Agnès se laissa tomber sur une chaise, sans parler.

— Qu'y a-t-il ?

— Matteo va venir demander à papa de me mener au bal...

Calmement, Domenica hocha la tête.

— Qu'est-ce qui va nous arriver ! Tu sais ce que tu veux ?

— Oui. Comme lui.

— Tu connais ton père ? Tu sais ce qu'il va faire ?

— On verra...

Le repas de midi se passa sans une parole pour les femmes. Gian-Baptiste parlait avec ses fils et les deux journaliers, de la vigne, de la future récolte. Pas un mot pour les bonnes odeurs de cuisine, les assiettes étaient tendues, emplies de minestrone, le jambon prenait une belle claque avec ces solides appétits. Le bon vin de la propriété était servi dans de gros verres épais. Gian-Baptiste, ayant fini son repas, essuya ses moustaches d'un revers de main et dit :

— On y va...

Alors les hommes se levèrent avec un vague signe de tête envers Domenica. Aucun d'eux n'avait remarqué le lourd silence des femmes. La table débarrassée, la vaisselle fut rapidement faite par Agnès. Rose activait la pompe à bras, raccordée au puits. Tout cela dans la pièce attenante, *la souihiardo*, sorte de dépendance ménagère où la vaisselle s'empilait sur des étagères ornées de bandes de toile brodée. Un jour blafard passait par la fenêtre garnie d'un fin grillage pour éviter l'invasion des mouches et des moustiques. Rose avait pris un grand torchon et commençait à essuyer les verres quand Agnès s'enfuit vers sa chambre, où elle s'écroula en larmes sur son lit.

Un Christ noir avec un rameau de buis se

trouvait à la tête du lit. Un grand rosaire sculpté était accroché au-dessus d'un prie-Dieu en ébène, noir lui aussi. Deux chandeliers en verre blanc épais travaillé de perles, venant de Murano, aux bougies à moitié consumées, encadraient une Vierge de Lourdes. C'était monacal, avec cette petite table au-dessus en broderie blanche, amidonnée, on aurait dit une nappe d'autel. Une simple chaise de paille terminait cet ameublement. Son chagrin allégé, Agnès se releva pour aller s'excuser près de sa mère.

Domenica restait silencieuse. Elle appréhendait l'assaut du soir. Elle connaissait son Gian-Baptiste et ses colères terribles. Elle se disait qu'un jour il aurait un coup de sang. Son travail terminé, elle aussi était partie dans sa chambre, « matrimoniale », à la mode italienne, aux lits jumeaux sculptés, qui avaient de hautes têtes de lit et des tables de nuit assorties comme on les faisait en Italie. Les photos dans les grands cadres accrochés au mur étaient sévères, seule souriait celle de son mariage, placée au-dessus des lits.

Elle s'était assise dans son vieux fauteuil au velours usé, avait pris son ouvrage, un dessus-de-lit au crochet en fil fin qui allait calmer ses nerfs. Le silence précédant l'orage régnait, on entendait le meuglement d'une vache, les piaillements de quelques poules. L'angélus sonnait, les hommes rentraient, dételaient les chevaux.

Les ouvriers repartaient chez eux ; seul Félix, le valet de ferme, était logé sur place. Une grande chambre, plus une grande cuisine, prises entre la maison des maîtres et la grange. Un grenier ouvert était au-dessus, on y accédait par une galerie à auvent qui avait un escalier extérieur. C'était là, comme en Italie, que l'on faisait sécher les haricots, les grains et le maïs pour la polenta.

On y étendait aussi la lessive sur de grandes cordes, les lourds draps de toile que l'on appelait en italien des *lenzuolo* et en provençal des *lansoou*. Parfois, avec les gros pantalons de velours, de coutil, les ceintures de flanelle, de grands jupons blancs à volants brodés ou des jupes fleuries claquaient joyeusement.

Domenica avait entendu le retour du travail. Tout son être souffrait pour sa fille. Comment éviter un drame, surtout pour ce jeune Matteo, qui avait la juste prétention d'aimer son Agnès ?

— Agnès ! Viens un peu, j'ai à te parler.

Agnès avait entendu l'appel de sa mère. Elle arriva, inquiète.

— Qu'est-ce que je dois faire ?

— Tu restes ici, assieds-toi.

Les lèvres pincées, le front têtu, Agnès s'était assise près de la grande cheminée. Le pas de maître Bradamante se faisait entendre sur le dallage du grand couloir. L'attente était lourde, Gian-Baptiste l'avait ressenti.

— Qu'avez-vous, toutes les deux ?

— J'ai à te parler…

— Vous en faites, des têtes ! On croirait un enterrement.

— Ce n'est pas pour un enterrement, ça pourrait plutôt être un mariage…

Gian-Baptiste était stupéfait du ton qu'avait pris sa femme.

— Et alors ?

— Et alors ? L'employé d'Olivia Bonnefois demande la permission d'accompagner Agnès au bal de la Saint-Etienne, il s'appelle Matteo.

— Ce freluquet de la ville ! C'est tout vu, c'est non ! Elle ne va pas se faire remarquer avec ce garçon. Dites-le-lui…

— Tu le lui diras toi-même, il va venir te le demander.

La fureur éclata sur le visage du maître de la Bastidane.

— S'il entre, je le fiche à la porte !

— Tu ne vas pas faire un scandale. Et s'il voulait l'épouser ?

Agnès s'était levée et voulait parler, l'émotion l'étranglait.

— Papa…

— Toi, tu n'as rien à dire, qu'à te taire si tu ne veux pas…

Les yeux exorbités, la main levée, il s'approchait de la table où s'appuyait Agnès. Elle défiait son père du regard. C'étaient les deux mêmes forces, dans des corps différents.

— Gian-Baptiste ! Tu oublies que tu as eu vingt ans, que mon père ne te voulait pas…

Domenica avait osé ! Lui rappeler devant sa fille qu'on n'avait pas tellement été heureux du choix de son mari ! Il était comme un sanglier forcé dans sa bauge, l'animal sauvage soufflait ; il déboutonna le premier bouton de sa chemise et se laissa tomber à son tour sur sa chaise.

— Faites ce que vous voulez, on en reparlera plus tard. Le bal, ce n'est pas pour aujourd'hui…

Agnès était restée décontenancée par l'attitude de son père. Allait-il vraiment capituler ? Elle redoutait une de ses colères terribles. Un jour, il avait cassé une chaise contre le tuyau du poêle ; n'osant taper sur personne, il avait fallu qu'il se défoule. Elle savait bien qu'il n'aurait pas fait de mal à une mouche, mais elle savait aussi qu'il avait la rancune tenace et qu'elle-même, elle l'avait aussi, cette ténacité, pour arriver à ses fins. Les femmes demeuraient silencieuses, chacune dans ses pensées. Tout à coup Agnès se leva, prit son fichu tricoté au crochet et se tourna vers sa mère.

— Je vais attendre Matteo, il ne connaît pas papa !

— Va.

Elle sortit, jetant un regard distrait à la cour qu'elle traversa pour se diriger vers le portail où elle alla s'appuyer contre le montant en vieilles pierres. Elle regardait le sentier qui longeait les bergeries de cette grande ferme. Agnès scrutait le chemin et sourit en voyant Matteo avancer à grandes enjambées, son chapeau rejeté en arrière. Il n'avait pas mis de veste, mais un gilet en velours côtelé gris sur sa chemise blanche. Il arrivait sûr de lui, conquérant. Elle attendit qu'il s'approchât un peu plus pour lui faire un signe, tant pis pour Giuseppe ; qu'il aille raconter au père ce qu'il voulait, elle s'en moquait. Et si Matteo voulait l'épouser, ça ne regardait pas son frère ! Elle héla Matteo de la main, il ne s'attendait pas à la voir là, sur le seuil de la propriété. Il hâta le pas, étonné, joyeux.

— Vous m'attendiez ?

— Oui… Il ne faut pas que vous entriez, mon père est en colère. Il n'est pas méchant, mais il n'a pas trop bon caractère et…

— Et ? Il ne veut pas que j'entre ?

— Ho ! Vous le pourriez, on est hospitalier chez nous. Non, il ne veut pas que j'aille au bal avec vous. Il ne veut pas que je me fasse remarquer. C'était pareil pour mes sœurs, mais Clémentine, elle, s'est mariée avec Pasquale.

Elle était toute rouge, son regard gris brillait, une légère transpiration perlait sur son front, contre les cinq pointes de sa chevelure brune qui s'avançait comme un casque luisant aux cheveux tirés, coiffés en chignon plat et tressés sur sa nuque fine. Il l'admira. Elle parlait sur un ton rapide, comme pour cacher une émotion ; elle tremblait légèrement.

— Alors, Clémentine s'est mariée avec Pasquale ?

— Oui. Pourquoi ?

Elle était désarçonnée, prise à l'improviste par la question.

— Parce que je voudrais savoir si vous vouliez épouser Matteo Bignante, le cordonnier ?

— Vous ?

Ses deux mains comprimaient sa poitrine,

s'agrippaient à son caraco, les pans de son châle glissaient doucement.

— Mais ! Mon père ? Vous êtes cordonnier…

— Oui, je suis cordonnier ! Je vous ferai les plus belles chaussures du monde. Regardez mes mains, elles travaillent ! Elles ne taillent pas les vignes, mais elles tiennent le tranchet, elles coupent les cuirs les plus durs, elles tirent le ligneul pour faire les coutures les plus fines. Toute la ville marche grâce à nos mains… Je ne suis pas un voleur !

Il y avait de l'amertume dans la fin de son plaidoyer. Agnès en avait les larmes aux yeux, elle dit seulement :

— Qu'allons-nous devenir ?

— Vous avez dit « nous » ?

Il en était tout abasourdi. Il avait sa réponse, dans les yeux gris attristés.

— Alors, vous voulez bien ?

Agnès hochait doucement la tête, son menton s'appuyait sur son col, deux larmes glissaient sur ses joues. Matteo prit ses deux mains, les tint serrées contre ses lèvres.

— Agnès ! Que fais-tu là ?

Giuseppe l'appelait sur le seuil du portail.

— Tu le vois, je parle.

— Rentre à la maison !

— J'arrive.

Cette fois-ci, c'était de colère qu'elle rougissait. Giuseppe n'avait pas à ameuter toute la ferme. Elle comprenait qu'il le faisait exprès. Matteo aussi l'avait ressenti.

— Je m'en vais, je ne veux pas vous faire gronder.

Il lui lâcha les mains. Il s'en retournait d'où il venait, du village, où il l'attendrait avec patience. Agnès ne voulait pas brusquer son père. Il avait eu une journée de travail pénible, courbé sur les vignes, soignant la future récolte.

— C'est maintenant que tu arrives ?

Ce n'était pas son père, mais Giuseppe qui la questionnait sur un ton autoritaire et méchant, quand un « De quoi te mêles-tu ! » éclata.

Gian-Baptiste foudroyait Giuseppe du regard. Le frère aîné baissa la tête en rougissant, rongeant son frein. « Elle » le lui paierait plus tard ! Se faire remettre en place devant sa mère et le valet de ferme Félix n'était pas pour lui plaire. Il se le tint pour dit, sachant qu'il risquait de payer pour sa sœur. Lucia, la plus jeune, était étonnée. Giuseppe qui baissait la tête ! Elle retint le fou rire prêt à exploser.

Ses quinze ans étaient joyeux ; brune de

peau comme de cheveux, qu'elle avait noirs, luisants, fine et nerveuse, elle était différente de ses sœurs qui l'avaient baptisée la *capra*, la chèvre ! Toute petite, elle était toujours la première pour grimper aux arbres, aux échelles, sur les murs du jardin d'où, à califourchon, elle surveillait le chemin. C'était un garçon manqué mais malicieuse au possible. La dernière de la famille, gâtée par tous, elle était au courant de tout. Savoir s'ils allaient se marier était le principal de ses soucis.

— Alors, tes bottines, tu vas les user ?

Agnès avait envie de la gifler !

— Occupe-toi de tes devoirs, et va plutôt à confesse…

Tout cela fut dit en sourdine, à l'heure du repas, sur un ton monocorde qui passa inaperçu, sauf pour les intéressées. Lucia avait décidé d'être maîtresse d'école, un jour, mais quand ? En attendant, elle travaillait son orthographe et l'arithmétique avec une religieuse de l'hospice.

Agnès regarda furtivement sa mère, qui faisait celle qui n'avait rien vu. Le silence devenait lourd. Gian-Baptiste mangeait sans un mot. Le feu brûlait dans la cheminée de la salle, l'été approchait mais les soirées étaient encore fraîches. Les murs épais avaient besoin de cette flambée, qui pétillait, joyeuse, faisant de grandes ombres dansantes. Après avoir quitté ses grosses chaussures, Gian-Baptiste s'était assis dans le fauteuil paillé et avait pris sa pipe, posant ses pieds devant l'âtre. Giuseppe, sans demander son reste, avait quitté la pièce, accompagnant Félix.

Les trois filles, comme un bataillon de guêpes avant l'orage, allaient, venaient, s'agitant autour de la table qui jamais n'avait été desservie avec une telle rapidité. Comme à l'accoutumée chacune avait pris son ouvrage, tricot ou broderie. Lucia s'était plongée dans un livre de lecture expliquée.

Agnès ne quittait pas son père des yeux. Elle voyait cette tête carrée aux cheveux grisonnants s'appesantir avec la chaleur et la fatigue de la journée, alors elle décida d'aller vers lui pour lui arracher un consentement, elle le ferait pour Matteo. Elle se mit à ses genoux et dit doucement :

— Père, je peux vous parler ?

La gravité de la question, ce « père » au lieu de « papa », remua Gian-Baptiste, il ne répondit pas tout de suite.

— Papa, écoutez-moi…

— Qu'est-ce que tu veux ?

— Je voudrais aller au bal de la Saint-Jean.

— Tu y es déjà allée ! Je ne t'ai jamais empêchée d'y aller, ni tes sœurs…

— Je sais, mais Matteo voulait vous parler. Il est sérieux, vous savez. Et il est maître cordonnier.

— Tu es une Bradamante, ne l'oublie pas ! Ne démérite pas, ne me fais jamais rougir !

— Je n'ai jamais rien fait de mauvais et je ne le ferai jamais. Vous savez, Giuseppe voit le mal partout, je disais seulement à Matteo que vous ne vouliez pas qu'il entre…

— Qu'est-ce que tu es allée lui dire ! Ma maison a toujours été ouverte…

— Oui. Mais pas à tout le monde.

A cette réplique elle s'était relevée et avait ajouté un simple « Bonsoir, papa » avec un signe de tête.

Il n'y avait pas d'effusion, pas de « sentimentalité », comme se plaisait à le dire leur père. Autant les petits enfants étaient couverts de caresses, autant, dès qu'ils avaient l'âge de raison, sept ans, quand ils devenaient grands, ils étaient sevrés de ces gros baisers claquant sur les joues, des câlins sur les genoux. C'était peut-être cela qui avait manqué à Giuseppe, le rendant jaloux des plus jeunes, qui eux passaient dans les mains des frères et sœurs qui leur servaient de petit père ou petite mère. De plus, ce « vous » respectueux était une barrière, une distance, malgré l'affection que portaient les enfants à leurs parents. Ne pas leur faire de peine, ne pas apporter la honte dans la maison était une ligne de conduite, mais elle était emplie d'amour filial.

Ce fut avec une allure de reine qu'Agnès quitta la salle commune pour sa chambre. Elle mûrissait son plan en passant dans les couloirs sombres, sa petite lampe à pétrole entre les mains, la flamme vacillait, tremblotait avec les appels d'air, l'ombre d'Agnès s'étirait, gigantesque, sur les murs crépis de blanc. Elle pensait, rageuse : « Puisque sa maison est toujours ouverte, Matteo va y entrer ! Il n'a pas fait tant d'histoire pour Clémentine avec son meunier ! Elle l'a épousé, son sac de farine ! Parce que le père de Pasquale agrandit toujours ses champs de blé et de maïs. Eh bien, on verra ! »

Plus têtue que jamais, Agnès n'en démordait pas, elle irait au bal de la Saint-Etienne en compagnie de Matteo. Dès le lendemain matin, elle attendrait son père au lever, quand il ne serait pas encore énervé de sa journée, et elle le lui dirait, que Matteo voulait l'épouser.

Le jour pointait, le coq avait déjà chanté du haut de son tas de fumier d'où montait une vapeur légère, perché sur ses ergots, son panache roux frémissait alors qu'il criait son cocorico en battant des ailes. Petit à petit le monde animal se réveillait, les oiseaux chantaient.

Agnès fit une rapide toilette et sortit doucement de sa chambre. Elle attendit assise près de la cheminée qui sentait le feu éteint et la fumée refroidie. Gian-Baptiste fut surpris de la trouver levée alors qu'il la croyait dans sa chambre.

— Qu'est-ce que tu fais là ?

— Je vous attendais.

— Qu'est-ce qu'il t'arrive ?

— Je voulais être seule pour vous dire que Matteo veut m'épouser et que je suis d'accord.

Gian-Baptiste la regarda, il se rendit compte qu'elle était bien comme lui. La même volonté !

— Et ta mère, qu'est-ce qu'elle en dit ?

— Je ne lui en ai pas parlé. Je voulais vous le dire en premier, puisque vous ne vexez pas les gens, je ne veux pas que vous fassiez un affront à Matteo.

Elle ne l'avait pas dit à sa mère ! Elle avait

attendu de le lui annoncer à lui, le père. Son orgueil était touché, mais il ne se tint pas pour battu.

— Alors c'est du sérieux. Il ne t'épouse pas pour notre argent ?

— Non, il travaille et je travaillerai aussi, s'il le faut. Mère travaille bien ici.

— Mais elle travaille chez elle.

— Autant qu'une fille de ferme !

— Une fille de ferme n'a pas une chapelle pour dire son chapelet et ne fait pas des couvertures au crochet !

Agnès comprit qu'elle ne devait pas aller trop loin, alors elle se tut. Gian-Baptiste s'était assis et la regardait, il l'aimait, mais il n'allait pas baisser les bras comme ça !

— Bon. Tu vas l'épouser, ton cordonnier, mais je te préviens, je connais les garçons de la ville, encore plus les cordonniers. Il n'aura pas un sou de moi, vous vous marierez après les vendanges et vous irez vous installer où vous voudrez…

Agnès était pétrifiée, elle avait gagné, si vite, même sans dot ! Elle n'en voulait pas, c'était Matteo qu'elle voulait. Elle ne pouvait parler, son père se taisait aussi, mais pour une autre raison, on lui enlevait son aînée, un cordonnier !

— Je vous remercie, papa, je vais le dire à maman.

Après avoir frappé à la porte, elle entra dans la chambre matrimoniale. Domenica était en train de tresser sa longue natte brune où déjà brillaient des fils d'argent. Elle fut surprise de voir sa fille si tôt levée entrer dans sa chambre.

— Tu es tombée du lit ? Qu'est-ce qu'il t'arrive ?

— Papa veut bien que j'épouse Matteo.

— Depuis quand ? Qu'est-ce que tu me racontes ?

— Je l'ai attendu à son lever et je lui ai parlé. Il est d'accord.

— Il est d'accord ?

— Oui, nous nous marierons après les vendanges, mais je n'aurai pas de dot.

— Et comment allez-vous vivre ? Clémentine a eu une dot, pour aider son ménage à démarrer, pour du grain ou des meubles…

— Les meubles, je les achèterai de « rencontre », ils seront encore plus beaux ! Nous aurons bien une marmite pour la polenta !

Elle embrassa joyeusement sa mère, partit dans la cuisine préparer le déjeuner matinal sur les braseros du potager. Jamais déjeuner ne fut si vite avalé, un bout de fromage et de pain, un bol de lait, c'était suffisant pour la jeune amoureuse. Elle n'avait qu'une hâte, aller au village, courir à la boutique d'Olivia Bonnefois, crier à Matteo que son père voulait bien de lui. Dire aussi à ses amies qu'elle allait avoir un fiancé. Tout tournait dans sa tête, elle se cognait aux meubles et angles de table comme une mouche cogne aux carreaux, voulant s'échapper vers l'air libre. Elle allait être libre d'aimer, d'aimer au grand jour. Pour elle c'était changer de statut, ne plus être la jeune fille que l'on confie au frère aîné ou aux amies de sa mère. Elle pourrait sortir seule, aller où elle voudrait, sans chaperon. Elle n'aurait plus de comptes à rendre, elle deviendrait une dame. Elle aurait peut-être même un chapeau pour aller à la messe, à la place de sa mantille.

Domenica en entrant calma ses ardeurs, en lui rappelant de faire attention à ce qu'elle avait en main. Elle comprit la leçon et demanda à sa mère si elle pouvait aller au village.

— Que veux-tu faire ? As-tu besoin de quelque chose ?

— Non… Je voulais dire à Matteo que papa voulait bien.

— Mais tu as le temps.

— Et si papa se ravisait ?

— Ton père est un homme de parole, même s'il est en colère.

— Il est en colère, il vous l'a dit ?

Une chape de plomb tomba sur ses épaules. Tout son entrain s'envolait.

— Pourquoi ?

— Eh bien, il aurait préféré un garçon de la vigne, comme nous.

— Et pourquoi ? Puisque Giuseppe aura la Bastidane. Qu'est-ce que ça peut bien lui faire ? Il n'y a pas de place pour nous ici, à moins d'être les domestiques de mon frère !

Ça avait été dit avec amertume, Domenica le ressentit.

— Tu sais bien que ce n'est pas notre faute. Tout va à l'aîné, pour ne pas morceler une exploitation qui marche, mais je te le dis franchement, j'espère qu'un jour ça changera. Ce n'est pas normal que l'un ait tout et les autres rien ; vous êtes mes enfants, comme Giuseppe. C'était pareil pour moi, pour mon frère ! Encore heureux que ma mère ait exigé que j'aie le pré de la Madone-Dorée. Mon père voulait le laisser au domaine, il ne fallait pas l'enlever à mon frère, ma mère a tenu bon. Ça nous a permis d'agrandir la Bastidane et d'avoir des vaches, ce qui est assez rare ici, ainsi que des moutons.

— Vous auriez pu y faire de la vigne, il est en plein soleil…

— Oui, je sais, mais j'ai voulu le garder comme il était, c'était comme si j'étais encore chez moi.

— Mais vous êtes chez vous ici !

— Oui, mais le pré était de mon enfance qui restait près de moi.

Jamais sa mère ne lui avait parlé ainsi, comme deux femmes, comme deux amies. Agnès en était toute remuée, elle se sentait devenir une autre, adulte, quoique encore bien jeune.

En fin de matinée, Domenica dit à sa fille qu'elle pouvait partir voir Matteo. Agnès ne se fit pas prier pour prendre le chemin du village. Quand la clochette tinta, Matteo ne releva pas la tête, il ne le fit qu'après avoir entendu l'exclamation de Luigi :

— Matteo, regarde qui entre !

Agnès était devant lui, toute rouge de sa marche, près de deux bons kilomètres. Ses yeux brillaient, ses grands yeux gris étaient comme des agates, tout veinés d'or, où l'amour éclatait.

— Il a dit oui !

Il l'attira contre lui, la serrant doucement contre sa joue, ils n'avaient besoin de rien d'autre.

— Je n'aurai pas de dot… Je crois « qu'il » le fait exprès.

— On n'en aura pas besoin, nous partirons pour l'Amérique.

— Pour l'Amérique ?

— Oui ! Pour le Chili. Mon parrain me donne un hôtel, à Santiago.

— Mais moi je peux aller en Argentine, à Mendoza, mon cousin nous attend. Il a une hacienda immense, il faut trois jours à cheval pour en faire le tour, on peut y rester tant qu'on veut…

Ils étaient déjà partis, sur un nuage, quand Luigi leur rappela qu'Agnès allait être en retard pour le déjeuner à la Bastidane.

Agnès pressa le pas, il fallait qu'elle soit au logis avant le retour de son père. Elle longea le petit cimetière, comme on l'appelait au village. Elle fit machinalement le signe de croix. Quand elle se rendit compte que c'était un salut à des gens qu'elle ne connaissait pas, elle s'arrêta, interdite, puis elle se dit : « Mais ils n'y sont pour rien ! » Alors elle repartit plus légère, en pensant qu'elle avait fait du bien à ceux qui reposaient là. Son pas rapide faisait voler les petits cailloux du chemin, on était en juillet, le soleil pointait au-dessus de sa tête, un caneton sortait de la cour en se dandinant.

Il fallait accélérer la marche pour arriver la première.

Domenica ne dit rien, elle aurait grondé si Agnès avait été en retard. Lucia avait mis les bouchées doubles pour éviter une algarade. Les pots de champignons, tomates, petits artichauts confits à l'huile et au vinaigre égayaient la table de leurs couleurs appétissantes.

— Il y a le « bouilli » aujourd'hui, annonça Domenica.

En effet, les gros jarrets de veau embaumaient entourés de légumes, plus cette sauce piémontaise, le *bagnet*, faite d'huile d'olive, d'ail et de persil qui accompagnerait aussi la tête de veau. Il fallait de gros plats à ces solides appétits ; ils étaient tous de grands gaillards qui ne regardaient pas aux heures de travail. C'étaient la terre, la vigne qui commandaient, quand ils n'allaient pas abattre les grands chênes pour le bois de chauffage.

L'atmosphère était détendue. Gian-Baptiste s'était mis à raconter des souvenirs de jeunesse à Félix.

— Que tu le croies ou non, je leur avais fait le pari qu'ils me porteraient…

— Et ils l'ont fait ?

— Eh oui ! Jusqu'au village… Je leur ai fait croire que j'étais malade. Ils étaient affolés, alors ils m'ont porté, il y avait de la neige, de la neige...

Et il partit d'un grand éclat de rire. Les filles la connaissaient, son histoire, par cœur, mais elles entrèrent dans le jeu.

— Et ils vous ont cru ?

— Demandez à votre mère, si ce n'est pas vrai...

— Mais oui, c'est vrai...

Agnès avait des ailes aux talons, elle se sentait légère. Elle allait aller au bal de la Saint-Etienne, elle se marierait après les vendanges. Elle n'aurait pas besoin de tous ces draps brodés, de tout ce trousseau pour partir en Amérique... Il lui faudrait une malle, des jupons, des chemises de jour brodées, des chemises de nuit, des châles et un chapeau. Ce chapeau était pour elle le couronnement de sa vie de femme.

Domenica la surveillait, l'air de rien. Qu'elle était belle, sa fille ! A quoi pensait-elle ? Où allaient-ils s'installer ? A Draguignan ou à Grasse ? Elle était bien loin de penser que c'était le Chili qui tournait dans la tête d'Agnès, qu'elle se voyait déjà dans un hôtel, trônant derrière un comptoir-caisse et ayant une chambre avec de grands rideaux de velours vert.

— Tu peux dire à Matteo de venir dimanche...

95

— Dimanche ? Pour quand ?

— L'après-midi, quand ton père aura fait sa sieste. Si tu veux, tu pourras nous faire des beignets.

Agnès était devenue toute rouge. On attendait Matteo pour le dimanche après-midi, comme lorsqu'on attendait des voisins de marque. Son cœur tapait fort, de joie.

— Oh ! Merci, maman !

— Et il pourra venir te chercher pour le bal, mais il y aura Lucia avec toi.

— Et Giuseppe ?

— Non, Giuseppe ira avec ses amis...

Ouf ! Il n'y aurait pas ce frère toujours soupçonneux, qui faisait des remarques désagréables, encore plus quand il avait bu un peu trop de vin rosé ou de mousseux à la fête.

— Plus tard, il faudra que tu connaisses sa famille, qu'ils viennent ou que nous y allions. Je crois qu'ils ne sont pas trop riches, il ne faudra pas les gêner...

Agnès n'avait pas osé questionner Matteo sur ses parents. Elle lui parlerait un peu plus tard, quand ils pourraient se promener main dans la main.

5

Le lendemain était jour de lessive, pas question de quitter la Bastidane. Les doigts irrités par l'eau savonneuse tiraient des cuviers en bois ou en zinc les gros pantalons pour les frotter à grands coups de brosse en chiendent sur une planche. L'eau devenue grisâtre moussait légèrement, parfois une éclaboussure giclait sur les bras aux manches retroussées haut. Les femmes s'affairaient en un ballet tourbillonnant qui, partant du puits, au centre de la cour, passait de la margelle au seau, du seau aux cuviers, des cuviers aux étendoirs en grosse corde ou jusqu'aux buissons pour y étaler le linge. Il y avait aussi des éclats de rire quand l'eau claire les aspergeait. Les bas des jupes étaient mouillés, les tabliers trempés. Il fallait se changer en rentrant, les joues étaient roses mais les bras rougis. La fierté éclatait sur les visages en fin de journée quand elles avaient ramassé et plié le linge dans les grandes corbeilles. Il sentait bon le propre, les herbes. Le repassage qui les attendait ne leur faisait pas peur. C'était Lucia qui était allée au village ce matin-là.

Agnès n'avait pas rechigné, elle savait qu'elle irait le lendemain, lorsqu'elle aurait fini de soigner les vers à soie ; il fallait les surveiller, ces petits princes ! Délicatement changer leur litière de feuilles en les faisant glisser doucement, avec précaution, pour enlever leur souillure, car ça ne sentait pas bon là-haut dans la grande pièce qui leur était consacrée.

L'allée de mûriers qui séparait les champs avait la visite d'Agnès et de ses sœurs tous les matins, pour cueillir les feuilles, qui ne devaient pas être mouillées, dans les grands sacs de toile accrochés à leur cou.

Tout en soignant ses vers à soie sur leurs claies de bambou, Agnès pensait à sa sœur et à leur cousine Margherita, qui était venue travailler en France, à la filature de Trans-en-Provence, dans le Var, où elle avait rejoint une cousine et qui là-bas avait trouvé un gentil mari, un jardinier du pays. « Ils ont une grande maison, pas si grande que la Bastidane, mais ils y sont bien et ont une belle table de pierre devant la façade, au soleil, ils mangent dehors tellement il fait bon l'hiver, alors que parfois à Bargemon il y a de la neige. » Au Chili, elle n'aurait pas la neige…

On s'habituait à voir Agnès venir chez Olivia. Si tout le monde travaillait dur, il y avait toujours, comme partout, une curieuse en retrait derrière ses carreaux pour surveiller les allées et venues de la placette. C'était une curiosité bon enfant, mais enfin une histoire d'amour amenait toujours son escorte de questions : « Tu crois que le père le voudra ? » ou « Ça fera une drôle de belle-mère ! », quand ce n'était pas « Et de quoi vont-ils vivre ? ».

C'est au grand jour que Matteo raccompagna Agnès, juste quelques pas. Il était invité à la Bastidane, ils avaient gagné.

— Et votre mère, vous croyez qu'elle voudra venir chez nous ? Ça fait peut-être trop loin ?

— Loin, ce n'est rien. C'est pouvoir venir sans honte…

— Pourquoi ?

Elle était perplexe, n'osant questionner.

— Il y a longtemps, mon père a tout perdu au jeu. Il a recommencé à travailler, ils vivent dans une petite maison. Il était parti pendant plusieurs années en Suisse. Il n'avait plus donné de nouvelles, puis un jour il est revenu.

Il avait économisé un peu d'argent, il l'a mis sur la table sans parler, alors ma mère a pleuré, sans rien dire… Il lui a demandé s'il pouvait rester, elle a dit oui, mais ce n'était plus comme avant. Elle travaillait chez les autres à s'occuper du linge, faire du ménage, elle n'en pouvait plus de fatigue le soir. Vous savez, elle est très gentille, elle n'a pas de famille. C'est une enfant trouvée, elle a été élevée chez les religieuses, le couvent c'est un peu sa maison. Chez nous ça sent la cire et les cierges, comme à l'église. Vous verrez, comme elle est toute petite, je suis obligé de me baisser pour l'embrasser.

Il se pencha vers Agnès, Matteo, tout près, elle tremblait, se disant « Il va m'embrasser »… Il ne l'avait pas fait, mais c'était si doux qu'elle devinait ses lèvres près de sa joue, l'attente la rendait frémissante, mais on pouvait les voir. Elle rougit en le quittant.

— Je m'en vais…

Toujours le même chemin, toujours les mêmes pensées, « Que va dire papa ? Que va faire papa ? Encore un de ses esclandres ? " Tu entres dans une famille de minables ! Ils n'ont pas le sou ! Est-ce que tu auras au moins une paire de chaussures ? " » Cette idée de ne pas avoir de chaussures avec Matteo la fit rire. Elle oublia ses soucis, la vie était belle, elle avait vingt ans et allait avoir le garçon de son cœur.

C'était dimanche, mais Gian-Baptiste, malgré le jour du Seigneur, était allé voir ses vignes. Il avait simplement un peu triché avec les dix commandements. Il n'allait pas travailler, il allait visiter ses vignes, d'ailleurs il avait son costume en velours, sa chemise blanche, son grand feutre noir à ruban au nœud en gros grain et même sa grosse chaîne de montre en argent. Il fallait qu'il montre son rang à ce jeune cordonnier, qu'il sache dans quelle famille il allait entrer. Si sa fille faisait une folie, eh bien, elle le paierait plus tard, elle n'avait qu'à écouter ses parents !

Telles étaient les pensées de Gian-Baptiste en surveillant les petits grains serrés des grappes en formation. Les vendanges seraient bonnes s'il n'y avait pas de grêle. Il jetait au ciel un regard méfiant, le baromètre semblait annoncer un changement de temps ; savoir si là-haut un nuage n'allait pas apparaître et détruire des mois de travail ? Il fallait quand même rentrer, sinon Domenica ne serait pas contente et elle dirait qu'il l'avait fait exprès, d'être en retard.

L'odeur de friture des beignets flottait encore dans la maison. Ils reposaient dans la grande corbeille en vannerie garnie d'un napperon immaculé, saupoudrés de sucre. Des verres à pied étaient sur un plateau, attendant le contenu de la bouteille de spumente [1] venant de la cave de la Bastidane, dans la plus pure tradition des vins d'Asti.

Agnès sursauta en entendant les chiens japper, Matteo entrait dans la cour, il allait être là, il arrivait. Matteo aussi avait mis son costume de velours, mais marron celui-là, avec un grand feutre noir, comme Gian-Baptiste. Il ne sourit pas en enlevant son feutre, salua Domenica, puis se tourna vers le maître de la Bastidane...

— Bonjour, signore Bradamante.

Il avait appuyé sur le signore et n'avait pas dit simplement *signor*. Il y avait une marque de déférence en disant *signore*, il lui donnait du « monsieur » comme à la troisième personne. Gian-Baptiste en fut flatté, il se dressa de son fauteuil et lui tendit la main.

— Vous allez bien prendre un verre avec nous ?

Inquiète, Agnès, surveillait la scène.

— Avec plaisir, signore.

1. *Mousseux.*

Gian-Baptiste guettait Matteo comme un chat guette la souris. Il commençait une joute qui allait durer des années. Le vin pétillant, légèrement rosé, donnait un petit air de fête, l'ambiance se détendit tout doucement après que Gian-Baptiste eut dit :

— Agnès, tu peux t'asseoir près de Matteo.

Elle s'assit, droite, presque raide. Pourvu qu'il n'y ait pas de gaffe d'une part ou d'une autre... Heureusement que Giuseppe n'était pas là. Les conversations roulaient sur le temps, les moissons, pour finir par les vendanges. Elle se sentit rougir, elle avait la gorge sèche quand son père poursuivit ainsi :

— Ça vous ira, un mariage pour la deuxième semaine d'octobre ?

Matteo ne s'attendait pas à une victoire si rapide.

— C'est vous qui décidez, signore Bradamante.

— Agnès, qu'est-ce que tu en dis ?

— Ce que vous voudrez, papa. Et vous, maman ?

— Pour moi, c'est tout décidé.

— Bon ! Alors c'est très bien. Vous pouvez dire que vous êtes fiancés et vous irez au bal de la Saint-Etienne.

C'était plutôt laconique, sans grande chaleur. Lucia et Rose parlaient doucement entre elles, elles étaient assez étonnées de la tournure des événements. Matteo s'était levé pour prendre congé quand on entendit Gian-Baptiste :

— Agnès, tu peux raccompagner Matteo jusqu'au chemin.

Complices, Rose et Lucia avaient rapidement enlevé les verres, les assiettes à dessert, essuyant le sucre sur la table, riant en finissant les beignets qui restaient. Main dans la main, Matteo et Agnès traversaient la cour en sens inverse, s'embrassaient tendrement, combien chastement, devant le grand portail.

Le jour de la Saint-Etienne avait lieu la procession, après la messe. La statue du saint était portée sur les épaules des jeunes gens, on bénissait les champs, le soir on allumait un grand feu sur l'aire devant la chapelle à l'entrée du village, le bal clôturait la journée. Un orchestre de deux accordéons jouait les polkas et valses joyeuses, invitant les jeunes, les moins âgés, à tourner en cadence, sur un plancher de bois. Rose, Lucia et Agnès étaient avec Matteo, fier d'avoir sa fiancée à son bras ; ils étaient très entourés. Toutes les amies d'Agnès étaient là et pensaient qu'elle avait de la chance d'avoir trouvé un si beau garçon, « Mais enfin un cordonnier, quand on est la fille Bradamante, elle aurait pu trouver mieux »…

— Agnès Bradamante va épouser le maître cordonnier d'Olivia !

Ce fut une traînée de poudre dans Bargemon. Tous ceux et surtout celles qui s'attendaient à un esclandre de Gian-Baptiste en étaient pour leurs frais. Elle était venue au bal de la Saint-Etienne avec ses sœurs, au bras de Matteo. De plus, Giuseppe n'avait pas parlé de la soirée.

— Il a réussi son coup !

Plus d'un garçon en voulait au « freluquet de la ville, aux bottes brillantes »… C'était qu'elle était belle, Agnès, et que le père avait du bien. Un beau parti qui leur passait sous le nez. « Où vont-ils habiter ? Quand se fera la noce ? »

Autant de questions sans réponses. Agnès arborait un demi-sourire mystérieux ; on ne pouvait rien tirer de ses sœurs, encore moins de Félix, le valet de ferme. Domenica révisait ses armoires, comptait ses piles de draps et taies d'oreiller brodées. Elle ressortait même les coupons de dentelles, mettait de côté les draps fins les plus usés pour peut-être un jour les couper et en faire des langes. Elle roulait et déroulait soigneusement les grandes sangles tricotées au crochet, au point d'épine, en chevrons ou en piqué brodé qui se terminaient par un cordon, ce serait pour tenir le maillot, ainsi bébé pousserait, grandirait avec un dos bien droit et l'on n'aurait pas peur de le tenir, de le passer de main en main...

Elle n'avait pas encore eu la joie d'être grand-mère avec Clémentine, elle attendait ce moment avec impatience. Avoir un enfant de la chair de sa chair, tenir dans ses bras un tout petit de ses enfants, de ses filles surtout, car ce ventre qui le porterait, elle l'avait mis au monde, ce ne serait pas pareil quand ce serait l'enfant de la femme de Giuseppe ou de Baptiste. Ces douleurs de l'enfantement de sa fille seraient un peu les siennes.

L'été allait arriver avec la moisson, même si la vigne était le plus important, il fallait du grain, du maïs pour les bêtes et les gens. Puis, un mariage, il fallait y penser à l'avance. Domenica était affairée, mais aussi soucieuse ; que donnerait un couple sans argent ? Elle ne voulait pas affronter Gian-Baptiste ; avec le temps et l'usure, elle arriverait à le faire céder.

Matteo avait écrit à « Santiago du Chili ».

La réponse d'Amérique était enfin arrivée. Comme promis, il lui laisserait un hôtel, il y avait une dizaine de chambres et un salon au rez-de-chaussée. C'était de bonne réputation, il pouvait y emmener sa jeune femme, mais il faudrait qu'elle soit courageuse, n'ait pas peur d'affronter les habitués de l'hôtel. Elle pourrait toujours se faire aider pour les chambres. Mais il y avait plus d'hommes seuls que de couples. Il fallait bien réfléchir ; s'ils échouaient, il leur faudrait du temps pour ga-gner l'argent du retour.

Matteo revoyait les grands yeux gris d'Agnès, ces yeux pleins de confiance. « Bien sûr que ça marchera ! »

C'était au cours des foires que se faisaient les rencontres de gros propriétaires. L'occasion pour tout un chacun d'avoir des nouvelles des vieilles connaissances et de rendre visite aux cousins éloignés. Gian-Baptiste avait discrètement demandé à un de ses meilleurs amis de savoir ce que faisait exactement la famille de Matteo Bignante à Carrù, quand il s'y rendrait pour la foire. Les renseignements sur la famille du commerçant en « ferblanterie-coutellerie » étaient bons, mais le père, s'il ne jouait plus et avait un petit atelier de réparation d'outils agricoles, avait quand même dilapidé tout son patrimoine, surtout cette belle maison du numéro 1 de la Via Roma, avec son balcon et sa vigne vierge ! « A savoir si le fils n'en fera pas autant un jour ? Il a l'air franc, ce Matteo, mais avec un sang pareil dans les veines on ne sait jamais… »

Voilà tout ce que ruminait Gian-Baptiste, qui n'en avait soufflé mot à Domenica, laquelle se rendait bien compte que quelque chose le tracassait. Prudente, elle se taisait, ne voulant pas provoquer une querelle de ménage, qui, il ne fallait pas en douter, concernerait Agnès, qui avait toujours le Chili en tête.

Si les provisions familiales abondaient dans les réserves de la Bastidane, il y avait bien souvent quelque chose à aller chercher au bourg. Agnès était toujours prête à partir. Ce matin-là, elle avait des ailes aux talons. Elle l'avait, cette lettre d'Amérique, pliée en deux, tout au fond de sa poche ! Elle tenait son trésor entre ses doigts en revenant d'aller chercher ce bon fromage de vache, blanc et crémeux. Les bottines noires étaient blanchies par la poussière du chemin, ses jupes dansaient derrière elle. Elle arriva en trombe dans la grande salle. Domenica se rendit compte de l'air surexcité de sa fille mais ne dit rien. Elle attendit, préférant la laisser parler la première.

— Maman, j'ai une grande nouvelle à vous dire !

— Quoi encore ?

A ce « encore », Agnès avait bondi.

— Nous allons partir au Chili ! Vous vous rendez compte, maman, au Chili !

Domenica était pétrifiée. Ils allaient partir. On ne lui avait rien dit… Comment allait réagir Gian-Baptiste ?

— Au Chili ? Pour quoi faire ?

— Le parrain Francesco donne un hôtel à Matteo, à Santiago. Nous n'avons que le voyage à payer et à travailler. Quand nous reviendrons, nous pourrons acheter une boutique de chaussures à Draguignan ou nous installer ici. Je vais aller en Amérique !

Domenica avait dû s'asseoir. Elle avait pris machinalement la lettre dans ses mains, regardait sans les lire les tampons de la poste chilienne. Une petite douleur au côté gauche l'avait fait tressaillir, ce petit pinçon sous le sein… Elle avait dû trop se fatiguer ces jours-ci, voilà qu'il revenait, et ce tremblement dans les doigts qui tenaient l'enveloppe, ce devait être l'émotion…

— Tu veux nous quitter ?

C'était dit d'une voix enrouée, pleine de

chagrin retenu. Sa « grande » voulait partir, quitter le pays, quitter la France pour cette Amérique d'où personne ne revenait jamais ou alors après tellement d'années que l'on ne reconnaissait pas les gens au pays. Ils étaient différents d'avant leur départ, riches et arrogants ou alors tellement usés, leurs espoirs à jamais perdus, qu'ils faisaient pitié. Elle comprenait que sans argent le jeune couple ne pouvait pas vivre, si encore elle avait pu donner une dot à Agnès, ils auraient pu s'installer, avoir une boutique, mais elle n'avait à elle que la terre rachetée avec l'argent de son héritage, celui de la Madone-Dorée, on ne pouvait la vendre… Gian-Baptiste donnait sa fille à Matteo ; son trésor, c'était elle, Agnès. « Vous vous installerez où vous voudrez. » Elle entendait encore ces paroles, elle ne pouvait rien faire, un froid glacial était en elle. Gian-Baptiste ne dirait rien par orgueil, il souffrirait mais il serrerait les dents.

— Maman, vous ne dites rien ?

— Je n'ai rien à dire. Tu as voulu ton Matteo, tu l'as… Je pensais qu'il aurait pu trouver à s'installer dans la région ou reprendre un atelier, que ton père aurait changé… Mais ce départ ne va pas arranger les choses.

— Vous n'êtes pas juste, maman ! Si Matteo

avait eu une menuiserie, un moulin, une forge ou une ferme, papa et vous m'auriez donné une dot. Parce que c'est Matteo, qui n'a que ses deux mains et son courage, vous ne me donnez rien… Savez-vous que Rose veut aller au couvent Santa Zita à Turin et que pour y entrer il faut une dot ? Alors papa, là, va la donner, comme si « Monseigneur » à Turin avait besoin de la dot de Rose pour vivre, avec tous les domaines qu'il a ! Je ne veux rien, je suivrai mon mari, il pourra faire des chaussures, moi je pourrai tenir l'hôtel.

— Ce n'est pas ta place !

— Ma place ? Elle était ici, près de vous, comme Clémentine, seulement voilà, Matteo n'est pas meunier, lui !

Elle avait tourné les talons et était partie se réfugier dans sa chambre, secouée de sanglots.

Pour Matteo commençaient les correspondances avec le port de Gênes : il se renseignait afin de connaître les prix des traversées atlantiques pour l'Amérique du Sud, la durée du voyage, où loger à Gênes, ce port encore presque moyenâgeux, dans la vieille ville. Il avait entendu parler de ses arcades, des maisons datant de « Cristoforo Colombo » du célèbre Campo Santo, le staliano, le cimetière sur les hauteurs de la ville où les tombeaux avaient des statues de bronze, de pierre, aussi belles que dans les musées de Turin ou de Florence, d'où l'on dominait la cité et la mer immense tant que se portait la vue.

6

Matteo coupait, cousait, travaillait tant qu'il le pouvait. Olivia avait une bonne clientèle, qui payait bien. Alors Matteo se levait parfois à quatre heures du matin, travaillant à la lueur de la bougie qui se reflétait dans le globe de verre empli d'eau, tirant le ligneul à pleines mains, croisant les fils d'un coup sec, une machine vraiment n'aurait pu mieux faire, tellement les points de ses coutures étaient réguliers.

Bien souvent, dans de plus grands ateliers, existait un appareil appelé « potence », une sorte de châssis carré monté sur quatre pieds où l'on pouvait poser quatre globes. La suspension des globes était régie par une bande en cuir, percée de trous dans sa longueur et passée dans une mortaise à jour de la potence, on pouvait ainsi en régler la hauteur. La lumière, provenant d'une petite boule de verre suspendue au centre de l'appareil et où l'on brûlait de l'huile, traversait les globes remplis d'eau, ce qui en augmentait l'intensité. Un « bon globe » contenait de l'eau de plusieurs années, parfois « jusqu'à huit années »… Il fallait des précautions pour ne pas en troubler le fond verdâtre. Eviter les accidents, risque d'inondation, mais surtout perte de l'éclairage parfait du miroitement de cette eau de plusieurs années !

— Tu vas y laisser ta santé et tes yeux… disait Luigi le cordonnier à Matteo.

— Il faut travailler quand on est jeune, j'aurai le temps de m'arrêter quand je serai vieux. Il me faut l'argent du voyage.

Devant tant de volonté, Luigi était admiratif.

— Ecoute, je n'ai pas d'enfant, je t'aime bien. Si tu n'y arrives pas, je te l'avancerai, cet argent, si ça ne va pas en Amérique tu pourras toujours revenir, même si j'ai dû te remplacer. Ton Agnès, elle me plaît, et je vais t'avouer quelque chose, poursuivit-il, sa voix maintenant enrouée, Domenica, sa mère, si je n'avais pas été cordonnier, je l'aurais demandée en mariage, mais je savais que je n'avais aucune chance.

— Et pourquoi ? Il fallait oser.

— Ce n'était pas la peine, tout le monde savait au pays qu'elle n'avait que Gian-Baptiste en tête… Tu vois, Agnès aurait pu être ma fille…

Et il ne parla plus de la matinée. Matteo, touché, travailla lui aussi en silence.

Domenica gardait pour elle son tourment. Elle avait refermé ses grandes armoires. Seules les immenses et lourdes nappes damassées, brodées en rouge au point de croix, ainsi que les grandes serviettes portant les initiales de Gian-Baptiste Bradamante, « G-B » entrelacées à côté du « B », avaient été révisées, lavées et empesées pour le prochain mariage. Elle envisageait même un voyage à Draguignan pour certains achats et aussi faire faire la photo des fiancés, chez Louis Buzin, 6 boulevard de la Liberté, comme celles des autres membres de la famille. Sur fond ivoire, marron et roux, les photographes appelaient cette teinte « sépia ». Sur le carton épais, au dos duquel s'inscrivait l'adresse en belle anglaise, elles étaient belles, ses filles, ainsi que ses garçons… Et sa mère, qui n'avait pas voulu quitter sa pointe noire de veuve, avait gardé pour la mémoire son air de bonté, au sourire si tendre. Elle essuyait du revers de la main les larmes qui coulaient tout doucement, Domenica, sa gorge était serrée. Si elle voyait ça de là-haut, la bonne Arminia, elle devait encore en vouloir à Gian-Baptiste, déjà qu'elle ne le voulait pas. Pourtant Domenica était heureuse, elle laissait passer ses colères subites qui l'ébranlaient quand même, car elle savait qu'il l'aimait tellement ; mais il était terriblement entêté, et cette fois c'était trop… Elle croyait qu'une fois Agnès installée dans la région tout finirait par s'arranger un jour, mais la voir partir au Chili ! Gian-Baptiste n'aurait pas fini de « planter son clou ». Et il n'en démordrait pas, elle le connaissait, son homme…

Matteo avait pris le train pour Gênes afin d'y réserver leurs deux places à bord d'un bateau pour Valparaíso. Lui qui connaissait les villes des environs, même « Turin la Belle » avec son palais Madame, ses églises dont celle de la Sacra Sindone [1], sa grande gare et les belles promenades le long du fleuve Pô, était perdu, il avait la tête qui lui tournait un peu devant ces ruelles denses, grouillantes de monde. Toutes descendaient vers le port submergé de voiles, de gréements, de mâts, de bateaux

1. *Le Saint Suaire.*

à vapeur, de portefaix, de voitures à plusieurs chevaux, de montagnes de bois, de sable ou de marbre, de tonneaux, de blé. Il y avait aussi les bateaux qui faisaient la traversée de Gênes à Nice ou de Gênes à Marseille, depuis le temps où il n'y avait pas de route pour aller en Italie. De la France, il fallait passer plus haut par les Alpes, comme l'avaient fait depuis des siècles, après les Romains, les généraux, les soldats, les écrivains, les artistes, ainsi que cette femme qui avait un nom d'homme, George Sand, qui, il le savait, prenait la défense des pauvres. Elle aussi avait pris le bateau pour venir en Italie.

Il s'arrêta dans la première alberga venue, se régala d'une salade de pieuvre à l'huile d'olive et au citron, puis de beignets de calamars. Toutes les langues du monde étaient parlées là, ainsi qu'une sorte de charabia, sans doute d'origine arabe et méditerranéenne, propre à tous les marins. Il écoutait, se disait que lui aussi il allait devoir parler espagnol s'il s'installait au Chili. Il demanda où était la compagnie maritime qui faisait la traversée de l'Atlantique. Quand il l'eut trouvée, il fut désemparé. Une longue file d'hommes et de femmes étaient devant lui, tous mis plus ou moins misérablement. Ils semblaient fatigués et découragés. Il se renseigna près d'un garçon de son âge qui lui dit qu'il n'y avait plus de place jusqu'au mois de mars.

— Et vous croyez que c'est vrai ? Même en travaillant ?

— Attends et tu verras…

Il n'avait pas l'habitude de tutoyer les inconnus, mais là, ils allaient tous partir dans la même galère.

— Bon, je vais faire comme toi, on verra bien.

— Qu'est-ce que tu veux faire ?

— Je partirai avec ma femme, je vais me marier.

— Et elle est où, ta femme ?

— A Bargemon, en France, c'est dans le Var, pas très loin de la frontière.

— Ce n'est pas un voyage pour une femme de la campagne !

— Elle est courageuse.

— Je l'espère pour toi. Je te souhaite bonne chance !

La file s'était séparée en deux. La Compagnie avait mis en place un employé supplémentaire derrière le guichet grillagé.

— Où voulez-vous aller ?

— A Santiago du Chili.

— Nous n'avons plus de place pour Valparaíso jusqu'au mois de mars. Dans le fond, vous éviterez les grosses tempêtes de l'équinoxe d'hiver.

— Oui, mais ma fiancée…

— Votre fiancée, elle attendra, vous travaillerez un peu plus et vous aurez un peu plus d'argent.

La consolation était mince. Il ne pouvait pas se décider, alors il sortit, tête basse. Il rencontra à nouveau le garçon qui, lui, avait pris son billet pour le mois de mars.

— Je veux partir après mon mariage ! Je l'ai promis.

— Alors va à l'autre « compagnie », il arrive quelquefois que des gens ne partent pas.

La Compagnie génoise concurrente avait par chance deux places sur l'*Andrea Doria* [1].

— Vous ne pouviez tomber mieux ! Le bateau porte le nom le plus célèbre de la marine italienne…

Ses billets pour Valparaíso précieusement pliés dans la poche de sa veste en velours, Matteo avait repris le chemin de la gare pour retourner à Bargemon. Les contreforts des Alpes piémontaises défilaient contre la vitre. Des vallées verdoyantes, des champs de maïs

1. *Amiral italien (1466-1560).*

jaunis par l'été, des fermes aux hangars montés sur de grands piliers, qui seraient les receleurs des moissons déposées là, à grands coups de fourches, par des hommes vêtus de toile, ruisselants de sueur, et des femmes aux jupes retroussées avec des épingles sur d'épais jupons. Il voyait aussi ces fins campaniles, posés contre des églises haut perchées avec des allures de minarets, dominant les vallées et torrents qui coulaient à leur pied. Les toits rouges ou rosés par le couchant sur les vieilles tuiles « canal » en terre cuite, dont la forme datait des Romains. Quelques coteaux de vignes plantées à pic, défiant toute gravité, face aux derniers rayons de soleil, plus haut que le village, qui donneraient un raisin à petits grains sucrés pour faire le bon vin du pays, et, couronnant le tout, ces pics enneigés du Piémont qui semblaient monter la garde sur la région tout entière.

Agnès attendait avec impatience le retour de son fiancé. Il était venu le lendemain soir, comme l'avait autorisé Gian-Baptiste, pour faire sa cour, mais il n'avait pas parlé du futur départ pour l'Amérique du Sud. Il ne voulait pas attirer encore les foudres du père sur sa fille. Il attendait que Domenica prenne les devants.

— Alors, vous êtes allé à Gênes ? lui demanda le père.

— Oui, j'ai des projets d'avenir. J'espère que nous pourrons y arriver…

Comme il était assez évasif, Gian-Baptiste n'insista pas ; il tira une bouffée énergique de sa pipe qui fit un petit rond de fumée, comme pour les narguer. Amusé de voir la réaction à son mutisme, il renouvela son petit rond de fumée. Matteo se leva alors pour partir.

— Vous ne restez pas longtemps ce soir, lui dit Agnès.

— C'est que j'ai une commande à terminer.

Elle avait compris qu'il était soucieux. Arrivés près du portail, elle lui dit simplement :

— Alors ?

— J'ai pu avoir les deux derniers billets sur l'Andrea Doria. Le bateau part le 28 octobre. Il paraît que c'est un très mauvais moment pour faire la traversée de l'Atlantique, où il y a le plus de grosses tempêtes, même des catastrophes…

— Mais nous aurons du soleil en arrivant.

— Je sais, mais je me fais des soucis pour vous.

Il la regardait avec une tristesse peu habituelle chez lui. Agnès n'insista pas. Elle entra dans la grande salle où tous attendaient son

121

retour. Gian-Baptiste mâchonnait son tuyau de pipe.

— On peut savoir ce qu'il avait ?

Agnès ne s'était pas attendue à devoir répondre si vite.

— Ce qu'il avait ? Deux billets pour Valparaíso, pour aller à Santiago après le mariage.

Domenica avait pris peur en voyant l'audace de sa fille et le rouge de la colère monter aux joues de son mari qui fulminait, tremblait.

— Qu'est-ce que cette histoire et ces cachotteries ?

— Où voyez-vous des histoires ? Vous avez dit : « Allez vous installer où vous voudrez ! Tu n'auras pas de dot. Il ne t'épouse pas pour ton argent, tu n'auras rien ! » Vous qui êtes si fier d'être le maître de la Bastidane, vous seriez moins fier en me voyant vivre dans deux pièces sous les toits à Bargemon, moi la femme de l'employé d'Olivia ! Et j'irais faire des lessives au village pour avoir un peu de confort ? Vous auriez honte, je vous connais. Alors nous ne blesserons pas votre fierté. Nous partons nous installer au loin, nous ne vous porterons pas ombrage !

Lucia était sidérée, Rose disait une fois de plus mentalement un *Ave Maria*. Agnès était superbe dans sa colère. Domenica se taisait.

Sa fille quitta la salle. Il fallait que ça éclate, autant que ce soit tout de suite. Gian-Baptiste se vengeait sur le feu en fourrageant tant qu'il le pouvait avec le tisonnier, créant une gerbe d'étincelles qui donnait peur aux grillons, les faisant courir en tous sens.

Matteo réfléchissait sur le chemin du retour. Il voulait fixer la date du mariage. Il voulait faire la fête à Carrù, pour la Saint-Crépin, patron des cordonniers, avec tous ceux de la confrérie, il voulait leur montrer sa femme, ce bijou de fierté aux yeux gris.

Il voulait voir la joie de sa mère qui depuis qu'il avait sept ans, au départ de son père, avait eu tant de souffrance. Il voulait voir sourire ce visage sculpté par le chagrin mais plein de bonté. Elle les attendrait sous la tonnelle où des verres seraient prêts sous un torchon de toile pour leur éviter la poussière. Demain il reviendrait à la Bastidane et redresserait la tête, il demanderait et exigerait, s'il le fallait, pour son futur foyer. Il ignorait qu'Agnès, excédée par l'injustice de son père, avait annoncé leur départ pour le Chili.

Le lendemain matin, tout le monde travaillait en silence à la Bastidane. Le patron ne desserrait pas les dents. Les ouvriers en faisaient autant afin d'éviter une algarade pour un rien. Agnès guettait une fois de plus Matteo, pour lui dire l'éclat de la veille.

— Nous allons nous marier, votre père a dit en octobre, pourquoi pas le 15 ? Le bateau part le 28, nous aurons le temps d'aller à Carrù pour la Saint-Crépin ; tous ceux de Mondovi, où nous avons appris notre métier, y seront. Nous ferons la fête à l'auberge du Bœuf-Gras, sous les arcades, je leur présenterai ma femme !

Agnès rougit violemment, c'était la première fois où elle ressentait ce changement d'appellation ; « sa femme », c'était toute une intimité qui se dévoilait, les yeux de Matteo brillaient comme jamais. Une chaleur étrange l'envahit, elle en fut troublée et ne put répondre. Elle se dirigea alors vers la maison. Elle lui prit la main pour entrer dans la salle, c'était déjà un coup d'éclat, d'indépendance.

Gian-Baptiste, assis à la table, lisait le journal local. Les troubles commençaient tant en France qu'au Piémont. Des groupes se réunissaient sur les places des villages. Des hommes en costume et cravate disaient apporter la parole de Mikhaïl Bakounine, ancien officier russe qui s'était battu pour les ouvriers. Exilé à cause de ses idées révolutionnaires, il avait rencontré à Paris Marx, Herzen et Proudhon, de 1842 à 1847, puis avait été emprisonné en 1849. Il s'était rallié à la Première Internationale et avait fondé à Naples la Première Section italienne, après avoir rompu avec Marx au congrès de La Haye en 1872.

Depuis ce temps-là, en 1901, la graine avait germé dans les esprits et les corps opprimés par les industriels, parmi les ouvriers épuisés par de longues journées de travail, mal payées, et aux familles nombreuses mal logées : le peuple devait se révolter contre les patrons. Déjà des grèves éclataient, même dans le nord de la France, où l'armée à cheval fonçait sur les manifestants. Des bruits couraient à la filature de Bargemon, de petits groupes chuchotaient…

Gian-Baptiste craignait pour ses vignes, sachant lui-même qu'il n'était pas un patron facile. Il daigna lever la tête quand Agnès lui demanda :

— Papa, vous pouvez nous écouter ?

— Si je peux savoir ?

Son ton était rogue et rancunier.

Matteo avait enlevé son feutre noir qu'il tenait à la main.

— Maître Bradamante, nous voudrions nous marier le 15 octobre…

— Eh bien ! Mariez-vous le 15 octobre !

Et il continua de lire son journal.

Les deux jeunes gens décontenancés restaient devant lui, immobiles. Gian-Baptiste marmonna :

— Arrange ça avec ta mère…

Comme c'était facile ! Rien que le ton donnait froid dans le dos à Agnès, alors elle se tourna vers sa mère :

— Maman, vous le pourrez ?

Domenica était interdite, mais elle était femme de tête.

— Les vendanges seront faites, nous nous arrangerons pour le mieux. Ton trousseau est prêt, tu pourras l'emporter.

— Maman, si nous partons, je le prendrai au retour.

C'était dit du bout des lèvres, elle n'emporterait rien dans cette Amérique lointaine, une malle d'osier et un panier seraient suffisants.

Elle avait la gorge serrée en pensant au gai mariage de Clémentine, au voyage de noces de celle-ci à Turin, à son passage au couvent Santa Zita où elle était allée rendre visite à leur tante Maria, avec son Pasquale. Elle, Agnès, allait partir à l'autre bout du monde parce qu'on ne voulait pas lui donner de dot, à cause de Matteo. Elle allait tout quitter parce

126

qu'un père despote ne pensait qu'au domaine qui irait à Giuseppe, l'aîné, selon leurs loi et tradition.

7

Pour Agnès, l'échéance du départ était proche, ce serait le 28 octobre sur l'*Andrea Doria*. Le mariage aurait lieu le 15 octobre. En attendant, la vie continuait, avec les travaux de l'été, puis ce seraient les vendanges, avec cet incessant va-et-vient de tombereaux pleins de raisin, l'odeur forte, sucrée, du jus, des grains, qui seraient foulés joyeusement par les hommes aux jambes nues, aux pantalons retroussés jusqu'aux genoux dans les cuviers de bois. Tout se passerait en chantant pour cette danse bachique où le sang de la vigne laisserait de longues traînées sur les mollets des hommes. Les femmes de la Bastidane seraient affairées, courant d'une marmite à l'autre jusqu'aux grandes tables installées à l'ombre pour le repas des vendangeurs. Il faudrait employer de l'aide supplémentaire pour préparer ces énormes marmites de polenta, de risotto ou de minestrone.

Gian-Baptiste était généreux pour sa table, mais il surveillait le ballet des bouteilles vert foncé qui contenaient le vin de sa cave, il ne voulait pas de débordements qui pourraient se terminer en bagarre à la fin du repas. Le soir, les ouvriers trop fatigués n'attendaient que les paillasses de maïs installées dans la grande remise pour dormir d'un sommeil exténué dont parfois les ronflements sonores feraient peur aux mouches.

Avec la fin des vendanges, les odeurs de raisins foulés disparues, tout nettoyé et remis en ordre, Domenica dut se consacrer à ce mariage, octobre arrivant à grands pas. Il fallait faire bonne figure, sa fille épousait un maître cordonnier qui allait chercher fortune en Amérique, mais pas n'importe où. Un hôtel les attendait, tout le monde n'avait pas une telle chance pour l'avenir. Il leur faudrait simplement être courageux, comme ils l'étaient tous ici à Bargemon, sans y devenir plus riches.

A Carrù, Piémont, Angela Bignante, la mère de Matteo, était taraudée par l'anxiété. Elle avait reçu une lettre de Domenica Bradamante, l'invitant avec son époux à venir leur rendre visite à la Bastidane pour faire la connaissance de leur future belle-fille et de la famille.

Angela n'ignorait rien de la réputation aisée des Bradamante et encore moins du caractère orgueilleux de Gian-Baptiste. Elle supposait qu'il connaissait leur situation, ainsi que la disparition de tous leurs biens sur une table de jeu dans un cercle de village.

Malgré tout il lui restait à elle, Angela, un petit fond d'orgueil en pensant à la belle maison de briques roses recouverte de vigne vierge, au beau balcon en fer forgé, qui avait été sienne. Si elle ne lui appartenait plus, on disait encore la « Casa Bignante », leur nom était resté pour les gens du quartier.

Alors Angela révisa sa garde-robe et sortit le grand sautoir en or que lui avait offert pour son mariage sa mère adoptive. Elle avait pu le sauver du naufrage, préférant faire des lessives, se levant aux aurores pour repasser, plutôt que de s'en séparer. Le corsage en satin noir à petits plis, garni de jais, aurait belle allure sur sa jupe en faille. Elle fit un essayage et fut contente de voir qu'elle avait encore la taille bien marquée pour son âge, cambrée même, alors que tant de femmes étaient alourdies par les maternités. Elle savait reconnaître dans l'œil de Stefano, son mari, qu'elle était encore belle à près de cinquante ans.

Si ses cheveux grisonnants, ondulés, étaient brillants, c'était aussi grâce au mélange d'huile d'olive et de pétrole dont elle les massait certains soirs en les gardant sous un foulard serré toute la nuit avant de les laver le lendemain matin. Il fallait bien avoir encore l'air d'être quelqu'un quand on n'avait plus rien, que sa fierté, qu'une toute petite maison avec une belle treille.

Stefano, repenti, se faisait discret, parlait peu, mais savait dire les mots qu'il fallait et quand il le fallait. Ils pourraient se rendre à la Bastidane avec dignité. Comment était-elle, cette Agnès dont lui parlait tant son fils ? Il paraît qu'elle avait l'air fier et qu'elle se tenait très droite, peut-être qu'elle ne les trouverait pas dignes de nouer les lacets de leurs chaussures ? Pourtant, si Matteo l'avait choisie, c'était qu'elle était bien.

Quinze jours plus tard, Matteo les installait à l'hôtel du Commerce de Bargemon, d'où ils iraient le lendemain déjeuner à la Bastidane. Domenica Bradamante avait bien fait les

choses. Après tous les anti-paste [1] faits de petits pâtés, de minuscules légumes farcis avec
jambon haché ou fromage, son triomphe arrivait sur la table, sa tourte de lapin aux cèpes,
accompagnée de gnocchi à la pomme de terre,
roulés à la main, comme seule une Piémontaise pouvait les faire.

Levée de bon matin, aidée de ses filles pour
les passer du bout des doigts sur les dents des
fourchettes, elle avait roulé les gnocchi en co-
quilles striées sur la planche enfarinée. Après
le sabayon au vin de la cave, le spumente aidant, les convives étaient tout détendus quand
Matteo offrit une petite boîte à Agnès. Il y
avait à l'intérieur une broche en or en forme
de fleur avec une petite pierre au milieu, montée sur griffes, brillant comme un véritable
diamant.

A la Bastidane, Agnès regardait au loin les
champs où, là comme aux Grands Seigles,
chez le baron Marc-Aurèle de Sèguemagne,
les moissonneurs étaient aussi passés. Les
poules s'en donnaient à cœur joie, dans tous
les sens, se glissant sous les charrettes qui entraient dans la cour pour picorer çà et là le

1. *Hors-d'œuvre, en italien… avant les pâtes !*

grain qui tombait des épis. Un chat immobile dans un coin sommeillait contre le mur de clôture, couchant ses oreilles dès que quelque chose le dérangeait. Tout ce bruit l'importunait mais il était bien, dans cet endroit à l'abri du vent, parfois d'une fente pas plus épaisse qu'une lame de couteau filtrait entre ses paupières une lueur, celle de la paresse.

Gian-Baptiste ne décolérait pas depuis qu'il savait qu'Agnès allait partir pour le Chili. Il n'en parlait pas, ni dans son entourage ni à la Bastidane. Tous l'imitaient. Domenica rentrait sa peine au plus profond d'elle-même. Elle tremblait à l'idée de voir sa fille s'en aller sur l'Océan. Elle se rappelait les histoires de bateaux qui avaient sombré, de gens perdus en mer. Avec les vendanges qui approchaient, le départ d'Agnès devenait son tourment. Un soir, au moment de se coucher, Gian-Baptiste lui avait dit :

— Je vais me rendre chez le notaire, tu me diras combien il te faut pour ce mariage. Tu peux aller à l'auberge de l'Ecu pour retenir la salle.

— Mais on peut faire le mariage ici, à la Bastidane…

— Non ! Je ne courberai pas la tête parce que ma fille va épouser un cordonnier ! Même s'il vient de Mondovi et qu'il a des mains d'or. Nous pouvons faire un mariage à l'auberge.

Il était debout au pied du lit, dans sa grande chemise de nuit en coton, l'air dur, les dents serrées à s'en contracter les maxillaires ; ses moustaches, qui devenaient grises, tremblaient légèrement. Domenica avait pitié de lui, de son entêtement, de son fichu caractère. Elle savait qu'il avait de la peine, qui se transformait en rancœur, elle voulut essayer encore une fois :

— Mais pour Clémentine nous avons fait le mariage ici.

— Clémentine n'est pas Agnès !

Il ouvrit son lit et ne lui dit pas bonsoir en se couchant. La flamme de la lampe à pétrole tremblota dans la main de Domenica quand elle voulut l'éteindre. Son cœur était serré, Agnès allait avoir un mariage de fille riche, à l'auberge de l'Ecu, sur la route de Draguignan, la plus grande auberge du pays et des environs. Celle où les patrons dînaient entre eux pour débattre les prix au kilo des cocons de vers à soie, du tissage, du blé, quand ce n'était pas celui de la soie des filatures de Bargemon ou des environs.

Les industriels de Lyon ou de Saint-Etienne s'y arrêtaient lorsqu'ils venaient voir les fabriques, choisir les fils de cocons de vers à soie dont ils feraient des merveilles dans leurs usines.

C'était alors à qui ferait le mieux, de la France ou de l'Italie, de Lyon à Saint-Etienne ou du Piémont. Avec les filatures de Provence, depuis que Colbert les avait implantées dans les Cévennes, à Saint-Jean-du-Gard et autres localités isolées où les plantations de mûriers étaient la manne pour nourrir les vers à soie. Dans le Var, Draguignan, Les Arcs, Lorgues, Le Luc, Cotignac et Trans-en-Provence voyaient s'élever ces grandes bâtisses aux dévidoirs géants.

Depuis 1350, avec les papes en Avignon, les maîtres tisseurs italiens avaient suivi, amenant avec eux leur savoir-faire pour créer des soieries chatoyantes ou des velours sculptés. Louis XI faisait lui aussi venir d'Italie des ouvriers pour sa manufacture de Tours. Mais les ouvriers italiens de Lyon étaient les maîtres incontestés grâce à cette soie de Provence et de France dont en 1853 soixante-trois départements avaient récolté vingt-trois millions de kilos de ces cocons si légers, au fil arachnéen.

Domenica ne pouvait dormir, elle aurait préféré savoir Agnès de l'autre côté des Alpes, vers ces sommets enneigés qui seraient une barrière, mais qui lui renverraient l'écho des battements du cœur de sa fille. Elle se retournait dans son lit « matrimonial », un des lits jumeaux serrés côte à côte, évitant de faire le signe de croix pour sa dizaine de chapelets, par peur de réveiller Gian-Baptiste, qui s'était endormi comme une masse.

Elise Giraud, la patronne de l'auberge de l'Ecu, s'étonna, Domenica Bradamante entrait dans la grande salle. Elle la connaissait pour avoir acheté du vin à Gian-Baptiste, le maître de la cave.

— Domenica ! Qu'est-ce qui vous amène ?

— Attendez que je m'assoie, ça fait loin pour venir chez vous…

« Elle est toujours aussi belle », se dit Domenica en voyant Elise venir vers elle. Il est vrai qu'elle avait un corps superbe et un port de tête royal. Ses cheveux bruns tressés en couronne autour de sa tête lui formaient un diadème retenu par de longues épingles d'or avec des cabochons ciselés. Ses yeux bleus avaient la couleur des glaciers, pétillaient de gaieté intérieure, un lourd collier d'or et de corail était à son cou. Un sourire éclatant disait « N'ayez pas peur ».

Domenica comprit mieux tous les commérages sur « l'Elise », les sous-entendus des hommes, aussi mauvaises langues que leurs femmes. Elle se dit alors qu'ils devaient tous avoir tort, qu'en fait elle était la renommée de l'auberge comme Eugène, son mari, était celle de la cuisine.

— Voulez-vous un peu de limonade ?

— Je veux bien.

Domenica but presque d'un trait le contenu de son verre.

— Je suis venue vous voir pour le mariage d'Agnès.

— Vous voulez le faire ici ? Je ne m'attendais pas à ça !

C'était dit tout simplement, avec un tremblement dans la voix. Elise n'était pas aubergiste sans savoir les nouvelles du pays. Elle connaissait Agnès et Matteo.

— Vous me surprenez, mais je suis contente que vous veniez chez nous.

— C'est Gian-Baptiste.

Domenica ne pouvait presque plus parler.

Elise sentit qu'elle avait du chagrin.

— Je comprends. Je ferai le mieux que je pourrai pour que vous soyez contente. Si j'avais un enfant, moi...

Son regard se voila, il disait sa détresse de femme riche, travailleuse et enviée, mais qui sentait ses bras vides, ne pouvant y serrer un enfant blond ou brun, rieur.

— Je vais vous donner des menus tout prêts, mais comme je pense que vous ne voulez pas le même que tout le monde, je vais vous en préparer un ou deux, on arrangera ça...

C'était dit en riant, mais Domenica comprit surtout que c'était la note qu'elle voulait arranger pour elle, pour que le terrible Gian-Baptiste ne grogne pas. Comme elle se levait pour partir, Elise la raccompagna jusqu'à la porte, l'embrassa spontanément. Le chemin fut moins long et moins pénible au retour, la compréhension, l'amitié d'Elise avaient réconforté Domenica, elle ne sentait plus la fatigue.

Agnès n'avait pas vu partir sa mère, ses sœurs ne lui avaient rien dit. Elle fut étonnée en la voyant entrer.

— Vous êtes allée à Bargemon ?

Domenica ne répondit pas immédiatement. Elle plia son grand châle en cachemire noir et vert à franges de soie, le posa tranquillement sur un dossier de chaise. Agnès, surprise par son silence, la fixait.

— Vous êtes allée à Bargemon ? répéta-t-elle.

— Je suis allée à Bargemon, à l'auberge de

l'Ecu, pour ton mariage.

— A l'auberge ? Pour mon mariage ? répéta-t-elle.

Elle en avait le rouge au front, les joues en feu, ses jambes tremblaient.

— Mais pourquoi ?

— Parce que ton père a décidé, c'est tout. Elise Giraud va nous préparer des menus, je ne la connaissais pas, il aura fallu ton mariage...

— Mais vous l'aviez déjà rencontrée...

— Oui, mais rencontrer quelqu'un ce n'est pas le connaître, maintenant que l'on ne vienne pas me dire des choses sur son compte, on me trouvera.

Agnès s'interrogea sur ce qui avait pu toucher sa mère à ce point. Elle n'osa pas lui demander ce qui avait été décidé, Domenica le comprit.

— J'ai proposé à ton père de faire le mariage ici, il a refusé. Tu connais sa fierté, il ne veut pas que l'on croie qu'il a honte de Matteo, alors il a décidé de le faire à l'auberge, comme ça les gens n'auront rien à dire.

Agnès se retint de lui répondre que c'était surtout son orgueil qui le poussait.

8

À Bargemon la vie continuait au rythme du travail, des labeurs. Mais il y avait de l'effervescence du côté des ateliers, les grèves s'intensifiaient, dans les rues on murmurait. Dans les filatures, *l'Internationale* s'agitait avec le drapeau rouge. Les cafés et leurs arrière-salles étaient souvent des lieux de rencontres, où un meneur syndicaliste monté sur une table invectivait les ouvriers hésitants. Le choix n'était pas facile entre rester à la maison, tout casser à l'usine, ne pas avoir de paye ou continuer pour un salaire de misère.

Fait rarissime, à Bargemon un patron était du côté de ses travailleurs. Le premier à avoir réclamé le droit d'une augmentation pour les ouvriers, ce qui ne correspondait pas avec les idées de ses riches voisins. On vit alors une chose extraordinaire, les gendarmes monter la

garde devant le portail de la filature et bivoua-
quer le long des clôtures, pendant que les ouvriers italiens, à califourchon sur les murs,
chantaient la *Bandiera Rossa* [1] en agitant le
drapeau rouge, avec autour du cou des foulards également rouges, en compagnie du
« patron » en chemise blanche et col glacé.
C'était le grand début d'un socialisme qui devait venir au secours de la misère mais en
laissant de terribles blessures.

Agnès allait à la filature non pas pour s'occuper mais parce que son père estimait qu'elle
devait connaître le travail rétribué, savoir ce
que c'était d'être commandé et d'obéir. Le travail ne lui faisait pas peur ; étant de santé ro-
buste, elle ne rechignait pas à se lever tôt, à
marcher dans le chemin humide de rosée où
les noisetiers et les sureaux bourdonnaient
d'abeilles, pour se rendre à la filature où elle
retrouvait ses amies, de l'école du village.
Toutes, à part les filles de bourgeois, avaient la
même façon de vivre, la différence était dans
la grandeur des terres paternelles, dans les
rangées de vignes au soleil, rires et joies
étaient les mêmes.

1. **Le Drapeau rouge,** *chant révolutionnai-
re italien.*

Son mariage d'amour les faisait rêver. On savait maintenant qu'elle allait partir pour l'Amérique, le Chili ; plus d'une aurait bien voulu l'imiter. Elle gardait sa tranquille assurance. Ne donnant pas trop de détails, tout simplement parce qu'elle n'en avait pas, qu'elle attendait sans trop d'angoisse ce départ, faisant confiance à son Matteo qui faisait de si belles chaussures, priant Dieu avec toute la ferveur de sa croyance en Lui, pour que leur amour dure jusqu'à la fin de leurs jours.

Habillée simplement, ses vêtements étaient de bonne qualité, ce qui lui permettait de les garder plus longtemps. Sa gentillesse, son sourire grave faisaient qu'on ne la jalousait pas. Elle offrait parfois une partie de son repas, un morceau de tarte à la confiture ou des beignets, sous prétexte de ne pas en avoir envie. Il lui arrivait de couper la longueur du chemin, deux kilomètres, pour entrer bavarder dans une de ces fermes aux toits de tuiles blanchies par le soleil et les ans, aux hangars à grands piliers, de rester un moment pour donner une bouillie à un tout petit ou le prendre dans ses bras quand il était en larmes et la mère tellement occupée avec les autres accrochés à ses jupes. Elle se disait qu'elle aussi serait maman un jour, alors elle donnait un peu de tendresse. Elle pensait avec douceur à son mariage, mais il n'y avait pas de joie en elle, c'était une résignation, il lui fallait partir au bout du monde puisque son père avait décidé son départ avec son « Installez-vous où vous voudrez ! ».

Sa robe de noce en soie noire, au corsage à petits plis, serait belle, la couturière avait bien travaillé. Ses sœurs auraient aussi de jolies toilettes qu'elles pourraient remettre le dimanche pour aller à la messe, avec de très beaux châles. Le colporteur italien, de Nice, en avait eu un magnifique lot par un marin qui venait de Savone où son bateau faisait escale. Comment serait habillée Clémentine ? Elle était plus près de Draguignan, son mari Pasquale était généreux, elle aurait peut-être un bijou nouveau pour venir à la noce de sa sœur ?

Agnès n'avait pas voulu de voile en tulle. Elle avait demandé à sa mère de lui acheter une mantille en dentelle blanche, qui serait retenue par deux bouquets de fleurs d'oranger. Le tulle, c'était bon pour les « demoiselles » qui se mariaient en grandes robes blanches à la ville, elle trouvait qu'ici, à Bargemon, c'était de trop. Elle savait qu'en Alsace annexée les jeunes filles se mariaient en noir, en signe de deuil, et c'étaient des jeunes filles ! Elle ignorait que Domenica avait réussi à décider Gian-Baptiste à offrir un cadeau de mariage à sa fille, une ravissante petite montre en or ciselée, gravée à ses initiales, *A.B.*, qu'elle porterait à son corsage le jour de ses noces.

Matteo travaillait à la lueur de la chandelle tôt le matin, tard dans la soirée. Il faisait le plus de paires de chaussures possible pour augmenter ses économies. Olivia admirait son courage et lui disait :

— Ménagez-vous…

Luigi ajoutait :

— Tu vas avoir une jeune femme, ce serait malin si tu tombais malade avant de partir.

Il n'avait plus le temps de voir Agnès. Elle le guettait bien souvent, mais il n'y avait personne au bout du chemin. Le soir, en brodant quelques jours à un grand drap, elle restait silencieuse. De même Lucia, l'espiègle, ne la taquinait plus. L'atmosphère était un peu moins tendue, mais toute la maisonnée pensait à ce départ vers cette Amérique d'où l'on ne revenait pas et surtout où l'on ne pouvait aller rendre visite à une sœur, un cousin, avec qui on avait partagé tant de fêtes de famille ou de jeux. Rose disait de plus en plus de neuvaines à la Vierge Marie.

Le grand jour arriva enfin. Matteo avait choisi Luigi comme témoin. Il ne se douta pas un instant, quand il frappa à la porte de celui-ci pour se rendre à la Bastidane, que le brave Luigi lui dirait de monter jusqu'à son petit appartement, qu'il lui remettrait une bourse en cuir qui pesait assez lourd. Matteo ne voulait pas la prendre et encore moins l'ouvrir pour en évaluer le contenu, il devait bien y avoir plusieurs milliers de francs.

— Ne t'en fais pas, prends-la. J'ai mis à l'abri de quoi pour mes vieux jours. Je n'ai que des neveux, pour ce qu'ils s'intéressent à moi !

Luigi était superbe dans son costume noir avec sa grosse chaîne de montre en argent, une cravate de soie nouée en « lavallière », on aurait dit un artiste peintre avec son grand chapeau de feutre.

— Mais on ne va pas vous reconnaître !

— Ah ! Ça me change du tablier de cuir !

— Vous allez faire des conquêtes à l'église...

— Il est un peu tard pour cela, mais je tenais à te faire honneur.

Ils partirent tous deux rejoindre les parents Bignante à l'hôtel du Commerce, pour aller à la Bastidane chercher la mariée et la noce. Le grand portail de la ferme était décoré d'un arceau de fleurs et il y avait des bouquets aux portes. Toute la cour avait été ratissée. Le photographe était venu de Draguignan. Il avait tendu un grand rideau damassé contre un mur pour faire un fond à ses photos, préparé des fauteuils pour les personnes âgées qui seraient à l'honneur de chaque côté des mariés.

Le cœur de Matteo battait fort au rythme de ses pas. Ayant sa mère près de lui, il n'osait pas marcher trop vite. Luigi, à côté de Stefano Bignante, son père, était derrière, parlant tout le long du chemin avec Olivia et Ernest Payan. Tomarin, son complice de toujours venu de Carrù, était déjà là, avec Lucia, sa cavalière. Les cousins et parents attendaient la sortie de la mariée. Qu'elle était belle, Agnès, sous sa mantille blanche ! Gian-Baptiste, plus fier que jamais, se redressait de toute sa taille, Domenica arrivait avec Rose, Clémentine et Pasquale.

Matteo ne pouvait parler, il ne quittait pas des yeux la mariée. Il avait fallu faire les photos pendant que tous étaient encore « tirés à quatre épingles », le trajet au village et le repas à l'auberge allaient défraîchir les robes, les cols de cravate laisseraient à désirer. L'église était pleine de fleurs, les rangées de bancs d'amis ou de curieux. Plus d'un aurait bien voulu être invité, mais Gian-Baptiste avait fait sa liste, Domenica rajouté quelques noms en plus.

C'était presque du « donnant-donnant » dans ce couple de parents énergiques et volontaires, avec tellement d'amour caché l'un pour l'autre. C'était entre eux une bataille sans merci, à chacun sa revanche, tout en finesse ou éclats.

Gian-Baptiste venait de perdre une « manche », si Agnès était entrée à son bras à l'église, c'était à celui de Matteo qu'elle en sortait, sous les pièces de monnaie jetées par les enfants.

Un violoneux et un joueur de vielle accompagnaient le cortège qui se rendait à l'auberge de l'Ecu. Bien des gens étaient sur leur pas de porte ; il y avait des sourires, joyeux ou timides selon les liens d'amitié. La grande masse de l'auberge entourée d'arbres séculaires offrait le passage de son vaste porche voûté vers une cour carrée aux bancs de pierres brutes où il devait faire bon être assis l'été à l'ombre fraîche. De chaque côté de l'entrée, les portes s'ouvraient sur des salles aux grandes tables recouvertes de lourdes nappes damassées, aux rangées de verres bien alignées, aux pichets de terre vernissée.

Là aussi les fleurs d'automne, celles du dernier soleil, égayaient tables et portes. Les arbres commençaient à blondir, les feuilles tournoyaient légèrement.

Elise Giraud et son mari Eugène accueillaient la noce, alors qu'une armée de servantes s'affairaient comme un essaim d'abeilles. Des odeurs arrivaient de la cour par les fenêtres de l'immense cuisine, de même que des autres salles aux portes ouvertes, mais, ce jour-là, l'auberge ne recevait que la noce, celle d'Agnès et de Matteo. Le menu avait été choisi d'une façon traditionnelle avec minutie par Domenica, il n'y aurait que de la cuisine locale, du haut Var.

Il n'y avait pas de menu sur les tables, mais chacun savait qu'il y aurait plusieurs heures à rester assis. Ce fut joyeusement que les grandes serviettes blanches furent dépliées, attachées autour du cou ou la pointe dans l'encolure d'une robe. Les mariés se trouvaient au centre de la table en fer à cheval de la grande salle, avec leurs parents et les anciens de la famille. Une partie du voisinage, les amis, dans les autres salles. Il n'y avait pas de protocole, on se retrouvait avec plaisir, sachant que tous ne pouvaient être près du jeune couple.

Menu de Mariage

HORS-D'ŒUVRE : *caillettes provençales, jambon de pays, olives noires et vertes, champignons confits à l'huile*

Bouchées financières

Pintadeaux farcis, rôtis

Pommes de terre sautées, haricots verts

Plateau de fromages, salade

Pièce montée, petits fours

APÉRITIF : *vin de noix, muscat.*

VINS : *rosé de Figanières, barbera du Piémont, clairette façon spumente de la Bastidane*

CAFÉ

DIGESTIFS : *cognac, vieux marc, liqueur de verveine*

Matteo et Agnès ne parlaient pas, c'était tout juste s'ils arrivaient à goûter aux succulents plats cuisinés. Ils appréciaient la joie de leurs amis, mais le départ du lendemain pour Carrù, où Matteo voulait fêter la Saint-Crépin avec tous ses compagnons, les laissait peinés. Leurs regards brillaient d'amour. Agnès, qui avait sa main dans celle de Matteo, allait tout quitter, tous ces gens tellement gentils, ses amies. Elle regardait sa mère furtivement, ses sœurs, leur souriait, mais pas une fois elle n'avait pu croiser les yeux de son père qui mangeait, riait haut et fort. Il mariait sa fille, ne baissait pas pavillon, cachait son désespoir de la perdre derrière la figure de circonstance, « faire la noce » !

Elise Giraud avait discrètement préparé une chambre pour les jeunes mariés. Tout simplement dans sa vieille maison de famille, au fond du jardin de l'auberge, là où il fait bon s'asseoir l'été sous les arbres quand la terre embaume après les arrosages du soir. Domenica fit un signe discret à sa fille ; elle pouvait partir, Matteo la suivit de peu, ni embrassades ni au revoir, qu'un amour déchirant dans les yeux. Elise les guida par les grands couloirs jusqu'à la grosse porte cloutée, leur éclaira les marches de l'escalier aux pierres usées.

Un bon feu brûlait dans la cheminée, les meubles sentaient la cire ; une odeur de fleurs, d'herbes séchées, sortait des armoires. Ils se retrouvaient seuls avec leur amour, leur premier tête-à-tête et cette angoisse du départ. La grande malle d'osier était au pied du lit, avec un sac de voyage en cuir, ainsi qu'une grosse valise où se trouvaient les outils de cordonnier et les vêtements de Matteo.

Leur avenir était là, près d'eux, dans la demi-obscurité de la chambre où les flammes, telles de grandes langues de feu, léchaient les bûches dont la sève grésillait et coulait en larmes épaisses sur le velours noirci de l'écorce rugueuse. Un chaudron était sur les chenets, ils auraient de l'eau chaude pour leur toilette. Agnès ne bougeait pas, elle était assise devant le feu, Matteo tendrement lui mit un châle sur les épaules, s'asseyant à ses pieds, lui prit les mains. Ils ne parlaient pas, ils étaient là, mari et femme, comme deux fiancés, sagement. Alors Agnès ressentit son rôle d'épouse, elle se leva en disant :

— Aide-moi à me déshabiller.

Toute sa féminité allait se donner au garçon qu'elle aimait, il ne la verrait pas rougir dans la pénombre. Ce fut en tâtonnant que les boutons sortirent de leurs pièges, que les agrafes s'ouvrirent, que le jupon glissa sur le tapis à fleurs. Il la porta dans ce grand lit où plus que rapidement il la rejoignit, avec son corps nu et souple. La prenant dans ses bras, la berçant doucement pour l'empêcher de pleurer, couvrant son visage de baisers de plus en plus fous, il fit d'elle une femme.

Les bruits de la noce n'arrivaient pas jusqu'à eux. Les volets seulement croisés laissaient passer le jour naissant, il la regardait, émerveillé, ses grands cheveux bruns défaits et son visage aux yeux cernés lui disaient leur première nuit d'amour. Elle dormait paisiblement mais se réveilla sous le regard de Matteo.

— Tu sais qu'il faut se lever ?

Elle ne répondit pas et se blottit contre lui, elle voulait encore un peu de temps rien que pour eux deux, après ils ne seraient plus seuls. Ils refirent l'amour, elle ne rougit pas, elle était bien dans ce grand lit au matelas de laine douce où son corps s'enfonçait aux rythmes de leurs sens. L'eau du chaudron était encore tiède et avait une pellicule blanche sur le dessus, le tartre s'y était déposé. Les braises rougies laissaient une bonne odeur dans la chambre.

Agnès fit sa toilette la première, dans la cuvette en faïence à fleurs, rien n'avait été oublié par Elise. Le déjeuner du matin était posé sur la table ronde de la petite salle à manger du rez-de-chaussée. La vieille charrette attendait, dans le passage derrière le jardin, pour les mener à la gare voisine, Matteo avait chargé leurs bagages avant de rejoindre Agnès pour le déjeuner matinal. Ils allaient partir pour Carrù et de là pour Gênes.

9

Ils arrivèrent en fin de journée à Carrù où tout en haut, près du vieux château, sur la grande place carrée aux vieilles arcades, se trouvait l'église où Matteo avait été baptisé, sous la splendide composition de marbre plus grande que nature représentant saint Jean-Baptiste baptisant le Christ. De là, passé un porche, s'offrait à leurs yeux un superbe panorama vers les Alpes, la plaine de Mondovi où s'étaient battus les Français au siècle dernier. Leurs maigres bagages étaient restés à la gare, un ami de Matteo devait venir les y prendre. Agnès traversa la grande place, elle n'osait regarder autour d'elle. Elle n'était pas encore habituée à sa nouvelle condition d'épouse, c'est alors qu'elle prit le bras de Matteo, redressa sa tête qui avait enfin, posé droit comme le voulait la mode, le chapeau de ses rêves, faible consolation pour la jeune

« dame ». Tous deux se dirigeaient vers la petite maison d'Angela et de Stefano Bignante quand ils furent interpellés joyeusement par un grand garçon brun aux moustaches soyeuses :

— Alors, les mariés ! On arrive ?

C'était le frère aîné de Tomarin, Gino, qui guettait le jeune couple. Il habitait juste en face, la belle maison aux vignes vierges, celle qui avait été vendue quand Matteo était enfant. Il n'y avait pas de rancœur en Matteo, les mauvais souvenirs s'étaient enfuis, l'amitié était restée. De bonnes odeurs de cuisine parvenaient jusqu'à eux, la mère de Tomarin, en bonne amie d'Angela, allait se mettre à la disposition d'Agnès en attendant le retour de sa belle-mère qui devait arriver dans les jours suivants.

Le café était un luxe car il était très cher, mais il n'y aurait pas eu de repas avec des invités sans le moka parfumé dont l'arôme éclatait dans toute la maison amie. Agnès voyait ses craintes s'envoler, Giuseppina, que l'on appelait « Peppina », lui avait ouvert sa maison et avait pétri de bon matin les tagliarini, ces pâtes fraîches découpées à la main en grands rubans qu'elle faisait sécher sur des planches. Le seul secret de sa réussite était de

156

saupoudrer légèrement la pâte abaissée au rouleau avec une farine de maïs très fine qu'elle étendait avec sa paume, ce qui empêchait la pâte de coller quand elle la roulait pour la couper au couteau, en donnant de légers mouvements de va-et-vient à la lame. Puis avec ses doigts elle soulevait les tagliarini, qui se déroulaient en se débarrassant de leur farine. Il n'y avait plus qu'à les plonger quelques minutes dans l'eau bouillante avant de les servir avec la sauce tomate au *pesto* [1] faite de basilic, de pignons de pommes de pin, de parmesan, d'un peu de beurre et d'ail pilé au mortier avec de l'huile d'olive que l'on ajoutait juste avant de servir, rien que le parfum de la sauce aurait ouvert l'appétit à tout un régiment, mais le secret, là, en était les proportions…

Main dans la main, Matteo et Agnès regagnaient la maison sous la treille des Bignante.

— Mais c'est une maison de poupées !

— Non, c'est celle de mes parents, il y a assez de place pour y être heureux.

— J'aimerais bien avoir la même un jour.

— Tu l'auras, et encore plus grande.

1. *En italien, le fait de mixer, broyer (le basilic).*

157

Les pièces, sobrement meublées, étaient coquettes, il y avait des plantes vertes, des napperons au crochet. Les cuivres luisaient doucement, mais ce qui attira particulièrement l'attention d'Agnès était une collection de chopes en verre très épais d'un bleu magnifique, certaines en blanc un peu vieilli, d'autres en vert foncé aux décorations en relief de grappes de raisin avec leurs pampres, brun ou vieil or.

— Je n'en ai jamais vu de pareilles, leur verre me rappelle le bougeoir de ma chambre à Bargemon.

— Elles servaient pour le café, aujourd'hui on le boit dans des tasses, c'est la mode.

Ils firent le tour de la maison, restèrent un moment assis au soleil d'octobre sur le vieux banc de bois. Quand ils entrèrent, Agnès n'osa pas ouvrir les placards ni toucher à une casserole, alors ils se taillèrent de belles tranches du jambon qui se trouvait dans le garde-manger et elle servit une salade de tomates ! Elle restait là, intimidée, Matteo la comprenait, lui aussi attendait sa mère, la maison était trop calme, comme endormie. Il voulait laisser passer quelques jours avant de présenter Agnès à ses vieux amis de Carrù ou de Mondovi, lui éviter les sourires pleins de sous-entendus, les coups de coude dans les côtes entre eux, avec un clignement des yeux qui l'aurait fait rougir. C'était une retraite d'amoureux, où ils allaient pouvoir se dire tant de choses dans cette chambre sous les toits qui les verrait s'unir, se fondre l'un en l'autre.

A leur tour, ils partirent à la gare pour y retrouver Angela et Stefano. Matteo la fit passer devant la fameuse Alberga di Bue Grasso, l'auberge du Bœuf-Gras, où aurait lieu la semaine suivante la rencontre des cordonniers de Carrù pour la Saint-Crépin, le 25 octobre. Puis devant les vieilles arcades de la place de l'église, au bout de la Via Roma, où Matteo jouait enfant. Il lui expliqua qu'il y aurait la procession avec musique et bannières, que les cordonniers porteraient leurs tabliers de cuir mais qu'ils seraient en costume traditionnel, qu'après le grand repas on chanterait et on danserait ; il y aurait beaucoup de bruit, de rires, il ne faudrait pas qu'elle soit trop timide.

— Ne t'inquiète pas, je ne te ferai pas honte.
— Mais ils vont vouloir danser avec toi.
Son visage se rembrunit.
— Tu es déjà jaloux !
Alors elle partit d'un éclat de rire tout joyeux. Il était jaloux !

La semaine fut vite passée, avec les présentations aux amis de la famille. Les Bignante n'avaient pas de grande parenté. La Saint-Crépin arrivait mais aussi le grand départ, sitôt la fête finie le train les emmènerait vers Savone et de là pour Gênes.

Le matin du 25 octobre, Agnès revêtit sa plus belle robe.

Elle alla à la messe en compagnie de la mère de Matteo, qui trouvait en elle une belle-fille idéale, « comme il faut », bien élevée, et surtout une allure de princesse, on se retournait sur elle rien qu'à la façon dont elle tenait son missel.

Elles passèrent devant la maison où le général Bonaparte avait installé son quartier général lors de ses campagnes, la porte entrouverte laissait voir un patio aux voûtes gothiques blanchies à la chaux. Agnès n'avait jamais imaginé Bonaparte à Carrù ! Elles entrèrent dans l'église un peu en avance pour voir arriver le cortège avec le saint patron porté sur les épaules de ces grands montagnards, qui avaient laissé pour un moment rires et chansons grivoises, dont certaines étaient un mélange de piémontais, de français, héritage des longues occupations françaises depuis François Ier, mais dont beaucoup parlaient de « zolies dames », de « rose » et d'« amour », quand ce n'était pas de « jupon » ! En français [1] !

Par les portes grandes ouvertes on entendait un roulement de tambours qui scandait la marche avec en fond sonore les cuivres de l'harmonie locale. Les hommes entraient, Agnès n'avait de regards que pour son Matteo, qui fixait, droit devant lui, le maître-autel devant lequel serait déposé le saint de la corporation des cordonniers.

Après la messe chantée, puis les cantiques des cantiques, l'église se vida vers la rue principale, en direction de la place du château et, plus loin, vers l'auberge. Agnès fut prise dans un tourbillon de rires et d'embrassades, elle en avait le tournis. Jamais elle n'avait entendu une telle explosion de joie s'exprimer avec éclat, une amitié bon enfant, simple, naturelle. Là on ne jaugeait pas la fortune à la toilette, aux rangées de vignes, à l'épaisseur des chaînes de montre ou des « tours de cou » en or des dames, elle découvrait une autre façon de vivre, un autre monde plus simple et plus naturel.

Elle titubait de fatigue quand ils rentrèrent, tard dans la nuit. Matteo la porta dans ses bras

1. *Authentique... !*

jusqu'à leur chambre où elle s'endormit aussitôt. Une journée de repos et ce serait encore un départ. Il la contempla une fois de plus, n'osant la réveiller, il se rattraperait le lendemain matin.

Angela les avait laissés dormir, le soleil lui aussi se levait plus tard, avec la saison qui s'avançait vers la fin de l'automne. Elle ne pouvait se faire au départ du nouveau couple, à l'idée de ne plus voir cette jeune femme qui la dépassait presque d'une tête, elle qui n'était pas grande, et qu'elle chérissait déjà. Bientôt elle compterait les « lunes » qui lui diraient quand elle serait grand-mère, elle ne verrait pas naître ce petit enfant de son fils et de sa bru. Elle ne pourrait même pas leur envoyer de ces vêtements pour bébé, les paquets étaient si chers pour l'Amérique, Stefano ne parlait pas.

Les quinze kilomètres qui les séparaient d'Alba amenèrent Matteo et Agnès vers les midi pour prendre le train qui les conduirait à Mondovi, où ils passeraient la nuit. Matteo avait hâte de faire admirer à Agnès ces antiques rues aux trottoirs recouverts d'arcades, du quartier San Agostino, où se trouvaient les magasins et échoppes de cuir. Les cordonniers faisaient la fierté de la ville de Mondovi par leur travail et le commerce des chaussures fines. Matteo voulait dérider et amener un sourire sur le visage d'Agnès, qui se fermait de plus en plus au fil de la matinée. Il la conduisit à l'hôtel des Deux Lions, dont il connaissait bien le patron, une de ses anciennes pratiques.

C'est main dans la main qu'il lui fit visiter la ville haute aux remparts de briques, avec ses anciens palais entourant la place centrale, là se trouvait la belle église San Francisco Saviero [1], d'où l'on apercevait le dôme de la cathédrale, à l'autre extrémité. L'air était très vif, Agnès dut ajuster son châle sur sa tête pour aller jusqu'à la basilique et prendre le chemin de ronde, la plaine piémontaise s'étendait sous leurs yeux. Il lui indiqua la direction de Carrù, avec plus au sud celle de Bargemon. Ses jupe et jupon claquaient au vent, il eut peur qu'elle n'ait froid, l'entoura de ses bras, retournant vers la ville en passant devant la vieille université datant de 1560, longeant les murs des anciens couvents et hôpitaux de ce qui avait été une place forte en briques rouges, où un jeune général, « Bonaparte », emporta une belle victoire, dans cette immense plaine

1. *Saint François Xavier.*

de Mondovi, en avril 1796. Au loin, les Alpes se paraient déjà de leur première neige.

La voie ferrée longeait depuis Mondovi une rivière, le Torrente Tanaro, la vallée se rétrécissait après les faubourgs de Vicaforte-Mondovi, où se trouvait le sanctuaire aux grands pèlerinages, une merveille de marbre et peintures baroques. Les secousses devenaient de plus en plus fortes, un tangage, qui les renvoyait épaule contre épaule, même sur celles de leurs voisins. Les forêts de châtaigniers faisaient place à de grands pins sombres vers Ceva, puis, au fur et à mesure que l'on approchait de la côte, c'étaient d'immenses bois gris aux oliviers centenaires. Enfin, la mer apparaissait, scintillante et argentée, puis une autre forêt faite des mâts des vaisseaux ancrés dans le port de Savone. Il leur fallait changer de voie pour Gênes, aller chercher leur malle d'osier dans la salle des bagages et trouver un porteur pour le trajet suivant. Agnès était toute meurtrie, ses cheveux se décoiffaient, elle se demandait comment serait Gênes.

Ils avaient enfin changé de train, ce n'était plus ce cheminement cadencé mais agréable le long des prés ou des montagnes. Ils passaient d'un tunnel à l'autre, apercevant la mer et la côte escarpée, recevant bien souvent cette fumée âcre qui leur laissait un goût de charbon dans la bouche. Leurs mains étaient toutes noires, certains visages avaient l'air d'appartenir à des ramoneurs, ce qui les faisait sourire. Les gens montaient de plus en plus dans les compartiments à chaque arrêt. Des familles d'émigrants avec peu de bagages importants, mais bien souvent avec une foule de petits paquets partagés entre les membres d'une même famille, dont les aînés avaient la charge avec les plus jeunes. Des odeurs d'ail, de fromages aigres, de salaisons se mélangeaient à celles de la sueur, des habits usés et de la pauvreté. Petit à petit, Agnès, qui n'avait jamais vécu une telle promiscuité, prit en pitié ces voyageurs du bout du monde.

Elle ne connaissait jusqu'à présent que sa campagne entourée de vignes. Pour elle être pauvre, c'était une de ces familles aux enfants qui n'avaient que peu de vêtements, mais dont les joues rougies par le grand air disaient une bonne santé, qui croquaient dans de bons fruits ou grappes de raisin, dont les estomacs, garnis peut-être seulement d'un minestrone, étaient bien calés.

La sortie de la gare de Gênes la laissa désemparée. Ces vieilles arcades noircies avaient bien pu voir passer Christophe Colomb, elle s'en moquait, ne pensait plus qu'à Bargemon, à la Bastidane. Elle ne voyait même plus Matteo à ses côtés, elle ne revoyait que sa mère et ses sœurs, elle voulait chasser la pensée de son père qui l'avait amenée là, dans cette foule grouillante.

Matteo connaissait un peu Gênes pour y être venu chercher les billets du voyage. Il se renseigna pour connaître le quai d'embarquement de l'*Andrea Doria*. Ils avaient encore du chemin à faire, au milieu des voitures, diligences et attelages de chevaux tirant de lourdes charges. Il fallait éviter les cordages ou les flaques faites par des tonneaux éventrés. Enfin l'*Andrea Doria*, il était là, devant eux. Immense, noir, avec ses grosses cheminées et cette passerelle où s'agrippaient de véritables grappes humaines, portant des valises sur les épaules ou des enfants.

La malle d'osier n'était pas encore enregistrée, Agnès ressentit un immense froid, elle devenait grise, elle s'arrêta, Matteo lui prit le coude rapidement.

— Ça ne va pas ? Tu es malade ?

Les mots ne pouvaient sortir, mais ils étaient sur ses lèvres, elle ne voulait pas mentir.

— Qu'est-ce que tu as ?

Seuls le silence et le désespoir des yeux gris parlaient. Elle murmura enfin :

— Je ne veux pas partir, je ne peux pas.

— Quoi ! Mais j'ai les billets !

Le mutisme, grave et malheureux, était là, lui faisant face. Tout remontait en lui, son amour, ses longues heures de travail, ces nuits sans sommeil pour cette Amérique, les économies de Luigi…

Alors d'une voix blanche elle lui dit :

— Pars seul ou fais rembourser les billets, regarde tous ceux qui attendent.

Et les larmes ruisselèrent, libérant le chagrin qui était en elle. Elle savait que ce n'était pas bien, qu'il avait usé ses mains et ses yeux pour payer ce voyage, mais, « elle », sa mère, qui l'avait mise au monde, elle allait mettre l'océan entre elles deux, ne plus jamais revoir tous les siens ?

— Je ne peux pas !

Matteo s'était assis sur une borne de pierre, la tête dans les mains, il dit simplement :

— Je deviens fou ! Partons !

Elle ne savait pas où il voulait aller mais ne le lui demanda pas. La tête basse, le fichu de laine serré autour du cou comme les autres femmes d'émigrants, elle le suivit, docile. Il allait offrir ses deux billets au guichet de la compagnie maritime quand un homme l'accosta et lui demanda de les lui vendre. Il questionna Agnès du bout des dents :

— Tu veux rentrer aujourd'hui à Bargemon ?

— Je ne veux pas aller à Bargemon.

— Mais où veux-tu aller ?

— Chez ta mère.

— Mais ce n'est pas la tienne !

— Je sais, mais je ne veux plus aller à la Bastidane. Je ne veux pas retourner chez mon père, il a sa fierté, j'ai la mienne !

— Je vais au télégraphe la prévenir.

Il serra les dents, les sourcils froncés. Agnès l'attendait debout, appuyée contre un pilier des arcades aux vieilles voûtes, elle savait qu'elle faisait une folie qui peut-être ferait sombrer son mariage, son bonheur, mais s'il l'aimait autant qu'elle l'aimait il comprendrait. Pas besoin de l'Amérique pour être heureux, elle travaillerait, elle irait faire des lessives, même du ménage dans des maisons bourgeoises s'il le fallait. Elle monologuait dans sa tête, y repassant tout ce qu'elle pourrait faire. Matteo revenait. Il prit les paquets les plus lourds et suivit l'homme au charreton qui avait chargé la malle d'osier.

Pas un mot ne fut échangé le long du parcours vers la gare, ils devraient coucher à Savone pour avoir une correspondance pour Mondovi et, de là, Carrù.

Angela les attendait chez elle, se demandant ce qui était arrivé depuis le moment où le porteur de télégramme avait frappé à sa porte. Elle eut pitié d'Agnès quand elle vit son visage défait. Où était la fière fille au regard lumineux ? Elle ne lui posa pas de question mais la serra tendrement contre elle. Agnès ne bougeait pas. Elle était comme un oiseau effarouché, pris au piège. Matteo ne disait mot. Il monta les bagages d'Agnès dans leur chambre, laissant la valise contenant ses outils près de la porte. Lorsqu'il redescendit sa mère lui demanda :

— Tu laisses cette valise là ?

— Je repars pour Bargemon demain matin.

C'était sec et laconique. Agnès gardait les yeux baissés.

Il ne voulait pas qu'elle habite une soupente dans les appartements les moins chers, inconfortables, où il fallait aller chercher les brocs d'eau en bas des escaliers. Il aiderait sa mère pour les dépenses ; avec l'argent des billets, ça lui permettrait d'attendre ; il fallait garder leur pécule pour l'avenir. A Bargemon, Olivia Bonnefois comprendrait, son petit appartement sous les toits était encore libre. Elle le lui avait dit : « Il y aura toujours de la place pour vous ici. »

Il se leva tôt le lendemain, embrassa légèrement Agnès et partit sans un au revoir. La jeune femme éperdue pleurait en silence. Son mari s'en allait à cause d'elle. C'était elle la fautive, elle avait manqué de courage. Elle qui avait tenu tête au terrible Gian-Baptiste, qui la croyait déjà en mer !

Comment leur dire son désespoir de les quitter pour un autre continent ? Si encore c'était pour la France, d'où les gens revenaient au pays, ou ceux des villages voisins qui partaient vers Nice, Menton et même dans de petits villages où ils travaillaient comme bouscatiés, ils y faisaient même du charbon de bois, beaucoup étaient maçons. S'ils n'étaient pas riches, au moins ils n'étaient pas loin !

— Agnès ! Viens manger quelque chose, il te faut des forces.

— Oh ! Vous pouvez entrer.

Le visage défait, ruisselant de larmes, offrait à sa belle-mère l'image du désespoir.

— Moi qui me croyais si forte…

— Ma pauvre petite. Si je te disais que je suis contente de t'avoir près de moi ?

— Vous ne m'en voulez pas ? Maman Angela, vous voulez bien que je vous appelle comme ça ? Je ne veux pas vous appeler « madame ».

Angela s'était assise sur le bord du lit. Elle pensait que son fils avait de la chance d'avoir une jeune femme comme celle-là.

Agnès, après avoir séché ses larmes, s'habitua peu à peu à la vie calme et sereine de la famille Bignante. Stefano sortait de son mutisme, il lui parlait de la Suisse, du Tessin où la langue parlée était l'italien, de Bellinzona, la ville aux vieux châteaux, de Lugano et de son lac. Elle attendait des lettres qui ne venaient pas.

Enfin arriva une carte de Bargemon, représentant les vieux remparts, avec simplement quelques mots laconiques, *Tout va bien, j'ai du travail, bons baisers, Matteo*. Deux jours après il y avait une carte pour les parents, *Je travaille, tout va bien, je vous embrasse, Matteo*.

Sur le moment, Agnès avait été vexée par la sécheresse de la carte, mais quand Angela lui fit lire la sienne elle fut rassurée, la gaieté, sa belle gaieté naturelle prit le dessus. « Si c'est tout ce qu'il sait écrire ! » Elle aurait aimé avoir de grandes feuilles couvertes d'une écriture serrée, qui lui aurait dit qu'elle lui manquait, mais la raison prit le dessus, il travaillait tôt et aussi il devait bouder leurs rêves évanouis…

Après quelques semaines, il ne fallut pas beaucoup de temps à Angela pour deviner qu'Agnès était enceinte, quand un matin elle la trouva pliée en deux dans le jardin, en train de vomir, toute blanche, prête à s'évanouir. Elle la raccompagna dans la maison, la frictionna avec de l'eau et du vinaigre, c'était souverain. Puis elle lui fit avaler presque de force une tisane amère, mélange que lui faisait une voisine qui avait le « secret » des plantes. Agnès la remercia d'un faible sourire.

— Tes règles sont pour quand ?

Agnès avait piqué un fard.

— Je devais les avoir la semaine dernière…

On ne parlait pas de « ça » avec les autres, encore moins avec une belle-mère.

— Et tu ne te rends pas compte de ce qui t'arrive ?

Elle souriait, Angela, avec un air complice.

— Vous croyez que… ?

Alors elle se mit à pleurer.

— Je vais l'écrire à Matteo.

— Non, attends de voir le docteur.

Quand la troisième semaine fut passée, Angela fit venir le médecin. Agnès dut se laisser examiner en regardant le mur, la tête tournée vers une gravure sombre représentant le Sacré-Cœur…

— C'est bien ça ! Angela, vous allez être grand-mère !

Agnès pleurait en silence, Matteo n'était pas là pour partager cette joie, qui était aussi une crainte, avoir un enfant ça faisait mal, et si elle mourait ? La voisine à Bargemon était bien morte des fièvres après son accouchement. Il paraît qu'elle sentait tellement mauvais qu'on laissait la fenêtre de la chambre ouverte ; ça s'appelait les « fièvres puerpérales ». Malgré tous les conseils qu'avait donnés depuis plus de cinquante ans ce médecin hongrois, le docteur Semmelweiss, les femmes mouraient encore, des suites de leurs couches. Elle écrivit le soir même à Matteo pour lui annoncer la nouvelle. Tous les jours elle guetta le facteur, il n'y eut pas de lettre. Mais un matin on frappa à la porte, un ouvrier cordonnier de passage à Carrù pour voir sa famille remit une lettre pour Agnès. Matteo était le locataire d'un appartement, il l'attendait.

10

*M*atteo avait trouvé un appartement aux grandes pièces ensoleillées, dans une énorme bâtisse ancienne. Tout simplement le « Vieux Château » de Bargemon, au cœur du village. L'entrée en était un bel escalier à rampe de fer, à double révolution, sur une placette ombragée, dont les portes et fenêtres des maisons étaient encadrées de pots de fleurs, de plantes grasses.

Olivia Bonnefois était au mieux avec le propriétaire, un marquis dont la résidence était plus bas, au quartier du Reclos. Sa fille, mademoiselle Marthe, faisait le catéchisme et avait le titre de « chanoinesse honoraire du chapitre impérial de Gratz, Autriche ». Olivia leur avait parlé de son protégé. Mademoiselle Marthe avait proposé un des appartements du vieux château, en ajoutant : « S'il veut le mettre en état, il ne paiera le loyer que plus tard. » Le vaste escalier à tomettes était facile à monter, les marches peu hautes. L'appartement, au premier étage, avait de grandes fenêtres qui donnaient sur une vallée vers le minuscule village de Claviers, qui s'élevait comme un phare ensoleillé. En se penchant, Matteo avait vu une ruelle étroite, fermée tout le long sur un côté par un mur. Il avait demandé à Olivia :

« Pourquoi ce mur ?

— Mais c'est *souto barri* ! »

Ce qui signifiait en provençal « sous les remparts », c'était en fait l'ancien chemin de ronde. Matteo avait examiné avec attention l'appartement. Quatre grandes pièces, dont une en cuisine, des placards dans l'épaisseur des murs. Mettre en état ? Un coup de chaux bleutée ou toute blanche et ce serait parfait. Peut-être un peu de mastic à certains carreaux dont les fenêtres se fermaient tout simplement par une barre en bois, que l'on basculait et bloquait dans une ferrure, ce qu'il n'avait jamais vu de sa vie, seulement en Provence. Il y avait aussi des contrevents qui se pliaient dans la profondeur du mur, à l'intérieur des pièces.

« C'est pour le vent, qu'il ne passe pas, et pour le froid », lui avait encore expliqué Olivia.

Bien entendu, il faudrait prendre l'eau à la

fontaine, comme tout le monde, mais elle était à côté. Agnès, il le savait, était courageuse, il devait attendre un peu avant d'aller la chercher. Le travail arrivait de plus en plus, Olivia avait des commandes à ne pas savoir où donner de la tête. Il est vrai que Matteo était un véritable artiste dans son travail. Quand il le pouvait, il se plongeait dans des catalogues de mode venant de Paris.

— Maman Angela ! Vite, je ne me sens pas bien…

Agnès avait eu juste le temps d'appeler, déjà Angela la relevait ; pour elle, aucun doute, Agnès perdait son premier enfant, avant terme.

— Ne bouge pas, je vais chercher le docteur.

Le médecin prescrivit du repos mais rien n'y fit, alors Angela prévint son fils. Matteo arriva à Carrù pour trouver Agnès couchée, blanche, languissante, qui allait reprendre doucement vie à l'idée de repartir un peu plus tard pour la France. Il avait défait avec mille précautions un petit paquet en papier de soie, c'était le soulier de satin dont il ne lui avait jamais parlé.

— Oh ! Que c'est joli, qui peut mettre un pied là-dedans ?

— Ne sois pas jalouse ! Le pied d'une petite danseuse espagnole m'a servi de modèle.

Agnès eut un mince sourire sur ses lèvres décolorées.

— Tu connais des danseuses, maintenant ?

— Ce n'est pas ce que tu crois. C'était à Monaco, lorsque je travaillais au Théâtre, avec la troupe Simoni. Grâce à la petite Esméralda, j'ai pu le fabriquer et obtenir le premier prix du concours de chaussures de la Principauté.

— Mais tu ne me l'avais jamais dit ! L'as-tu montré à Olivia ?

— Non, plus tard, quand on me connaîtra mieux. Ils verront que je sais travailler. Tu vas te reposer et venir vivre chez ton mari, le maître cordonnier Matteo Bignante, à Bargemon !

Retourner à Bargemon, c'était affronter le terrible père Gian-Baptiste, alors qu'il n'aurait même pas un regard pour elle. Mais c'était aussi retrouver sa mère et ses sœurs.

Agnès connaissait le vieux château où Mademoiselle Marthe lui avait fait le catéchisme ainsi qu'aux autres enfants de sa classe. Elle la revoyait, grande et mince, brune, avec ses cheveux coiffés en bandeaux laissant juste dépasser un bout de lobe d'oreille, comme un petit coquillage. Toujours vêtue de gris, été comme hiver, de laine ou de soie, portant sa lourde croix de chanoinesse au bout d'une longue chaîne d'or qui était son seul bijou. On disait au village qu'elle était comme une sorte de religieuse. Elle se dévouait, tenait l'harmonium avec un réel talent de musicienne, accompagnée parfois de son amie d'enfance, Elodie Muraire, le professeur de piano.

Mademoiselle Marthe faisait répéter les cantiques de la chorale des Enfants de Marie, qui arboraient un ruban bleu les jours de cérémonies et fêtes religieuses. Bien souvent ce jour-là, même d'autres fois, la fanfare, installée juste en face de la porte de l'église, jouait le plus fort possible, accompagnée de cymbales et tambours.

Alors monsieur le curé, au cours de la messe, envoyait, avec un signe des plus furieux désignant le clocher, des enfants de chœur, pour leur plus grande joie, sonner les cloches à toute volée, même à grand carillon, afin de couvrir les sons de la fanfare ! C'était une guerre intestine ; l'anticlérical se réveillait, ce qui n'empêchait pas les messieurs du dimanche de saluer bien bas, dans la rue, « monsieur le Curé », qui leur répondait en soulevant sa barrette aussi haut qu'il le pouvait.

Le retour d'Agnès et Matteo se fit dans le sens inverse. A Nice ils prirent le train direct qui devait les mener à Draguignan, où ils changeraient de gare pour celle, tout à côté, des Chemins de fer de Provence, de là pour Bargemon. Et ce fut la détente, ils arrivaient chez eux. C'était jour de grand marché à Draguignan, celui du samedi, sur la place près de la paroisse, au cœur de la ville, les paysannes y vendaient aussi, en plus de leurs fruits et légumes, leurs volailles, poules, poussins, en bas, près de la fontaine où, tout en haut d'une colonne, veillait le buste d'un ancien notable.

Aux allées d'Azémar, du nom de l'ancien préfet, se tenait le marché aux outils, quincaillerie, bleus de travail, étalages de mercerie, bas de fil ou de coton, tabliers en dégravé noir uni, à petites fleurs, en coton satiné, ceux en grosse toile de lin pour faire la cuisine, plus pratiques même s'ils étaient salissants car ils allaient à la lessive. Les ménagères et leurs filles flânaient, faisaient un premier tour avant de se décider pour une râpe à fromage ou une belle glace à trois faces que l'on pouvait suspendre avec une petite chaîne et qui, une fois refermée, laissait voir une reproduction de

L'Angélus de Millet, avec au dos *Les Glaneuses*, du même peintre.

Pour d'autres c'étaient des peignes en écaille, des aiguilles à chignon en simili, incrustées de petites pierres brillantes, quand ce n'était pas un coupon de dentelle, quelques « brimborions ». Les hommes, eux, se tenaient plutôt vers les petits outils, pierres à aiguiser les faux, faucilles, devant un *faoussoun* [1], qui servait pour couper les branchages, ou un rasoir pliant et son bol à savon pour faire la barbe.

Main dans la main, Matteo et Agnès revivaient, ils retournaient à Bargemon. Au soir, ils dormiraient chez eux, monteraient avec leurs vingt ans le bel escalier à double révolution du vieux château, sur la petite place, face à la maison d'Eudoxie, la marraine d'Agnès, qui possédait une foule de plantes grasses, de géraniums, sur de petits bancs placés en étages devant la façade de sa maison.

Son mari, Audemar Arnéodo, aida Matteo pour installer l'appartement. Ils avaient trouvé

1. *Sorte de fenderet à bout recourbé, originaire du Piémont.*

des meubles « de rencontre [1] », un beau lit d'angle Louis-Philippe, tout sculpté devant, près de la tête et aux pieds, ainsi qu'une commode Louis XVI en noyer, qui avait de jolies ferrures, un superbe fauteuil à grosse paille, aux bras arrondis. Eudoxie avait offert une statue en carton de la Vierge, qui dans le temps avait dû être dorée.

Peut-être qu'à la longue la paix se ferait entre la famille d'Agnès et le jeune couple.

Luigi avait quitté son tablier de cuir pour venir les attendre avec une brouette, la gare se trouvait en bas du village, ça grimpait dur pour arriver aux vieux remparts. Olivia les avait invités pour le souper, ils n'avaient qu'à commencer à s'installer, leur dit le vieux compère en leur tendant la grosse clé de leur appartement.

Agnès oublia toute fatigue en découvrant le paysage qui s'offrait à elle mais qu'elle n'avait jamais vu que de la vallée. Elle ouvrait les placards, sortait les petits souvenirs rapportés de Carrù, cadeaux d'Angela sa belle-mère, petits napperons brodés ou faits au crochet, plus ce grand rosaire en bois qu'elle placerait au-des-

---

1. *Expression locale signifiant « d'occasion ».*

sus de leur lit. Il y avait surtout ce merveilleux carré en piqué blanc où se détachaient fleurs et arabesques en relief, bordé d'un volant froncé en broderie. C'était dans ce carré blanc qu'était enveloppé le bébé Angela, déposé au « tour » du couvent de Mondovi, en haut de la vieille ville fortifiée. Angela y avait ajouté la petite cuillère en vermeil. Agnès avait le cœur gros, mais pour lui redonner espoir Angela les lui avait offerts ; un jour, elle aurait un autre enfant.

Olivia leur avait fait préparer un bon feu, l'hiver allait arriver, vif malgré le soleil d'automne. Il n'y avait pas très loin, de la place du château à celle de Saint-Etienne, les rues s'éclairaient, mais il fallait des lanternes pour les coins d'ombre. Une bonne odeur de soupe de légumes et de fricot se dégageait de l'escalier chez Olivia.

— Ça sent bon !

— Je vous ai fait un ragoût d'agneau aux pommes de terre, j'ai pensé que vous deviez avoir faim, les voyages ça creuse ! Mais, Matteo, qu'avez-vous apporté ?

— Une bouteille de chez moi. C'est du barbera, ça ira bien avec l'agneau.

Olivia embrassa Agnès avec affection, la trouva pâlie. Elle la força à manger davantage. Petit à petit, l'ambiance chaude et familiale redonna des forces à la jeune femme. Ernest restait silencieux, un peu plus qu'à l'accoutumée, Matteo le remarqua, se demandant ce qui le préoccupait. Agnès apprit que ses sœurs viendraient la voir le lendemain et sa mère les jours suivants, il ne fallait pas brusquer Gian-Baptiste. La conversation roula à bâtons rompus, sur la vie au village, sur la chaussure, les récoltes, celle du lin ou des vers à soie. Mais il y avait du flottement, par moments ; Matteo était loin de s'imaginer qu'Olivia et Ernest allaient être parents, à plus de trente ans, que par délicatesse ils n'osaient le leur annoncer ce soir-là, pour ne pas réveiller la déception du jeune couple.

Matteo et Agnès avaient dû passer par la « traverse du château », devant le four à pain municipal éteint à cette heure tardive. Ils apprirent que l'adjudication du four communal était arrivée à son terme ; tout le monde dans le village se demandait qui allait l'emporter pour le nouveau contrat.

Agnès écoutait, passionnée, posait des questions judicieuses. En elle germait une idée ; le pain, elle connaissait. Ils avaient un four de pierre, à la Bastidane, et que de fois elle avait aidé sa mère à pétrir à grandes brassées dans la vieille *mastro* [1] la pâte qui, levée à point, se transformait en boules, pâtons ou *fougasso* ! Tout en écoutant les conversations animées, en goûtant la joie des retrouvailles, elle revoyait sa mère Domenica, l'entendait se lever furtivement, aller dans la grande salle, aux aurores, pour mettre dans le pétrin la farine qu'elle prenait avec une grosse casserole dans le sac venant du moulin, ajouter l'eau et le sel, symbole de vie depuis l'antiquité, au levain fermenté, précieusement gardé sous un torchon de toile.

Domenica ranimait les braises du poêle, la chaleur douce allait faire lever la pâte pendant qu'elle se serait recouchée pour un léger second sommeil. C'était, après le deuxième réveil matinal, le dur travail, pliée en deux, pour soulever, pétrir cette pâte élastique qui s'étirait, se collait après ses bras, de la farine ou des éclats de pâte plaqués à sa poitrine. Domenica se brossait toujours les mains au savon de Marseille ; elle interdisait les savonnettes parfumées dans la cuisine, surtout quand il fallait pétrir, pour ne pas laisser de goût, comme elle disait, aux aliments. Venait alors le moment d'étendre sur la grande table en-

1. *Maie, pétrin.*

farinée les blocs de pâte qu'elle façonnait en forme de boules ou de gros pains de campagne, quand il ne lui prenait pas l'envie de créer des dessins avec son gros couteau, en forme de croisillons.

Elle terminait bien souvent en utilisant les restes de rognures, « rataillons », en forme de bâtonnets, les *grissini* à l'italienne, ou en fabriquant des *fougasso*, ces petits pains plats où elle ajoutait de l'huile d'olive à la pâte, un peu de sucre sur le dessus ou de l'eau de fleur d'oranger selon l'idée du moment, toute à l'idée de faire plaisir aux gourmands qui dormaient sous son toit, quand le sucre chaud emplirait de son odeur insidieuse la maisonnée, avec celle du pain brûlant et doré.

Le levain se gardait d'un pétrissage précédent, quand on ne le prenait pas chez le boulanger. Il était fait d'eau, de farine aigrie, ayant fermenté. Le sucre et le gluten de la farine se transformaient alors en alcool et bulles de gaz carbonique qui faisaient lever la pâte. Seules les farines de blé, seigle et orge ayant du « gluten extensible », levant avec l'action du gaz carbonique, pouvaient être panifiées. Le blé noir, appelé sarrasin, le maïs ne servaient qu'aux bouillies, aux « galettes », leur gluten étant « pulvérisant ». Il y avait aussi le gros travail de la chauffe du four, le bois était préparé très longtemps à l'avance pour qu'il soit bien sec. C'étaient bien souvent des fagots de mélèzes, de saules, d'oliviers ou de chênes. Le pin, tout seul, était à éviter car il noircissait davantage le four. Il ne fallait pas de coulée de sève qui aurait fait une sorte de colle en refroidissant. Le four ne devait pas être trop chauffé pour que les pierres n'éclatent pas sous l'effet de la grosse chaleur. Il y avait enfin le moment précédant la cuisson, le « fleurage » : le pâton humide, ou le pain de ménage levé, aurait collé à la pelle de bois et n'aurait pu être déposé sur le sol brûlant du four débarrassé de ses braises, si Domenica n'enduisait la pelle d'un « fleurage » fait de farine de froment, de « féverole », de mouture de riz ou de maïs et même de pomme de terre. Parfois elle faisait du pain de seigle, plus gris mais au goût agréable. Elle ne sentait plus sa fatigue quand les pains blonds, qu'elle avait incisés avant la mise au four, qui avaient cuit près de quarante minutes, sortaient en boules de pain de ménage, éclatants comme un sexe ou un fruit trop mûr et doré.

— Agnès ! Tu rêves ? Tu es fatiguée ?

— Excusez-moi, je pensais à maman…

— C'est normal ! Mais vous allez la revoir !

Elle va descendre pour le marché et elle doit languir de vous retrouver, elle aussi.

— Ce n'est pas ce que vous croyez. Vous parliez du four, alors je la revoyais faire le pain, j'étais partie…

— Oh ! Pas bien loin.

— Si ! Je me demandais si je saurais tenir le four communal…

— Le four communal ! Mais vous vous rendez compte de ce que ça représente ? Quelle fatigue ! Il faut déjà vous remettre !

— Mais je suis forte et habituée au travail. Vous ne croyez pas que je vais rester à ne rien faire dans mon château, tout en haut des remparts !

Elle redressa la tête. Prouver à son père de quoi elle était capable. Rencontrer ses amies, bavarder en travaillant, avoir une vie de femme bien remplie, comme toutes celles de sa famille. Mettre sa part de besogne et entrée d'argent dans le ménage. Créer quelque chose dont elle serait responsable, être une fierté pour Matteo et les siens. Olivia, Ernest, Luigi, Matteo la regardaient, silencieux et admiratifs. Ils découvraient une Agnès inconnue.

— Alors, que penses-tu faire ?

— Je vais aller à la mairie, demain matin, pour connaître quelles sont les conditions.

— Mais il vous faudra du bois, le préparer, vous lever tôt…

— La nuit porte conseil. Nous aurons tout le jour pour y réfléchir. Déjà que je ne sais comment vous remercier pour tout ce que vous avez fait pour moi. Si mon père voyait ça !

— Mais il le verra et il sera fier de vous.

La soirée ne devait pas trop tarder, il fallait se lever de bonne heure. Le jeune couple Bignante, l'un sur l'autre appuyé, regagna son premier logis sous un ciel étoilé qui annonçait du beau temps pour le lendemain.

Agnès sentit plutôt qu'elle ne l'entendit Matteo se lever pour aller travailler ; il était cinq heures du matin ; il faisait encore nuit. Elle sortit du lit, jetant sur ses épaules un fichu de laine, une sorte de mante à double épaisseur faite au crochet. Elle voulait faire le café de Matteo, chauffer l'eau de la petite casserole sur le réchaud à pétrole, plus tard elle le préparerait le soir, pour être en avance de bon matin. Elle allait avoir une rude journée. C'était sa seule manière de récupérer, de réagir, avoir à affronter de nouvelles difficultés, se dire qu'elle était une femme maintenant, qu'elle devait organiser les repas, le travail, occuper les temps creux. Elle allait certainement manquer à la Bastidane.

Regardant par la fenêtre les vieux remparts, elle pensait qu'elle pourrait peut-être trouver un jardin, il y avait toujours des gens qui vieillissaient et qui donnaient « à moitié » l'entretien de leur terrain, ce qui arrangeait tout le monde. La personne qui entretenait le jardin ne payait pas de redevance et fournissait une moitié des légumes ou fruits au propriétaire. Combien de familles avaient ainsi des légumes à volonté, ce qui était un solide apport dans le petit budget familial.

Le four à pain était dans la traverse du château, plus loin se trouvait la prison qui datait du Moyen Age, près de l'ancienne porte qui fermait la ville. On y montrait encore les chaînes qui retenaient brigands ou insurgés. Il n'y avait pas loin, de la traverse du château à la mairie. L'homme qui était de permanence resta perplexe devant les questions posées par Agnès. Il n'avait guère envie de lui répondre, et pourtant, si elle allait se plaindre ?

— Le four à pain ? Je sais, moi ? Ce n'est pas d'aujourd'hui… Vous voulez voir le registre ? Le gros livre ? Vous avez le grand placard, cherchez-le ! Vous êtes assez jeune !

« Qu'est-ce qu'elle veut encore, cette Agnès Bradamante ? Pas assez que son père soit devenu riche, ces Piémontais arrivent pieds nus

190

et ils veulent tout ! » Voilà tout ce qui passait dans la tête d'Elzéar Rigot, bargemonnais de naissance.

Agnès étendit ses bras tant qu'elle le put pour attraper les gros registres. Par chance, elle en trouva un énorme, tout poussiéreux, qui la fit éternuer.

— A votre santé ! Dieu vous bénisse.

— Merci.

Approbation du fermage, droits des places et du bail en régie des fours à pain communaux : 3 000 F.

Il fallait qu'elle trouve 3 000 francs ? Et s'ensuivait toute une liste, qui était de l'hébreu pour elle. Elle arrivait quand même à comprendre que l'on cuisait 65 kilos de pain, qu'un ménage payait 1,50 franc, ou plus, pour une fournée. Qu'une fournée coûtait 1,25 franc pour 68 kilos de pain… Qu'une « demi-fournée » coûtait 0,75 franc pour un ménage, mais qu'une « double demi-fournée » ne coûtait que 1,40 franc pour le même ménage, ce qui lui faisait économiser 10 centimes sur deux « demi-fournées » à 0,75 franc ! Qu'il fallait enregistrer le nombre de kilos de farine pétrie. Mais il y avait aussi une ligne concernant « la fourniture du bois de chauffage du four à pain » ! Jamais Agnès n'avait imaginé tout cela ! A la Bastidane, ils cuisaient leur pain, ils chauffaient leur four avec leur bois. Elle remonta sur l'escabeau, rangea le registre dans son placard et secoua la poussière retombée sur ses vêtements. Narquois, Elzéar Rigot lui demanda :

— Alors, vous avez trouvé ?

— Oui, je vous remercie.

Sur le palier une petite affiche était apposée, *Adjudication des droits au bail du four communal, lundi à 6 heures du soir.* Où trouver cet argent ? Comment faisait-on ? Peut-être sa mère voudrait-elle l'aider ? Le principal était d'avoir les renseignements d'ici lundi ; il y avait encore une bonne semaine devant soi. Préparer le bois ne lui faisait pas peur, elle savait manier le faoussoun pour couper les « faïssines [1] ». La farine, elle l'aimait, elle n'aurait qu'à attendre les ménagères qui arriveraient avec leurs pains bien levés ou, après, plus tard dans la matinée, avec leurs plats de terre cuite attachés dans des torchons, par leurs quatre coins.

Agnès passa le début de la journée en allées et venues. La froidure s'était fait sentir, elle

1. *Fagots de branchages.*

192

s'était couverte plus chaudement, avait enfilé des bas en coton tricoté, plus épais et surtout plus chaud. Elle gardait les paires les plus fines pour le dimanche, ce qui faisait davantage ressortir la finesse de son pied et mettait en valeur les bottines faites par Matteo.

Elle décida d'aller jusqu'à la poissonnerie, dont l'étal, jadis une simple pierre, avait été remplacé par une belle fontaine. Le poissonnier allait chercher sa marchandise directement à Fréjus ou Saint-Raphaël, en passant par les « quatre chemins de Callas », qui le menaient en direction de La Motte et du Muy, de là vers la mer toute proche ; on pouvait d'ailleurs la voir depuis certaines hauteurs.

Agnès allait enfin pouvoir faire connaître ses jeunes talents de cuisinière. Elle avait l'habitude, comme ses sœurs, de mettre la main à la pâte, elle aurait assez de temps pour faire des sardines farcies aux épinards, les derniers de la saison, puis une tarte à la confiture. Olivia avait eu la gentillesse d'en glisser quelques bocaux sur les étagères du placard de la cuisine. Si ses sœurs venaient la voir, comme elle l'espérait, elles allaient bavarder et rire comme avant. Elle allait tout arranger, mettre en valeur l'appartement, pour la visite de sa mère.

Elle fut un peu dévisagée à la poissonnerie, il y eut même un léger silence, on l'observait.

— Tiens, Agnès, tu es revenue à Bargemon ? On te croyait en Amérique !

Fièrement elle redressa sa jolie tête, répondit :

— Je n'ai pas eu le courage de partir si loin, on est si bien ici !

C'était tellement dit simplement que les langues se turent et les conversations reprirent leur cours normal.

— Tu as l'air bien pressée ?

— C'est que j'ai un mari à midi !

Les ménagères rirent, tout naturellement ; on ne la boudait pas.

Trier vivement les épinards et préparer les sardines pendant que ceux-ci cuisaient était un jeu d'enfant pour elle. Elle cassa la tête des poissons, les vida d'un coup sec de l'ongle, sectionna l'arête dorsale, l'arracha, laissant seulement la queue, ce qui laissait les sardines ouvertes en deux. Ses épinards pressés, persillés, aillés, hachés rapidement avec la « demilune », sur la vieille planche que lui avait donnée sa mère, le tout revenu dans l'huile d'olive avec farine, lait, sel, poivre et muscade. Elle garnit les sardines en s'aidant d'une cuillère à café, les roulant, petites queues en l'air, les rangeant avec amour dans son plat à gratin en terre cuite. Un peu de chapelure, un filet d'huile d'olive, et le plat fut déposé sur la brique réfractaire dans le milieu du four déjà bien chaud.

Matteo ne connaissait certainement pas ce plat là-haut dans ses montagnes, mais ça ne suffirait pas à satisfaire son bon appétit. Allant au plus pressé, elle fit cuire des pâtes du « commerce » de Claviers, le village voisin célèbre pour leur qualité, dont la réputation, en plus du savoir-faire, venait paraît-il de l'eau.

Elle mit le couvert sur la table ronde que l'on pourrait agrandir, les rallonges étant rangées contre le mur, dos au buffet où trônaient, derrière la vitrine, ses cadeaux de mariage, apportés par Domenica en son absence. Le trousseau était encore à la Bastidane. Elle rangerait tout, jour après jour, tant qu'elle serait encore libre.

Agnès attendait l'arrivée de Matteo appuyée au rebord de la fenêtre ouverte, faisant entrer le soleil de midi encore haut pour la saison, laissant s'évader les bonnes odeurs qui sortaient du four. Quelques grappes de raisin, les dernières de l'automne, que lui avait offertes une amie, étaient savamment montées dans une coupe en barbotine vert pâle, elles avaient mûri suspendues sur une corde dans une remise, on pouvait les garder ainsi jusqu'à Noël, où elles feraient partie des treize desserts traditionnels.

La vieille ruelle s'animait, les enfants revenaient de l'école, les hommes pressaient le pas. L'entrée du vieux château étant sur l'autre façade, elle ne pouvait voir venir Matteo, mais elle l'entendit monter les escaliers quatre à quatre avec toute la fougue de ses vingt ans. Elle se précipita vers la porte, souleva vivement la poignée du vieux loquet de fer et fut vite contre la poitrine de son jeune mari.

Petit à petit, on verrait de quoi elle serait capable si Dieu lui donnait la santé. Elle avait du courage et surtout une volonté cachée qui l'aiderait à réussir, à sortir de son état de fille de propriétaire terrien, simplement bonne à aider sa mère en attendant le mari que lui choisirait son père.

Matteo, étonné, fier, entra dans la grande pièce qui faisait office de cuisine et de salle à manger. Il apportait avec lui une odeur de cuir un peu indéfinissable… Il était imprégné d'un je-ne-sais-quoi qui tenait de la teinture, de la cire, et cette odeur de peau, tenace, presque vivante, c'était un effluve qui se dégageait de lui, Agnès était fière de son repas, les *roustido* d'anchois (ail, huile d'olive, anchois, pilés, grillés sur tranches de pain au four), les pâtes et enfin le superbe plat de sardines dorées à point, petites queues en l'air. La tarte à la confiture, aux croisillons dentelés, reposait sur un plat offert en cadeau de mariage par Victorine, une des *bugadiero* du lavoir de Couchoire, amie de la famille. Comme Matteo s'exclamait, admiratif, Agnès lui dit en rougissant :

— Ce n'est pas pour midi… J'attends mes sœurs.

— Alors je n'ai pas le droit d'y toucher ?

— Mais si ! On t'en gardera un morceau…

Il la prit par la taille en lui disant :

— J'espère !

Le repas fut joyeux, les couleurs revenaient sur les joues d'Agnès. La joie, l'amour retrouvé, l'excitation dans laquelle elle se trouvait en pensant au « four à cuire le pain » y contribuaient.

Matteo lui aussi avait un projet en tête, celui de demander à Mademoiselle Marthe l'utilisation de la grande pièce vide qui se trouvait sous les toits du château ; elle n'était pas habitable, n'ayant aucune commodité, seulement une vieille cheminée. Si elle acceptait, il y installerait un poêle pour l'hiver. Il n'y avait pas de locataires à l'étage en dessous, il pourrait ainsi se lever tôt, travailler chez lui avant d'aller à l'atelier ; il gagnerait du temps, avancerait son travail quand il aurait un moment de libre. C'était à qui des deux couperait la parole à l'autre, chacun ravi de voir se construire un avenir tout proche.

Matteo était inquiet pour Agnès...

— Je suis forte. J'ai une semaine pour me renseigner. Je demanderai à mon cousin Michel, de Grasse, le boulanger, comment il faisait ; s'il le faut, il viendra m'aider au début, il ne demandera pas mieux.

L'après-midi fut gaieté, exclamations et embrassades. Rose avait apporté un bocal de cerises à l'eau-de-vie faites par Domenica. Le bocal en verre gravé par le verrier local possédait un superbe bouchon travaillé en volutes.

« Maman a dit que tu le gardes, il te servira pour l'année prochaine ! Elle viendra demain matin en allant faire ses commissions au marché. »

Agnès allait enfin revoir sa mère. Deux larmes silencieuses coulèrent sur ses joues.

Le lendemain matin, Domenica était assise à l'avant de la charrette, chaudement couverte, les jambes pendantes près des roues contre les brancards, tenant les guides de cuir en main, sans grande autorité, son cheval lui obéissant à la voix depuis des années. Quelques sacs de pommes de terre et d'oignons se trouvaient derrière elle, pour l'épicier. Mais il y avait aussi deux grands paniers recouverts de sacs de jute. Ils contenaient des noix et des pommes, pour Agnès, de même que la dame-jeanne de « vin d'orange [1] ».

Elle avait l'habitude depuis des années de faire ses livraisons au village, ce qui lui évitait de revenir à pied, chargée. Elle allait revoir cette fille qui avait refusé de traverser l'Océan vers l'Amérique par amour pour elle, au risque de briser son jeune foyer. Il ne se passait de jours, de moments de libres, sans qu'elle remercie Dieu, la Vierge et tous les saints. Elle aussi avait quitté le pays, conséquence du droit d'aînesse, son frère, Guglielmo Ponti, devant être un jour le propriétaire de la Pozzetta, la ferme au beau vignoble près d'Asti, à Moncalvo-Monferrato.

Domenica arriva sur la place, immobilisa son cheval, l'épicier vint l'aider à décharger sa livraison avec bonne humeur.

— Alors ! Vous allez voir Agnès ? Ça doit

1. *Apéritif à base d'orange, sucre et alcool, macérés dans le vin.*

vous faire plaisir.

Elle n'avait pas envie de parler, sa gorge était serrée, mais elle sourit avec amitié, c'était un remerciement, on pensait à elle.

— Eh oui...

Elle laissa la charrette en contrebas de la place Saint-Etienne, il n'y avait pas loin de là au vieux château. Elle vit Eudoxie qui arrosait ses fleurs avec une vieille cafetière émaillée.

— Alors ? Tu montes ?

— Bien sûr, qu'est-ce que tu crois ?

— Et ton homme ?

— Il travaille, il est dans les oliviers.

La cueillette allait bientôt se faire, un coup de froid et les olives noires seraient bonnes pour le moulin. En principe, la récolte donnait l'huile pour deux ans, le rendement des oliviers se faisait une année sur deux, comme si la nature voulait se mettre en vacances. L'huile d'olive de Provence était très cotée. Le journal *Le Var* du 9 février 1896, quelques années plus tôt, avait relaté le scandale de l'entreprise d'huile d'olive russe, qui, sous appellation « de Provence », exportait des huiles d'olive de Crimée, Turquie, Grèce ou Tauride, qui n'étaient que des contrefaçons. Si les nouvelles n'allaient pas tellement vite, le boucheà-oreille se faisait entendre, les agriculteurs exigeaient de belles étiquettes sur leurs *estagnons* [1], *Huile d'olive de Provence*, ce qui donna du travail aux imprimeurs locaux pour la saison.

Domenica traversa la petite place, monta le cœur battant le bel escalier extérieur. La porte d'entrée au lourd vantail se referma, Agnès l'entendit et se précipita vers sa mère, s'écroula en pleurs sur son épaule. Les deux femmes montèrent les dernières marches enlacées, rien ne les séparerait plus. Sa mère la complimenta sur son installation, mais elle sentit une réticence ; le cœur, la joie, n'y était pas ; Domenica avait de la peine. Elle admirait le courage de sa fille, elle devait l'aider à ne pas baisser les bras.

— Je vais aller voir maître Peyrard. De ton côté, renseigne-toi sur le nombre de clients que tu aurais, du pain il en faut toujours. Ne t'inquiète pas pour ton père, laisse-lui du temps. Je suis sûre qu'il est content, dans le fond, que tu ne sois pas en Amérique !

1. *Récipients, bonbonnes en métal.*

11

L'après-midi même, Agnès retourna à la mairie poser des questions à El-zéar Rigot, qui flaira un « quelque chose » qu'il se devait de découvrir. « Où veut-elle en venir ? »

Agnès avait un petit carnet et un crayon.

— Vous pouvez me dire, s'il vous plaît, combien il y a d'habitants à Bargemon ?

— Vous n'avez qu'à lire l'*Indicateur Granger* et vous saurez tout, même ce que l'on fabrique, le nom des commerces, dans TOUT le Var !

— Vous ne le savez pas ?

Comme s'il ne connaissait pas son travail !

— Mais bien sûr que si ! Je le sais, 1 656 habitants.

— Ça fait combien de familles ?

— Vous n'avez qu'à les compter. Mais pourquoi toutes ces questions ? Pour *Le Petit Var* ?

— Peut-être. Je sais qu'à l'école l'institutrice a posé des questions aux enfants, alors je ne veux pas être plus ignorante qu'eux… Combien de fabriques, d'ouvriers… Si on me le demande, je dirai que c'est vous qui m'avez donné les renseignements…

On parlerait de lui dans le journal, à la page de Bargemon ! Elle riait sous cape, la rusée.

— Mais il fallait le dire, je ne savais pas ce que vous vouliez en faire…

— Je m'instruis.

— Alors c'est différent, attendez un peu…

Il devenait tout sucre, Elzéar !

— Justement, je travaillais au recensement. Nous avons six fabriques et deux cent soixante-quinze ouvriers, en ce moment, quarante-deux ouvriers d'ici, quarante-six Italiens et quatre piqueuses.

— Mais ça ne fait pas le compte !…

— Pardi ! Vous avez raison, ces quarante-six Italiens sont ceux qui restent à Bargemon, les autres, ils vont, ils viennent, puis, entre nous, ils ne sont pas tous déclarés ! Comme s'il n'y avait que quatre piqueuses ! Il y en a dans chaque maison ! Il y a aussi ceux qui travaillent à Claviers, et bien sûr ils font tous partie des fabriques de Bargemon ! Dans quelques années, on ne parlera plus que de Barge-

204

mon. Pour les piqueuses, j'en ai compté trente-cinq, ajouta-t-il en baissant la voix. Ne dites pas que je vous l'ai dit. Depuis qu'ils ont fait leur « Syndicat international des ouvriers cordonniers », ça leur est monté à la tête… Maintenant, ils se présentent aux élections et les Piémontais se font naturaliser, je me demande ce qu'on va voir…

— Mais, monsieur Elzéar, je suis française, née à Bargemon, et je vais faire un jour des petits Français !

Il n'y avait plus pensé, Elzéar, emporté par son discours, il ne sut que répondre.

— C'est vrai, vous avez raison.

— La mairie, si j'y suis rentrée deux fois dans ma vie ! …

— Mais vous êtes bien venue vous y marier…

— Et où serais-je allée ?

Elzéar était conquis.

— Et maintenant vous êtes une dame !

Agnès se mit à rire.

— Vous voyez que l'on découvre toujours quelque chose. Monsieur le curé m'a dit que dans le temps la mairie était un hôpital, un hospice, est-ce vrai ?

— Oui ! Il y avait même une petite chapelle en bas, c'était à la Confrérie de la commanderie de l'hôpital du Saint-Esprit de Montpellier, déjà en 1435 ils étaient ici ! La Révolution a tout démonté, pourtant ils faisaient du bien. C'était pareil pour les Pénitents noirs de Saint-Etienne, depuis 1650, et pour les Pénitents blancs de Notre-Dame-de-Montaigu, en 1638. Ils allaient soigner les malades, s'occuper d'eux, leur portaient à manger, surveillaient pour qu'ils soient enterrés convenablement. Vous savez, à cette époque, un trou et « pfft ! ». Si vous voulez en savoir plus, vous n'avez qu'à lire l'histoire de Bargemon de l'abbé Louis Sauzède, il s'en passait de belles ! Vous y trouverez tous les noms de la région, les Fouque, Blanc, Brovès, Castellane, Régis, Caille, même Vintimille ! A ce moment-là ils étaient nobles, maintenant ils sont comme tout le monde…

— Je vous remercie, monsieur Elzéar ; je vous fais perdre du temps et je ne vous ai pas demandé ce qui m'intéressait encore.

— Mais je suis là pour vous aider.

« Décidément, elle est bien, et pas orgueilleuse, cette Agnès ! Si on écoutait les gens… » se disait Elzéar, de plus en plus important.

— Vous pouvez me dire comment on peut tenir le « four à cuire le pain » ? J'ai entendu dire qu'il fallait montrer patte blanche, être bien avec la commune et surtout que ça coûtait très cher.

— Qui vous a raconté tout ça ?

— Madame Pellicot, la voisine de ma marraine Eudoxie.

— Savez-vous quel âge elle a ? Quatre-vingt-douze ans, elle n'a plus sa tête.

— Pourtant, elle m'a affirmé que lorsqu'elle était petite, son oncle tenait le four à cuire…

— Si ça vous intéresse, je vous montrerai le registre cet après-midi. Venez à deux heures, il n'y a personne. Maintenant, il faut que je me dépêche.

— Moi aussi !

Agnès partit en riant, elle avait transformé Elzéar le grincheux en un homme complaisant.

Deux heures venaient de sonner quand Agnès, décidée et pleine de courage, revint attaquer Elzéar !

— C'est encore moi, mais je crois que je ne vais pas vous faire perdre votre temps pour rien. Avant tout, je vais vous demander de me faire une promesse.

— Laquelle ? C'est si grave que ça ?

— Oui ! Je voudrais prendre le four à cuire le pain, mais je ne veux pas que ça se sache.

Mon père est en froid avec moi depuis mon mariage avec un cordonnier. J'ai voulu partir en Amérique, mais je n'ai pas pu m'y décider. Alors je voudrais lui prouver que je suis courageuse. J'ai vu qu'il y avait l'adjudication pour le bail et ça m'en a donné l'idée.

— Eh bien ! Vous, vous êtes rapide ! fit l'Elzéar, qui n'en revenait pas. Mais votre père, tout le jour dans ses terres, il ne voit pas qu'un maître cordonnier c'est quelqu'un ? Il faut voir ce qu'ils arrivent à faire ! La terre, je ne veux pas vous vexer, mais tout le monde peut la travailler, même si elle est un peu basse pour certains. Alors, que voulez-vous savoir ?

— Tout ! Je voudrais gagner de l'argent, même si c'est dur.

— Puisque nous avons le temps, je vais vous expliquer. Premièrement, il faut que la commission administrative se réunisse avec les « administrateurs du bail, fermage, du four à cuire le pain », qui appartient à la commune. Comme si c'était eux les propriétaires ! Ensuite le syndic ouvre la séance, mais j'oubliais de vous dire qu'auparavant ils ont fait annoncer par le « valet » du village qu'il y aurait des offres de faites à la chandelle pour attribuer le bail à qui proposerait le meilleur prix...

« Tenez, j'ai là toute une pile de délibérations dans ce carton. Voilà celle de 1832, c'est le dernier qui a crié son prix qui l'a eu, avant que la troisième chandelle ne s'éteigne. Il avait offert 560 francs, personne n'a crié un prix supérieur quand la chandelle s'est éteinte, donc il a eu le four ! Il s'appelait Thomas Durand. Pour être certains qu'ils auraient bien la somme offerte, " Messieurs les Administrateurs ", tous propriétaires, ont demandé une caution. C'est son beau-frère qui s'est porté solidaire de la caution, " avec une hypothèque spéciale du droit au bail ", tenez-vous bien, et " d'une terre complantée en vignes, oliviers et arbres fruitiers, qu'il possédait au quartier du Plan "… Et avec tous les détails : " Confrontant au Levant et au Midi le chemin allant à Seillans et au couchant les sieurs Berthon et Pellicot "… Obligeant en outre l'adjudicataire à éclairer le four du boulanger trois fois la semaine… » Et attention aux différends avec ceux qui auraient plus de pâte et passeraient les premiers ! Si une personne gâtait le pain, par la négligence du fermier, celui qui aurait le fermage, il fallait qu'il soit responsable de droit. Il devait aller chercher et rapporter les planches à pain, payer deux centimes par planche, ça ne devait pas dépasser trente-neuf pains pour la fournée, et cinq centimes pour mettre le pain dans le four ! Et tout ça enregistré sur papier timbré, et ça, c'était en 1822 !

« Petit à petit, ils ont changé les prix. Ils ont annoncé par le crieur public, sur la place du marché et dans les rues, qui avait obtenu le fermage du four à cuire le pain. Il y avait aussi le droit à cuire les gâteaux et il fallait alors enregistrer le nom de ceux qui arrivaient les premiers !

« En 1823 et 1824, c'était pareil. Il y avait aussi les combines ! On retrouvait les mêmes, plusieurs années de file, alors là ça rouspétait ! Ils ont eu des procès, il fallait aller à Draguignan et même à Aix-en-Provence payer des avocats. Tenez, un exemple, j'ai là un village voisin, je ne vous dis pas le nom des gens, ils me feraient un scandale ! "Pour l'année 1822, payé à l'année 405 francs" et "en 1824 payé à l'année par le même Jean Joseph P... 560 francs"...

« Plus tard ils ont payé "au quart", ils l'écrivaient "*au qu'art*", aujourd'hui on dirait au trimestre. Ça avait encore changé. Là, ils annonçaient à son de trompe que la séance d'adjudication était ouverte et que celui qui avait crié l'offre allait signer. Regardez : "*au quart en 1854*", cela devenait 100 francs, soit 400 francs l'an. Mais Porre Antoine offre et signe 105 francs, donc 420 francs l'an ! Giraud Pierre offre et signe 115 francs, soit 460 francs l'an ! Porre Antoine, à nouveau, offre et signe 120 francs, ce qui faisait 480 francs pour l'année ! Il obtient l'adjudication mais il aura fallu trois bougies !

« En 1897 on trouve : *" Bœuf Pierre a offert et signé pour 260 francs l'an. Latil Jacquot a offert et signé pour 340 francs l'an, que Peyre Paul a offert* (et bien entendu signé) *884 francs pour l'année ! "*

« Ici, à Bargemon, ils demandent 3 000 francs. Mais rendez-vous compte que nous avons quatre fois plus d'habitants que notre voisin ! Je dois ajouter que celui qui obtenait l'adjudication avait trois jours pour se désister ou accepter pleinement.

— Mais quand commencent le bail, le fermage ?

— Le 1er janvier. Il faut payer par trimestre, jusqu'au 31 décembre de la même année. Il vous faut aussi payer le bois de chauffage et une petite taxe en plus du papier timbré enregistré chez le notaire.

Agnès écoutait, assise, à côté de la table où travaillait Elzéar.

— Je ne pensais pas que ça donnait tant de tracas…

Elzéar, qui l'avait subitement prise en amitié, s'écria :

— Et vous croyez que vous serez assez solide ? Comment allez-vous faire pour la « caution solidaire » ?

— Peut-être mes parents m'aideront-ils ?

— Vous avez le temps de vous décider, d'habitude il y a belle lurette que l'adjudication est passée, mais ils ont eu des travaux, ils ont fait une sorte de grenier pour le bois, arrangé l'intérieur… Si vous avez la chance de l'avoir, vous serez la première femme à tenir le four, le vieux Julien ne peut plus se redresser. Vous ferez une belle fournière ! Je vous le dis !

Agnès n'écoutait plus que d'une oreille distraite, mais elle rougit. Elle quitta Elzéar avec un sourire en lui tendant la main.

— Merci encore. Ne dites rien.

Elle descendit les escaliers en calculant, « 3 000 francs " au quart ", ça fait 750 francs, à payer fin mars ». Il lui faudrait acheter le bois de chauffage, qu'il soit bien sec, heureusement qu'elle pouvait avoir confiance dans les *bouscatiés* qu'elle connaissait. Le courage, elle l'aurait. Savoir si sa mère pourrait se porter caution ? Si ça ne ferait pas d'histoire à la Bastidane entre ses parents ? Giuseppe allait encore faire la tête. Matteo allait avoir du souci, mais il se levait si tôt, pourquoi pas elle ? Puisqu'elle n'avait pas eu le courage de prendre le bateau à Gênes, il fallait qu'elle se rachète.

Elle quitta la mairie pour aller voir Olivia à l'atelier. Matteo était occupé, elle se dirigea vers la jeune femme. Son air sérieux inquiéta celle-ci, mais elle ne lui posa pas de questions.

— Je peux vous parler ?

— Venez, on va prendre une tasse de café.

Une fois à l'étage, Olivia lui annonça :

— Moi aussi j'ai une nouvelle. Mais vous d'abord, je vous écoute.

— Nous en avions parlé l'autre soir. Je suis décidée à prendre le four à cuire le pain, en principe ma mère m'aidera pour la caution solidaire.

— Mais elle ne va pas hypothéquer la Bastidane !

— Non, elle a un bien propre, mon père n'a rien à y voir, mais je crois qu'il l'aurait fait, il est assez fier pour ça.

— Moi, c'est autre chose. J'attends un bébé ! Je n'osais pas vous le dire quand vous êtes arrivée, vous étiez tellement triste. Je n'en ai pas parlé à Matteo.

— Que je suis heureuse pour vous ! Et pour Ernest...

— Vous ne croyez pas que je suis trop vieille ?

— Vieille, vous ? Vous êtes une vraie femme !

Et elles s'embrassèrent, les larmes aux yeux.

— Vous voulez bien être la marraine ?

— Oh ! Attendez encore un peu, qu'il pousse avant, ce sera pour quand ?

— Pour le mois de juin. Les grosses commandes seront passées. S'il le faut, je prendrai un aide pour Matteo.

— Mais votre mari ?

— Il a l'habitude chez Blanc, il va y retourner. Il est d'un caractère tranquille, il n'aime pas les tracas avec les clients, les fournisseurs. Il ne voit que son métier et moi !

— Ce n'est déjà pas si mal.

Domenica Bradamante sortait de chez maître Peyrard, elle n'avait aucun souci à se faire, elle pouvait compter sur sa discrétion. Elle amènerait le terrain de Campeiran acheté au père Giraud, il valait bien plus que la caution.

Elle avait dû aborder le sujet avec Gian-Baptiste, un simple « Fais comme tu veux, c'est à toi... » avait mis terme à toutes discussions. Elle lui avait répondu simplement :

« Tu peux être fier de ta fille, elle tient de toi, elle veut prendre le four à cuire le pain, rien ne l'arrête !

— Sauf si un autre le veut...

— Ça, c'est à voir, on surenchérira ! »

Il fallait qu'Agnès ait son four ; il serait fou de colère si elle ne pouvait l'avoir, voilà ce que pensait Gian-Baptiste.

Matteo avait rencontré Mademoiselle Marthe, qui avait accepté de lui laisser la pièce du haut pour un loyer dérisoire. « Pour la forme », lui avait-elle dit en riant. En effet, des « formes » de toutes pointures remplissaient les étagères. Matteo s'était fabriqué un *veyadou*, où les semences et autres petits clous et chevilles de bois étaient à portée de sa main, dans leurs petits casiers. Le roi n'était pas son cousin ! Il était en chambre, « chamberlan [1] » malgré tout le plaisir qu'il avait à travailler chez Olivia. Il faisait sa colle avec de la farine et de l'eau, sur un minuscule réchaud dans une petite casserole qui ne servait qu'à cet usage, mais il avait un secret que lui avait transmis le

1. *Ouvrier qui travaillait en « chambrée », sous les toits.*

maestro Filippo, le méchant cordonnier de son enfance ; il faisait fondre du crêpe, issu du caoutchouc, qu'il ajoutait à sa colle. Il se servait de cette pâte pour coller certaines parties de la chaussure, pour remplier par exemple une bordure à l'intérieur. Il fallait éviter de mettre les semelles l'une contre l'autre du côté lisse, ce qui les faisait crisser en marchant, on entendait alors : « Il n'a pas payé ses souliers ! »

La poix, faite de résine, était dans un vieux bol ébréché. Si elle servait à enduire le « ligneul », les mains étaient toutes poisseuses. En Provence, la poix, c'est la « pègue », d'où le nom, donné en dérision aux cordonniers, de « pégot ». On l'employait aussi pour une personne « collante » : « C'est une véritable pègue ! »

Mais tout cela ne touchait pas Matteo, ses tranchets bien rangés par rangs de tailles. Un tian en terre près de lui, où trempaient de futures semelles dans une eau d'un brun rougeâtre qui avait presque l'apparence du café ! Il y avait aussi le « pied », cet objet magique sans lequel jamais Matteo n'aurait pu donner vie à ses chaussures.

Il travaillait, affairé, cherchant un morceau de cuir par-ci, par-là, essayait un échantillon de cire qu'il chauffait à une bougie, puis le passait doucement avec amour sur le talon de la chaussure avec un minuscule petit fer, son établi éclairé par le globe plein d'eau qui recevait la lumière tremblotante de la bougie et faisait office de réverbère en renvoyant la clarté sur le travail.

Il chantait *Pagliaci* tout en faisant reluire, avec un chiffon de laine déjà enduit de cire séchée par les précédents travaux, ce talon qui n'était pas encore assez beau. Il cherchait alors dans un casier de son *veyadou* la petite roulette qu'il allait promener d'une main experte tout le long du talon, le décorant de légers pointillés comme s'il maquillait une joue de femme. Il ne s'arrêtait que lorsqu'il avait enfin jugé digne d'admiration son travail terminé.

Agnès lui avait annoncé la future naissance chez Ernest et Olivia Payan. Il était heureux pour ses amis, en espérant voir arriver un peu plus tard un berceau chez lui.

Le « four à cuire le pain » lui faisait un peu peur, mais il voyait Agnès tellement excitée à cette idée qu'il se disait qu'il valait mieux la laisser faire ; si ça n'allait pas, il trouverait bien quelqu'un pour l'aider ; de plus, c'était tout à côté de chez eux, en passant par la ruelle derrière le château.

Il réfléchissait à tout cela en se rendant à son travail, empruntant les rues couvertes que l'on appelait *Andronne* ou *Androuno*. L'origine venait du grec, « Andros », d'homme ; elles laissaient passer seulement la taille d'un homme bras ouverts. Ces ruelles couvertes étaient pratiques les jours de pluie et par les grandes chaleurs en été où l'on marchait à l'ombre fraîche, en oubliant que jadis elles avaient servi d'abri aux invasions.

Le fameux lundi « du bail au fermage » était arrivé. Messieurs les syndics et administrateurs, tous propriétaires à Bargemon, représentaient les habitants du village dans la salle principale du syndicat qui en fait se trouvait être dans une maison appartenant à la commune. Chacun avait revêtu l'habit du dimanche, avec un gros nœud de cravate. Quelques femmes, épouses de propriétaires, avaient accompagné leurs maris.

Agnès, assise près de sa mère, avait un voisin à sa droite, seulement là, comme d'autres, pour attendre la surprise de la dernière enchère. Domenica Bradamante avait averti sa fille de ne monter que par tranches de 15 francs, au début de l'adjudication qui se trouvait être

« au quart » de la somme du fermage pour l'année.

La séance fut déclarée ouverte et trois bougies préparées pour être allumées après le son de la trompe. Le silence était religieux quand le syndic, Albéric Régnier, annonça « la mise à prix au fermage du four à cuire le pain, dit le Fournet, pour la somme de 3 000 francs, à compter du 1er janvier 1902 jusqu'au 31 décembre de la même année, enchères au quart, soit 750 francs pour l'annonce ».

Un bras s'éleva, et une voix :

— 760 francs, Antoine Escoffier !

L'homme se leva et alla signer. La bougie tremblotante, mais moins qu'Agnès, signalait toujours le combat.

— 775 francs ! lança une voix de stentor. Emile Rey !

Il se leva pour aller signer son offre. La main fine d'Agnès se leva à son tour, elle dit d'une voix haute et ferme :

— 800 francs, Agnès Bignante !

Les têtes se retournèrent. Qui était celle qui avait l'audace de monter sur un homme ?

Elle était folle, ça faisait 3 200 francs pour l'an ! Agnès se leva et vint signer. Le premier enchérisseur, la voix enrouée de colère, lança un « 810 francs, Antoine Escoffier ! » En même temps qu'il se levait pour signer son offre modifiée.

La deuxième bougie avait été allumée à son tour quand Agnès, dressant le bras, dit :

— 850 francs, Agnès Bignante !

Et alla signer sa nouvelle offre sur le registre du syndic.

La troisième bougie s'éteignit lentement sans autre surenchère. Il y eut des remous, des murmures en français et en provençal : « Elle a un de ces culots, celle-là ! Et où va-t-elle prendre l'argent ? » Ou bien : *« Aro es lei fremo que coummando ! »*, ce qui signifiait : « Maintenant ce sont les femmes qui commandent ! »

Domenica se leva et accompagna sa fille pour se déclarer « caution solidaire » pour sûreté et garantie d'un terrain situé quartier Campeiran, dont la valeur dépassait largement le montant du fermage. Elles étaient émues autant l'une que l'autre, se tenaient par la main. Lecture fut faite à haute voix par le syndic, qui annonça que l'adjudication serait criée dans tout le village dès le lendemain matin.

Les femmes, un peu pincées au début, étaient tout sourire devant la fureur des hommes. Les « Bastidanes [1] » étaient descendues de leurs

1. *Propriétaires de ferme, de bastide.*

220

propriétés, croix d'or au cou comme pour aller à la messe. Une jeune femme se jeta dans les bras d'Agnès dans un joyeux éclat de rire, c'était Mathilde Guérin, des Grands Seigles, le château de Favas. Depuis qu'elles étaient toutes petites, elles étaient les meilleures amies du monde, faisant le chemin ensemble pour aller à l'école ou au catéchisme.

— Tu as gagné ! Que je suis contente ! Un qui va être étonné, c'est Monsieur le Baron !

— Pourquoi ?

— Il dit toujours qu'il faudrait une boulangère, qu'un sourire de femme c'est plus attirant quand on entre dans le magasin.

— Mais je ne serai pas boulangère !

Les femmes venues là s'étaient approchées, certaines la connaissaient, elle était née au village. Quelques-unes, très peu, avaient un four de pierre chez elles. Parfois il était même extérieur, en « cul-de-four ». Elles savaient le travail que cela donnait, elles la félicitaient pour son courage.

— Alors tu vas commencer le 1er janvier ? On ira te souhaiter la bonne année !

Matteo était resté à l'atelier, anxieux, autant qu'Ernest, Olivia et Luigi. Il comprit sa victoire quand elle ouvrit la porte et se jeta dans ses

221

bras. Domenica était repartie sur le char à bancs d'une voisine.

Agnès ne perdit pas de temps. Le lendemain matin, elle partait sur la route de Seillans d'où l'on voyait les fumées blanches des *bouscatiés* qui s'élevaient pour elle comme des calumets de la paix. A la Bastidane, Gian-Baptiste ne dit pas un mot quand Domenica entra, rayonnante. Il fumait sa pipe en silence quand tout à coup il se leva, alla au placard encastré dans le mur, l'ouvrit, sortit une bouteille de « Vin Marquis » et dit :

— Ça s'arrose, appelle les filles !

Domenica pleura en silence, la joie allait doucement revenir.

12

C'était l'Avent, dans chaque maison on mettait le blé à germer dans une assiette, on disait à Bargemon qu'il ne fallait pas qu'il jaunisse, car c'était un signe de mort dans la maison… Les lentilles reposaient sur une couche de coton hydrophile bien mouillée. Les enfants surveillaient les petits germes qui éclataient, sortaient et montaient d'un vert tendre. On les mettrait en offrande à l'enfant Jésus de la crèche, quand on aurait sorti les *santibelli*, petits personnages d'origine italienne représentant la Sainte Famille, le pape et le Père éternel, souvent en cire. Les religieuses en faisaient aussi en verre filé ou en mie de pain, vendus dans les relais de poste. « Faire la crèche » datait de la Révolution…

Ils étaient devenus les « santons » en terre cuite peinte par Jean-Louis Lagnel, né à Marseille en 1764. On les gardait dans une boîte en carton, enveloppés dans de vieux journaux d'une année à l'autre. La crèche était souvent faite en épais papier froissé, quand ce n'était pas dans une grosse boîte de carton prise chez l'épicier pour figurer la grotte. La farine remplaçait la neige sur les rochers ou les toits.

Bien souvent les jouets étaient faits à la maison, poupée de chiffon aux yeux et cils dessinés au crayon, cheveux faits de laine tressée, habillée de jupe fleurie matelassée, portant tablier de soie et bas blancs taillés dans ceux de la mère. Chariot de bois pour les garçons ou berceau d'osier pour les filles, paire de « boches », boules cloutées venant d'Aiguines, village du haut où l'on travaillait le buis, pour le mari.

Il y avait aussi la surprise d'une belle paire de chaussures faite en cachette, le cordonnier connaissait toutes les mesures de la famille. C'étaient des heures de travail tardif pour faire les petits cadeaux à la lueur de la lampe à pétrole. On entendait aussi le doux cliquetis des aiguilles d'acier tricotant une paire de gants, tenues par les mains agiles de la mère, alors que le feu ronflait.

Il fallait préparer les treize desserts et on mettrait une assiette en bout de table, l'assiette du pauvre au cas où quelqu'un frapperait à la porte pour l'heure du repas. On invitait souvent le voisin qui était seul, sa famille en Italie ou simplement à Marseille. Pas un ancien ne restait isolé le jour de Noël.

Les pâtes de coing qui avaient séché sur un marbre offraient le cristal de leur sucre, les châtaignes éclataient en compagnie d'amandes, figues sèches, nougats ou calissons, plus chers ceux-ci, faits à la maison.

Agnès pensait à tout cela quand Rose frappa à sa porte.

— Maman a dit que papa ne veut pas que tu restes seule pour Noël.

— Mais je suis avec Matteo !

— Ça ! Il le sait ! Bien sûr, il y aura Matteo ! Je te le disais, que ça s'arrangerait ! J'en ai dit, des prières… Si je ne vais pas au Paradis avec tout ça !

Un chant d'amour était en Agnès. Elle se promit de faire une neuvaine à Notre-Dame-de-Montaigu en remerciements. Elle allait préparer ses cadeaux.

Matteo de son côté pensait aux siens, il devait faire attention au prix du cuir. Il en avait un peu d'avance, plus quelques chutes qui pouvaient lui servir. Il composa une pièce de peau faite de petits losanges comme l'habit d'Arlequin et en fit un sac à main pour Agnès. Changeant les couleurs des cuirs, il imagina un étui à lunettes pour Domenica, un couvre-livre pour Lucia, un écrin pour le chapelet de Rose.

Il y avait encore Gian-Baptiste, alors il lui prépara un gros portefeuille de « marchand de cochons » dans lequel il découpa un ovale pour mettre une photo à l'intérieur. Il imaginait son beau-père le jour du marché aux bestiaux, sortant les gros billets de ce portefeuille ; il s'en réjouissait d'avance. Le père d'Agnès avait fait un geste, il se devait d'y répondre. Il revoyait les mauvais instants de Gênes, le gros chagrin d'Agnès et sa propre fureur rentrée. Noël allait amener la réconciliation.

Le 1er janvier verrait l'ouverture du « four à cuire le pain ». Matteo avait accompagné sa femme, fait l'inventaire pour voir ce qu'ils devaient acheter, ce qui manquait, même innover s'il le fallait. Agnès faisait ses calculs, ses commandes. Elle aussi était allée trouver le menuisier de la route de Seillans ; les pelles pour le four n'étaient pas faites pour sa main. Elle voulait aussi des étagères à claire-voie, pour que le pain s'aère par-dessous, comme les tartes qu'elle poserait sur une grille pour leur donner un fond bien croustillant. Elle sortait avec joie l'argent que sa mère lui avait remis, en usant avec sagesse, comptant bien le lui rendre rapidement.

La messe de minuit avait lieu à la paroisse de Bargemon. Les républicains, qui criaient contre les curés, se sentaient obligés d'y aller : s'ils n'accompagnaient pas leurs femmes et familles, il y aurait eu du grabuge dans bien des maisons ! Ce n'était pas tous les jours Noël. Ils se rattraperaient le dimanche suivant avec la fanfare en jouant un morceau de plus, même un peu plus fort, façon de se venger ! En attendant, ils s'étaient tous « faits beaux » et emplissaient les travées de bancs en réservant des places avec un chapeau pour le ou la retardataire. Les Bradamante étaient venus au complet, gardant deux places pour Agnès et Matteo. Ils avaient garé leur charrette sur la place du château, le cheval attendait sagement au chaud, une vieille couverture sur le dos.

Le « gros souper [1] » serait après la messe, chez le jeune ménage. Gian-Baptiste avait accepté sans bougonner. De gros paniers mystérieusement garnis se trouvaient sous les bancs

1. *Repas, après la messe de minuit.*

de la charrette, cachés par Domenica sous de grandes toiles, qui d'habitude servaient à ramasser les olives.

Le ragoût de morue aux pommes de terre, poireaux et olives noires mijotait au ralenti sur le potager. De même, la *bagna caouda*, les cardons attendaient le retour de la messe, ainsi que les braseros et poêlons de fonte garnis les uns de charbon de bois, les autres d'huile d'olive. La cheminée était décorée. Agnès s'était offert le luxe d'acheter des oranges et des dattes à un marchand de Draguignan qui était venu offrir sa marchandise des jours de fête sur la place.

Les portes de l'église étaient grandes ouvertes, même si certaines dévotes trouvaient qu'il faisait un peu froid, quand un roulement de baguettes sur les tambourins, le son des fifres et galoubets firent courir un murmure : « Les voilà ! » Ils arrivaient deux par deux en longue file, filles et garçons en costume traditionnel, les bergers, les petits agneaux et l'enfant Jésus, le dernier-né du village, qu'on déposa dans un berceau garni de paille, mais chaudement vêtu. Monsieur le curé fermait la marche, accompagné des enfants de chœur.

Tout le monde se leva, des larmes s'écrasaient aux coins des yeux, les souvenirs d'enfance remontaient, on pensait aux manquants, disparus… L'harmonium commença à frémir sous les doigts d'Elodie Muraire puis monta jusqu'au maximum pour un chant de Noël que l'assistance entonna en provençal. A la sortie de la messe, Agnès tenait sa mère par la main, Matteo marchait près de Gian-Baptiste sans parler, derrière Rose et Lucia. Ils avançaient, lampe-tempête à la main, par les ruelles sombres et les montées d'escaliers. Bargemon allait joyeusement fêter Noël.

Matteo passa devant pour ouvrir la porte avec sa grosse clé, Domenica entra la première, panier au bras, son gendre lui tenant la porte grande ouverte. Les filles se reculèrent pour laisser entrer Gian-Baptiste, ému mais ne disant toujours mot.

— Oh ! Que c'est joli ! s'écria Lucia avec sa vivacité.

Elle fit une pirouette sur les talons de ses bottines pour regarder de tous côtés. Sa sœur avait réussi un ensemble chaud et harmonieux avec peu de choses. Un sommier sur pieds recouvert d'une couverture piquée à fleurs emplissait l'alcôve, des rideaux en guipure habillaient la petite fenêtre au-dessus du divan que garnissaient des coussins.

— A quoi sert cette fenêtre ?

— A éclairer une petite chambrette qui était noire et où il y a des étagères, ça me fait un beau rangement.

— On peut voir la chambre ?

— Bien sûr.

Les paniers furent posés à terre devant le potager. Gian-Baptiste s'approcha du poêle et ouvrit la bouche :

— Il fait bien bon ! Faites attention à la che-minée, que vous n'ayez pas le feu. Elle est ra-monée, au moins ?

Agnès rougit de plaisir en répondant à son père :

— Mademoiselle Marthe l'a fait ramoner avant que nous entrions, elle n'a pas envie de voir le château de ses ancêtres partir en fu-mée !

C'était dit sur un ton joyeux, chacun savait que la paix de Noël était là, que ce n'était pas qu'une simple trêve. Après avoir admiré la chambre au lit Louis-Philippe, avec sa couver-ture tricotée au crochet par Agnès, qui l'avait commencée à quatorze ans sous la direction des dames du patronage, tous regagnèrent la salle. Le feu fut ranimé sous les braseros du potager, les ailettes de laiton des petites portes de ventilation tournées juste ce qu'il fallait. Gian-Baptiste s'occupa des bouteilles et des grosses bûches de bois, du chêne vert bien noueux qui tiendrait un bon feu longtemps, toute la nuit.

— *Aco es de bosc de ferre !*

En effet, c'était bien du bois de fer, pas un coin n'aurait pu entrer dans cette bûche ventrue. Il resterait encore des braises le lendemain matin, il n'y aurait qu'à raviver les cendres.

Ce soir de Noël, Agnès et Matteo avaient mis les rallonges à la table ronde. Les assiettes à fleurs d'un rouge pâli offraient leur gaieté sur la nappe encore toute raide d'amidon ; il faudrait plusieurs lavages et des années pour qu'elle s'assouplisse. Des fleurs et feuillages éclairaient la commode ancienne, dans un broc à toilette en faïence. Les paniers se vidaient sous les mains agiles de Domenica et de ses filles. Une belle *fougasso* dorée, du nougat fait avec le miel et les amandes de la Bastidane, des figues sèches étaient disposés sur des assiettes.

Une toute petite crèche, avec les assiettes de lentilles et de blé germés, ornait aussi la commode. Matteo l'avait achetée en cachette à Draguignan, chez un commerçant en articles religieux, face à la paroisse Saint-Michel. L'enfant Jésus en cire, aux cheveux de soie blonde bouclés, reposait sur une couche miniature de paille véritable. Saint Joseph et la Vierge l'entouraient sous le souffle du bœuf et de l'âne. Ils agrandiraient la crèche au fil des ans, achetant un santon ou deux chaque année pour Noël.

Le doux bruit des plats mijotés se faisait entendre, les odeurs, les arômes s'exhalaient. Avec l'heure tardive, les estomacs attendaient que l'on passe à table. Le pâté de grives et les olives noires avaient été préparés par Domenica, puis vint le plat piémontais, la *bagna caouda*, avec les cardons coupés en petits morceaux qu'il fallait tremper du bout de la fourchette dans l'huile d'olive aux anchois et ail pilés qui grésillait doucement sur le brasero. La morue aux olives noires, blancs de poireaux et pommes de terre suivait… Un fromage de vache et les treize desserts terminaient ce « gros souper » qu'à Paris et ailleurs on appelait le réveillon. Mais le clou du repas fut, pour accompagner la *fougasso* dorée, la bouteille de vin pétillant, le spumente fait par Gian-Baptiste, qui avait emporté de chez lui le secret de cette vinification, que tout le monde lui enviait au village mais qu'il gardait jalousement. Seuls ses fils le connaîtraient un jour.

— On vous attend demain, ne venez pas trop tard !

— Merci pour vos cadeaux… Ça m'a bien fait plaisir ! cria Agnès, du haut du petit perron.

Elle rentra vite pour admirer avant de s'endormir la nouvelle batterie de cuisine émaillée à fleurs roses, ainsi que l'égouttoir assorti où se trouvaient accrochées la louche et l'écumoire au même décor. Matteo voulut l'aider à débarrasser, mettre tout en place ; elle avait refusé l'offre de Domenica et de ses filles, qui voulaient le faire.

Au retour, à l'avant de la charrette, abrités sous leurs couvertures, Gian-Baptiste avait entouré de son bras les épaules de sa femme, chose qu'il n'avait pas faite depuis des années. Leurs filles, derrière eux, se donnaient des coups de coude, complices, heureuses et détendues. La fête continuerait le lendemain, jour de Noël.

C'est à pied que Matteo et Agnès prirent la route, le matin de Noël, pour arriver à la Bastidane avant le repas de midi. Dès leur entrée, de bonnes odeurs les accueillirent. Domenica n'avait guère dormi, s'étant levée tôt pour pétrir et faire les ravioli. Le plus gros de ses coqs dorait et tournait sur la rôtissoire de la cheminée, on entendait le tic-tac du mécanisme, de temps en temps une des filles, Lucia ou Rose, arrosait la volaille avec le jus qui s'écoulait dans le bac de récupération. Les plats de jambon cru, caillette et pâtés étaient déjà disposés sur la table de la salle ; dans un coin, près d'une fenêtre, un guéridon recouvert d'une nappe damassée, trop grande pour celui-ci, offrait les treize desserts traditionnels, parmi lesquels des marrons glacés faits par Domenica. Les grosses boules de pain de campagne reposaient dans des panières. Clémentine était restée à Trans, avec sa belle-famille...

Les garçons étaient là, Giuseppe, plus détendu, faisait bonne figure. Baptiste était joyeux, son départ pour l'Argentine et Mendoza, enfin décidé, serait pour après les labours de mars. Le « Vin Marquis » fut servi par Gian-Baptiste, qui leva son verre :

— A notre fournière !

Agnès en était toute rouge ; dans quelques jours, elle allait se trouver dans son four !

13

1er janvier 1902… Jamais de sa vie elle n'oublierait ce jour-là. Le réveil sonna, mais Agnès était déjà levée. Elle chauffa le café dans une petite casserole, une mante tricotée sur les épaules. Quatre heures du matin tintèrent au carillon de la paroisse. Pour l'ouverture, Matteo voulait être près d'elle, l'aider s'il le fallait. La veille elle avait préparé les faïssines, le petit bois et le plus gros, il n'y avait plus qu'à gratter l'allumette ! Le feu ronfla, les grillons partirent dans tous les sens.

Les pelles toutes neuves montaient la garde avec leur manche de près de deux mètres de long. Canifs, couteaux, racloirs étaient en bon ordre. De même, les toiles de lin tissées à Bargemon étaient prêtes à l'emploi, pliées en accordéon pour les avoir plus vite en main, ne pas perdre de temps, ainsi que deux balles de farine de cent kilos et un sac de son, arrivés tout droit de chez le meunier qui se trouvait en bas du village, dont la roue tournait avec son tic-tac dans la Doue. Du bois bien sec était soigneusement rangé dans le demi-grenier, dont l'échelle bien raide se trouvait accrochée à son ouverture.

Il fallait attendre trois bonnes heures de chauffe avant qu'Agnès ouvre la porte du four. En attendant ce grand moment, elle inspecta du regard le fournil, la *mastro* était recouverte d'une grande planche où seraient déposés les « pâtons » prêts à cuire. Des escabeaux empilés dans un coin permettraient à ses pratiques de s'asseoir, bavarder un peu, en étant éloignées du four où elle déposerait avec sa grande pelle à long manche les pains qu'on lui apporterait. Il lui fallait de la place pour avancer, reculer, manœuvrer sa pelle, sortir après cuisson ce qu'auraient apporté les ménagères.

Elle regarda la vieille pendule noircie par les ans et les cendres, c'était le moment. Elle empoigna alors deux gros morceaux de toile humidifiés, s'en servit comme de maniques pour ouvrir la porte du four, sous les yeux émerveillés de Matteo. C'est avec dextérité et rapidité qu'elle prit le racloir, lui aussi à long manche, fit tomber les braises ardentes dans une sorte de vasque en pierre taillée sous laquelle se trouvait un récipient de métal.

Agnès se saisit vivement d'un balai de genêts qu'elle trempa dans un seau d'eau pour balayer les cendres qui pouvaient rester dans le four. Les gouttes d'eau faisaient de petites bulles grisâtres qui gonflaient et éclataient. Elle jeta vivement une poignée de son sur la sole du four en pierre réfractaire ; le son s'enflamma, le four était à bonne température.

C'était le grand moment. Les joues rouges, les cheveux cachés sous un foulard noué serré sur sa nuque, elle enfourna d'un geste précis, rapide, sa première cuisson. Il lui faudrait environ quarante minutes pour cuire les pains de campagne ou boules incisés d'un coup de canif, apportés sur des planches par ses premières clientes.

Petit à petit, le fournil s'emplissait. Il était sept heures du matin, les cloches appelaient les fidèles à la première messe de l'année en ce début de janvier 1902. En plus de la curiosité de voir Agnès à ce travail tenu pour la première fois par une femme, c'était jour de fête, on se souhaitait la bonne année, on s'embrassait. Les femmes arrivaient en procession vers « le four d'Agnès », car il n'était plus question

237

de « four communal » ou de « four à cuire le pain », comme le voulait le *Fermage officiel de Messieurs les administrateurs et syndic du village*...

Ces dames serraient contre elles des planches ou corbeilles supportant pâtons, boules, *fougasso* bien levés, cocottes en fonte scellées d'une abaisse de pâte, plats de terre où reposait sur un lit de pommes de terre coupées en tranches fines, parfumées à l'ail, un gigot d'agneau, quand ce n'était un gros carré de rôti de porc ou un magnifique poulet de ferme, des tians avec gratins de légumes, les derniers de l'hiver...

Cette festivité culinaire prit rang et place après la cuisson des pains. Certaines ménagères laissèrent leurs plats recouverts d'un torchon de fil puis s'en retournèrent chez elles, d'autres, moins pressées ou habitant plus loin, attendirent en bavardant ou allèrent faire des courses entre deux cuissons, ce qui permit à Agnès de souffler un peu et d'entendre bien des compliments sur sa vaillance :

— On n'aurait jamais cru que tu aurais fait ça ! Tu n'es pas trop fatiguée ?

Agnès souriait, fière de son travail, de ses pains bien cuits, de ses tartes dorées à point, de cette odeur qui envahissait la rue et les venelles, de la lueur que l'on voyait de loin par la petite fenêtre à barreaux, du four rougeoyant quand elle ouvrait la porte. Elle ne remercierait jamais assez sa mère de lui avoir permis d'avoir ce four. Elle priait Dieu pour qu'il la garde, elle, Agnès, en santé afin de continuer ce travail qui pour elle était une joie.

Elle prit le rythme de ses levers matinaux ; à cinq heures, elle inscrivait sur un cahier d'écolier les noms de ses pratiques, le nombre de pains et de gâteaux. Le tout entre des colonnes tirées à la règle. Egalement, sur un autre cahier, les noms de ses fournisseurs en bois, les bouscatiés, le nom du meunier, car si elle ne pétrissait pas le pain, elle avait de la farine à disposition pour ses clientes et pour le pétrin, mais ce n'était qu'occasionnel. Matteo et elle se levaient ensemble. Seuls les jours de fête les voyaient sortir du lit à quatre heures du matin, la clientèle étant plus nombreuse ces jours-là.

Olivia l'avait prise pour confidente. Elles riaient toutes deux, parfois Tide Guérin les rejoignait. A force de se poser des questions sur le sexe du bébé à venir, sur le succès du four ou sur ce qui arriverait à Tide, un jour celle-ci leur dit en riant :

— Et si on allait chez Catho ?

Catherine Cabasse, que l'on appelait Catho, était une femme d'une cinquantaine d'années, mince, au visage ridé comme une vieille pomme de reinette et au *poutchou*, chignon plat sur le sommet de la tête, qui ressemblait à une galette mal levée, retenu par de grosses épingles à cheveux en fausse écaille. Elle n'avait pas du tout une réputation de sorcière, même si elle possédait *Le Grand Albert*, le montrait du doigt sur l'étagère où il voisinait avec des livres d'astrologie ou traitant des plantes médicinales.

Elle avait hérité du tout, avec la maison qui l'abritait, d'un vieil oncle, mort de sa bonne fin de vie à quatre-vingt-douze ans. Le livre des tarots, ceux de Marseille et autres, l'avait passionnée. On disait qu'elle ne se trompait jamais, faisait osciller une alliance au bout d'un cheveu sur le ventre de la future mère, « C'est un garçon ». Un jour, pourtant, elle se trompa, c'était un couple de jumeaux, mais elle prit bien la chose, de toute façon le garçon était là, accompagné d'une petite sœur.

Ce fut Tide qui prit le rendez-vous, pour une heure creuse, de détente pour toutes trois. Il fallait passer par une porte de remise qui ouvrait sur une entrée possédant un superbe es-

240

calier à vis pour arriver à son appartement qui n'avait pas grand jour, donnant sur une cour intérieure entre deux *androuno* couvertes.

— Ah ! C'est vous, petites ! Polisson, vient ici !

Mais Polisson le chat, le roi de la maison, n'en faisait qu'à sa tête, surtout s'il n'avait pas eu sa ration de têtes de sardines dont elle cuisinait sa « bouillabaisse du pauvre », comme elle disait.

— Bonjour, Catho ! On vient aux nouvelles.

— Je vous préviens, si vous riez, si vous n'êtes pas sérieuses… Je ne vous dirai rien !

Sur la table ronde recouverte d'un épais tapis à pompons attendaient déjà les jeux de cartes et tarots en bon ordre. Une réussite étalait ses cartes en diagonales, certaines étaient recouvertes par d'autres dont on ne voyait pas les couleurs ou qualités.

— Je m'amusais en vous attendant, vous voulez une tasse de café ?

— Non, merci, plus tard, émit Olivia.

— Je commence par qui ? Allez, par la plus vieille ! Olivia, mets-toi près de moi. Coupe de la main gauche. Encore une fois !

Lèvres pincées, lunettes d'acier rondes au bout du nez, chacun de ses gestes posé, serein.

— Tire trois cartes… Encore une…

Elle les retourna, étudiant chacune d'elles avec un calme tout religieux. La prêtresse du village se concentrait ; son visage devenait de plus en plus fermé.

— Tire une carte, recouvre ce valet de cœur, mets-en une… Encore une autre… Couvre cette dame de trèfle, ajouta-t-elle, alors que deux nouveaux piques avaient surgi.

Ce fut encore un pique, puis des trèfles, beaucoup de trèfles. Mais Catho se taisait toujours, sévère.

— Alors ? questionna Olivia.

— Tu as la réussite ! Tous ces trèfles, c'est de l'argent. Ton atelier va s'agrandir.

— Oui, mais ces piques ?

— Je ne peux pas bien m'expliquer. Je vois un enfant malade. Tu sais, tous les enfants ont quelque chose, rien que l'hiver on ne compte plus les grippes !

Olivia ressentit un malaise, elle avait l'impression que Catho lui cachait la vérité, mais comment savoir avec ces bouts de carton ?

— Et qu'est-ce que ce sera ?

— Donne-moi ton alliance et un de tes cheveux.

Olivia cassa un de ses longs cheveux noirs et mit son alliance sur la table. Entre les doigts de Catho l'alliance se balança au bout du cheveu puis fit des ronds, de plus en plus vite, toujours dans le même sens, celui des aiguilles d'une montre, sur le ventre d'Olivia.

— Ce sera une fille ! Tu auras du mal au début, puis tout ira bien !

— C'est que j'ai trente ans passés !

— Et alors ? Si tu veux compter toutes les mères qui ont trente ans à Bargemon... Tu ne seras pas la première ! Alors, à qui ? A toi, Agnès ?

Le même scénario se répéta, mais les piques étaient dans un ordre différent, accompagnés de valets, dames, rois et trèfles.

— Je vois plein de monde, tu vas avoir une belle petite famille, la réussite, mais aussi des chagrins.

— C'est quoi, tous ces piques ? On « fait » les cartes à la maison, tout le monde, même Rose ! Je crois, moi, que c'est une mort.

— Dis-moi un peu dans quelle famille il n'y a pas une mort ? Tu n'as qu'à aller au cimetière, toutes les familles sont touchées un jour.

Catho avait bien vu un deuil pour Agnès, mais elle se tut.

— Alors, Tide, c'est à toi ? On va voir si ton Louis te fait porter les cornes ? Polisson, arrête, tu m'énerves à te frotter contre mes jambes ! Ecoutez-moi ce rouet, *re, re, re, re, re, re,* il est content quand j'ai de la visite !

— Louis ! Il ne voit que par moi !

Tide rayonnait de joie de vivre, avait pris de l'assurance, surtout depuis qu'elle secondait sa belle-mère, « Babet » Guérin, qui se trouvait être la gouvernante en titre du château des Grands Seigles à Favas, la jeune dame Edmond de Sèguemagne lui ayant passé la main en tout ce qui concernait la vieille demeure. Tide avait pris du rang et redressait la tête, mais elle était toujours la même fille rieuse, dynamique, n'ayant pas sa langue dans sa poche.

— Catho, j'aimerais bien que vous me fassiez le « grand jeu » avec les trente-deux cartes, puis une réussite. Moi aussi je sais tirer les cartes, mais je voudrais voir comment vous faites !

— Bien ! Regarde.

D'un geste vif, celui de l'habitude, Catho fit glisser toutes les cartes en demi-cercle après avoir fait couper et détourner deux fois les petits paquets de cartes.

— Choisis-en une de la main gauche, celle-là...

Catho la retourna et, partant de la carte retournée, compta du bout de l'index droit celles qui se chevauchaient en éventail.

— Un, deux, trois, quatre, cinq, le facteur, dit-elle en désignant le valet de carreau, un, deux, trois, quatre, cinq, c'est ton mari…

— Comment savez-vous que c'est le facteur et que c'est Louis ?

— Le facteur, ce n'est pas celui de la poste, comme tu y vas ! Ça veut dire des nouvelles et le valet de pique c'est un garçon très brun, alors c'est Louis !

— Mais monsieur Edmond aussi est brun…

— Si tu continues à parler, j'arrête !

Tide se le tint pour dit.

— Puisque tu veux que ce soit monsieur Edmond, pense que c'est monsieur Edmond, moi je te dis que c'est Louis et qu'il t'aime. Un, deux, trois, quatre, cinq…

Ainsi de suite, les trente-deux cartes furent détournées et recouvertes elles aussi par les cartes restantes. Comme ses amies, Tide avait piques, cœurs, trèfles et carreaux, mais la dame de cœur fut recouverte par un pique. Catho ne parla plus d'un moment. Puis :

— Je vois la mort d'une jeune fille…

— C'est peut-être Pierrette Ghigues, il paraît qu'elle est au plus mal, que monsieur le curé lui a porté l'extrême-onction, elle aurait une « consomption » !

— Ça, je ne peux pas te le dire. Allez, pense

245

fortement à quelque chose, je te fais la réussite, après tu pourras me faire la concurrence…

Catho lui fit la « réussite des Reines », où les quatre dames devaient sortir, elles étaient toutes les quatre sur le tapis, ces dames de cœur, pique, trèfle et carreau.

— Alors, j'aurai une fille !

— L'avenir te le dira… Maintenant, on va boire le café.

Tide sortit un gros saladier d'un sac à provisions.

— Je vous ai apporté des ganses [1], c'est ma tante Fine qui les a faites exprès pour vous.

Les « ganses », blondes et dorées, gonflées par la friture, étaient saupoudrées de sucre, la pâte parfumée avec un zeste de citron. Polisson en eut une part, qu'il dédaigna. Cette détente fit oublier tous les piques sortis dans leurs jeux. L'inquiétude donnée par les prédictions de Catho passait doucement avec leurs rires, les ganses croquantes et friables, le bon café dont l'arôme, la saveur, disait la qualité.

— Ce n'est pas tout, on est bien chez vous, Catho, mais il nous faut rentrer, dit Olivia.

1. *Bugnes, merveilles dans d'autres régions.*

C'était vrai que l'on était bien chez Catho, l'atmosphère douce et ouatée, la demi-pénombre, donnée par les cours intérieures d'où arrivait la seule lumière, les lourdes tentures accrochées aux portes pour éviter que le froid ne pénètre faisaient qu'un engourdissement agréable était en chacun et que l'on serait resté des heures à écouter la science inépuisable de Catho, qui était au mieux avec monsieur le curé !

Celui-ci savait, bien que l'église interdise certaines choses concernant le spiritisme et autres, que Catho faisait du bien dans le pays avec ses potions magiques, ses sirops de radis pour la coqueluche, son « huile de la Saint-Jean », qui guérissait les brûlures, cicatrisait les plaies, à base de millepertuis exposé pendant un mois au soleil dans un litre d'huile d'olive et un demi-litre de vin blanc, le tout bouilli au bain-marie, filtré et départagé en petits flacons d'une huile rougeâtre souveraine pour toutes les blessures. Elle fabriquait aussi une préparation avec de la mie de pain trempée dans du lait, renforcée de safran, en faisait des cataplasmes pour guérir les abcès aux seins des jeunes mamans.

Des morceaux de serpents séchés, couleuvres ou autres, reposaient dans des bocaux, servaient d'infusions pour faire tomber une forte fièvre pernicieuse dont le docteur Rougelin n'arrivait pas à débarrasser son malade ! Avec trois plantes, une rêche, une velue, une souple, elle faisait un minuscule bouquet qu'elle cassait en deux pour en frotter vivement une piqûre d'insecte, douleur et rougeur disparaissaient alors, comme par enchantement...

Elle enlevait les coups de soleil, quand un enfant arrivait avec un bon saignement de nez en plein été. Elle guérissait les brûlures, mais le plus spectaculaire était, pour une très forte fièvre, ce verre plein appuyé sur le front d'un enfant, tête baissée, dont l'eau tout à coup se mettait pratiquement à bouillir, faisait mille bulles, alors Catho, après ses petits signes mystérieux, disait : « Vous pouvez vous en aller, oui, ça y est c'est fini. »

Elle était de ces saintes femmes de l'Evangile, ses escaliers étaient un véritable chemin de croix, avec ses stations, le miracle se trouvait au bout...

Un fracas, un cri, cela suffit pour que Matteo et Luigi se précipitent dans l'escalier. Olivia gisait en travers, repliée en deux, après avoir dévalé une dizaine de marches. Elle gémissait doucement en se tenant le ventre :

— Mon petit... Mon petit...

C'est avec des gestes pleins de douceur qu'ils la soulevèrent, la portèrent dans son appartement, la déposèrent sur le lit de sa chambre. Matteo partit en courant chercher le docteur et prévint Ernest, qui avait repris son travail chez Blanc peu de jours auparavant.

Le docteur Rougelin arriva aussi vite qu'il le put. Il palpa, ausculta avec beaucoup d'anxiété Olivia. Elle n'avait rien de cassé, seulement des meurtrissures. D'instinct, elle avait enveloppé son ventre de ses bras pour protéger ce tout petit en formation. Le docteur Rougelin l'avait connue enfant.

— Tu as de la chance de ne t'être rien cassé ! Surveille bien si tu as des « pertes », tu m'appelles tout de suite. Et surtout ne nous donne plus de pareilles frayeurs. Reste un jour ou deux au lit, ça ne te fera pas de mal…

Les nouvelles allaient vite à Bargemon, le docteur se heurta à Agnès qui arrivait, tout essoufflée.

— Comment va-t-elle ?

— Ça aurait pu être pire, elle ferait une fausse-couche que ça ne m'étonnerait pas. Fais-lui bien la morale, qu'elle ne bouge pas, pour le bébé…

Agnès prit quelques initiatives, puis s'en retourna chez elle. Ernest avait quitté son atelier, inquiet plus qu'on ne pourrait jamais le dire sur le sort de sa femme et de l'enfant. On était en février, il fallait encore attendre quatre mois pour la future naissance. Olivia resta sagement, quoique anxieuse, dans son immobilité forcée. Elle l'attendait, cette petite fille prédite par Catho ! Au bout de quinze longues journées, le bon docteur Rougelin l'autorisa à se lever, mais surtout « attention à ne pas forcer », comme il disait.

— Tu peux t'occuper, mais n'en fais pas trop !

Ce qu'elle fit, surveillant adroitement le jeune Etienne Rey, que l'on appelait « Titi », lequel commençait son apprentissage sous l'œil de « maître Luigi », qui prenait de plus en plus d'importance. La responsabilité de l'atelier était sur les épaules de Matteo, qui se faisait du souci pour « la patronne », il en parlait avec Agnès.

— Pourvu qu'elle tienne jusqu'au bout !

Agnès, de son côté, entendait mille et un bavardages, plus ou moins gais, à son four, au sujet de femmes ayant fait des chutes pendant leur grossesse : « Je vous assure, il est né bossu ! » Elle partageait l'angoisse, ayant elle-même perdu l'espoir d'avoir son premier enfant.

14

Depuis son enfance Matteo avait une passion, le cirque. Passant près du Cercle des Travailleurs, Matteo y entra, chose qu'il faisait rarement. Il y avait effervescence, tous parlaient à la fois. Etonné, curieux, il se demandait quel était le sujet de tant d'animation…

— Qu'est-ce qu'il vous arrive ?

— Ce qui nous arrive ? Lis…

On lui tendait un journal, *Le Petit Var* du 22 avril 1902 : « Le plus grand cirque du monde de passage à Toulon. Barnum et Bailey, arrivant d'Amérique, *" The Greatest Show on Earth "*, soit la plus grande exhibition sur la terre, sera à Draguignan le 28 avril, avec 68 wagons américains de 20 mètres, 4 trains spéciaux de 17 wagons. 100 superbes numéros sur 3 pistes. Une arène de course, 12 numéros à la fois ! Le plus colossal spectacle créé par l'homme, avec 100 hommes, femmes, chevaux, wagons, chars. 3 troupes d'éléphants savants. 2 troupes de chameaux. 400 superbes chevaux. 2 girafes. Lions, tigres, loups, cerfs. Dame à barbe, homme-chien, homme télescope. En tout 1 500 personnes, plus 12 immenses tentes, pavillons, éclairés à l'électricité, pouvant contenir 12 000 spectateurs. Prix des places : 1,50 franc, 3,50 francs, 4 francs et 8 francs par personne pour les loges… Demi-prix aux enfants. »

Voilà ce que disait l'article alléchant !

— Et vous irez comment ?

— Comment ? Par le train, regarde : « La Compagnie du Sud-France mettra en service dans la journée du 28 avril des trains spéciaux Bargemon-Draguignan. Premier départ à 7 h 46 — Callas, 7 h 56 — Figanières, 8 h 08 — Arrivée à Draguignan, 8 h 33. Deuxième départ à 11 h 05 — Callas, 11 h 16 — Figanières, 11 h 26 — Arrivée à Draguignan, 11 h 50. »

— Tu as vu ? Ils étaient à Marseille du 12 au 21 avril, ils seront à Nice du 25 au 27 et ils viennent à Draguignan le 28 ! Ça ne s'est jamais vu…

Matteo écoutait. Son séjour à Monaco lui avait permis de voir le cirque Rancy, fondé par Théodore Rancy en 1856 à Rouen, c'était déjà des loges, restaurant, cuisines et quadruple saut périlleux ! Il collectionnait les articles de journaux, il avait découvert d'après une gravure que les rhinocéros avaient été amenés en Europe au quinzième siècle. Que la première girafe était arrivée à Marseille en 1826, offerte par Méhémet Ali, vice-roi d'Egypte, et qu'elle était montée à pied (comme lui, Matteo) à Paris où le roi Charles X lui avait offert des pétales de roses pour la récompenser de son exploit !

— Et où « ils » vont le mettre, ce cirque, à Draguignan ?

— Attends ! Il faut qu'il arrive ! Il sera au champ de manœuvre, sur la route de Lorgues, derrière Notre-Dame-du-Peuple, dans la plaine vers la Nartuby. Les cuisines seront au Champ-de-Mars, près de la gare…

— Pourvu qu'il fasse beau, s'il pleut, toute l'eau du Malmont va descendre et tout sera noyé !

— Ce ne serait pas de chance…

Et chacun y allait de la sienne, les caves inondées, les lacs de boue, les roues recouvertes plus haut que les essieux, enfin, il fallait attendre.

Matteo décida de faire la surprise à Agnès, de s'inscrire au « Comité » qui allait prendre les noms et monnaies des partants. Les patrons étaient arrangeants, les passionnés du cirque s'étaient organisés pour ne pas assister aux mêmes séances, celle de deux heures de l'après-midi et celle de huit heures du soir. Tous avaient des amis ou parents à Draguignan pour y passer la nuit, quant au travail ils mettraient les bouchées doubles le lendemain.

Agnès se demandait ce qui pouvait mettre tellement en joie son mari quand elle l'entendit siffler joyeusement en montant les escaliers et ouvrir la porte en trombe.

— Agnès ! Je vais te faire faire le tour du monde !

Et il la fit tournoyer dans ses bras au travers de la pièce.

— Arrête ! Qu'est-ce qu'il te prend ?

— On va aller au cirque ! A Draguignan…

— Et quand ? Comment ?

— Le 28, voir le plus grand cirque américain ! Olivia m'accorde la journée. Nous partirons le matin pour la séance de l'après-midi, ce qui nous permettra de visiter les ménageries et de rentrer le soir tranquillement…

Et il n'en finissait plus de dire tout ce qu'ils allaient voir, oubliant de manger ce qu'il avait dans son assiette.

Le petit quai de la gare de Bargemon était envahi. Sur la route de Draguignan, les charrettes descendaient en emportant des gens rieurs ; il y avait plus d'hommes que de femmes. Les abords du Champ-de-Mars, grande place bordée de platanes face à la gare où se tenaient d'habitude le marché aux bestiaux et la balance de l'octroi, grouillaient de monde, qui depuis le petit matin assistait au va-et-vient incessant des gens du voyage, au milieu d'ordres échangés dans un anglais guttural. La ligne de chemin de fer Paris-Nice avait un embranchement Les Arcs-Draguignan, bout du voyage pour le PLM. La vague populeuse suivait le boulevard de la Commanderie ou passait derrière la gare du Sud-France pour aller voir les grandes tentes blanches qui s'étendaient sur le champ de manœuvre, heureusement aucun militaire n'était là, en direction de la limite de la route de Lorgues et de l'ancienne léproserie Saint-Lazare.

Pendant qu'une parade bruyante et colorée traversait la ville en empruntant les artères principales, avec cages aux fauves, éléphants, écuyères, l'orchestre aux costumes galonnés et rutilants faisait s'ouvrir les fenêtres, se garnir les balcons.

Dès onze heures du matin, les premiers

clients pouvaient visiter les ménageries, reculer devant les boas et autres reptiles, ou admirer autruches et kangourous. Les ours blancs étaient arrosés, de même les phoques, avec la pompe à incendie, pour les rafraîchir, au grand régal de tous. Pendant ce temps, la ville était colorée par des milliers d'affiches collées sur les murs ou les platanes centenaires pour annoncer que le cirque était là.

Matteo et Agnès suivaient le mouvement, un sandwich dans les doigts pour ne pas perdre une minute avant le spectacle. Les vendeurs de limonade faisaient recette ! Aux abords du cirque, un « ron-ron » de moteur, la police municipale et un va-et-vient continu guidaient la foule munie de billets vers l'entrée.

Alors la magie commença par le grand galop des écuyères, le claquement des fouets, la sciure vola, les cuivres de l'orchestre et la voltige des trapézistes firent que les spectateurs ne surent bientôt plus où regarder. Des entractes permirent de changer de tente, d'aller voir une course de chars à la romaine ou des cavaliers tziganes faire des sauts périlleux d'un cheval à l'autre, quand ce n'était pas à côté, des éléphants défilaient en bon ordre, se tenant par la trompe dans une grande ronde. Le frisson du dompteur entré dans la cage pour le « baiser de la mort » à Rhadja, le gros tigre du Bengale. « Pffft-pffft »… Le gros chat merveilleux, patte suspendue au-dessus de la tête du dompteur, caresse, attaque, le cœur vous battait, le cœur en attente, juste avant le salut du dompteur en costume blanc et or, « Ouf », il ne s'était rien passé…

La séance se terminait quand un grand crépitement de plus en plus accéléré se fit entendre, il pleuvait et avec quelle violence ! L'eau s'infiltrait entre les joints des tentes, les rigoles se faufilaient, le déluge tant redouté était là, vers les anciens marécages, l'eau descendait de la Sambre et du Malmont, le champ de manœuvre était un champ de boue ! Les semelles étaient comme aspirées, les pantalons se retroussaient et les jupes se relevaient, la Nartuby débordait… Les gens du voyage commencèrent à plier bagages, les cuisines du Champ-de-Mars regagnèrent leurs plates-formes, on arrêta tout avant la débandade ou l'accident sur un terrain peu sûr. La représentation du soir fut annulée !

Trempés jusqu'aux os, Matteo et Agnès attendirent, serrés l'un contre l'autre sous la marquise de la gare du Sud-France, le train pour Bargemon où ils auraient de quoi raconter. Ils avaient vu le cirque américain, le plus grand du monde : Barnum and Bailey !

Ce fut une traînée de poudre dans Bargemon.

— Moïse est mort !
— Qui est Moïse ?
— Un proscrit de 51 !

C'était sur le journal, *Le Petit Var* du 3 mai 1902. « Moïse », on allait l'enterrer sans les curés, avec les amis de la « libre pensée ».

— Il est allé à Cayenne, comme déporté. Ils les appelaient des proscrits. Au moins deux mille trois cents...

— Mais qu'est-ce qu'il avait fait ? Il avait volé ?

— Oh ! Non ! Il s'est battu pour la liberté, avec tout le Var. Lui, il venait des Basses-Alpes, ils l'ont attrapé à Lorgues. Il avait cru comme tout le monde à la République, il avait voté pour Louis Napoléon, c'était le 2 décembre 1851, et le Napoléon a préféré être empereur, comme son oncle !

Matteo n'en revenait pas...

— Et il y a eu beaucoup de morts ? Combien de soldats ?

— Tu veux rire ! Ce n'étaient pas des soldats. Ils avaient des fourches, des faux et des haches. Ils sont sortis de partout, des paysans, des tanneurs, des cordonniers, des notaires et des avocats. Ils descendaient des Maures, du Luc, de Cuers, ils marchaient tous sur Draguignan. Arrivés à Aups, il y avait six mille hommes dans la campagne… Ils se sont fait massacrer, écrasés par la cavalerie. Ils en ont arrêté deux mille trois cent, enchaînés jusqu'à Toulon, deux par deux, dans des charrettes ou à pied, partis pour Cayenne et l'Algérie…

— Mais je croyais que Cayenne c'était pour les assassins…

— Tu parles ! Ils ne sont pas allés chercher si loin. Ils ont ramassé tout le monde. Il n'y avait plus personne pour travailler les champs ou les oliviers. L'instituteur m'a prêté le livre de Noël Blache, ça s'appelle *L'Insurrection du Var de 1851*. Qu'est-ce qu'ils ont pris ! Ils sortaient de partout… Tout le monde était contre Louis Napoléon, il avait « viré casaque » ! Mais j'ai lu dans un autre livre que c'était son demi-frère, le bâtard, De Morny, qui avait tout fait dans la nuit pendant que Louis Napoléon faisait des fredaines et avait une crise de foie ! Mais c'était trop tard, le matin, quand il s'est réveillé… Bien sûr, on lui a tout mis sur le dos. Ici on a toujours été républicain, depuis Mirabeau, on nous appelle le « Var rouge » !

— Ici il y a eu un cordonnier, Antoine Philip, « ils » l'ont fusillé à Lorgues !

Pour une fois Ernest Payan parlait, parlait, Matteo ne pouvait plus l'arrêter.

— Il a quel âge, ce « Moïse » ?

— Il devait avoir vingt ans à ce moment-là, ça doit lui faire dans les soixante-douze ans. Mais il n'aimait pas en parler. Le jour des élections il allait voter, il ne faisait pas de commentaires. Il en avait trop vu mourir, alors il n'allait plus à l'église, il était devenu mécréant. C'est pour ça qu'il s'est mis à la « libre pensée » ! Il va y avoir du monde à son enterrement. Les gens vont venir de tous les coins du département, en souvenir de leurs parents. Tu vas voir qu'il y aura les harmonies des villages, et des « poêles », d'ici à ce que Clemenceau vienne, il faut pas oublier que c'est le sénateur du Var !

En effet, le lendemain, tout Bargemon était une ville morte, tous les ateliers fermés. Les cafés, les cercles pleins d'hommes en habit noir, chemise blanche, les cols glacés côtoyaient les foulards rouges, les casquettes les canotiers. Les grands draps noirs à glands d'argent et aux initiales du défunt, les « poêles », étaient portés par des patrons et des ouvriers, des représentants du syndicat. Suivaient les musiques, qui jouaient la *Marche funèbre* de Chopin. Les femmes marchaient derrière, de noir vêtues ; devant l'église, monsieur le curé, face au portail, attendait, soulevant sa barrette. Il saluait celui qui avait donné des années de sa vie pour la République, pour une France qui n'était pas la même pour tout le monde…

— Vous avez vu ! Il y avait toute la maistrance !

En effet, il y avait toute la « maistrance », ce vieux terme de marine employé dans la vieille Provence qui désignait les chefs, les « maîtres », à bord des bateaux.

15

$\mathcal{L}$e printemps arriva. Les arbres étaient en fleurs et on attendait le temps des cerises, les parties joyeuses au « cabanon » le dimanche, où chacun irait de sa chanson, tant en français qu'en provençal, passant de *Frou-Frou, Marguerite*, au *Pouli siblet qué m'a croumpa Jeannet* [1] !

Des odeurs de daube arrivaient quand ce n'était pas d'aïoli.

« L'ail, ça tue les microbes ! » entendait-on.

Un matin de bonne heure Olivia dut se lever, des douleurs dans les reins, lancinantes, l'avaient réveillée.

— Ernest ! Je crois que c'est le moment, va chercher le docteur. Préviens Agnès au retour, ainsi que Berthe...

1. *Vieille chanson provençale... « Le joli sifflet que m'a acheté Jeannet » !*

Berthe se retrouvait toujours fidèle au poste avec le docteur Rougelin. Elle était devenue son assistante, elle ne comptait plus les naissances auxquelles elle avait participées, les bassines d'eau chaude, les draps usés en guise de charpie, les boîtes de talc achetées à la pharmacie à pleins cabas. Elle avait son petit attirail, « pour le cas où ». Le médecin n'avait qu'à dire « Berthe ! » avec un mouvement des sourcils et aussitôt il avait en main l'objet désiré.

— Olivia, je te préviens, ça va être un peu long, je crois que c'est un « siège » !

Les forceps bien alignés, les « cuillères », comme l'on disait fréquemment, allaient aider le petit paresseux à naître, à se retourner… Quelle idée ! Présenter ses fesses au lieu de sa tête, c'était déjà donner du fil à retordre en venant à la vie ! Ne pas faire comme tout le monde.

Le docteur Rougelin commença à s'inquiéter ; des perles de sueur apparaissaient à la racine de ses cheveux. Il lui faudrait tout son savoir pour ne pas blesser la mère ou l'enfant. Il dut le retourner, l'amener à l'air libre, lui éviter l'asphyxie, glisser le plus doucement qu'il le put ses mains dans ce ventre prêt à donner la vie qui était en lui. La lutte s'engagea, il sauverait l'enfant d'Olivia.

Enfin, la version faite, c'est avec délicatesse que la tête apparut, puis les épaules et le corps tout entier, alors le médecin pâlit, un des deux petits pieds était allongé, la petite fille qu'il venait de mettre au monde avait un « pied talus », ce que le commun des mortels appelle un « pied bot » ! Berthe ne dit rien, mais tourna la tête, une larme coulant sur sa joue. Elle avait déjà vu naître tant d'enfants, mais pas de petit infirme. Agnès attendait dans la cuisine, en compagnie d'Ernest.

— C'est une fille…

Mais le docteur Rougelin l'avait dit sans joie. Epuisé, les bras ballants le long de sa blouse blanche maculée, il ne bougeait pas, ne souriait pas…

— Docteur ! Qu'est-ce qu'il y a ?

Ernest s'angoissait.

— Elle a un pied bot, mais je ferai tout mon possible pour le lui redresser. Il faut attendre qu'Olivia ait repris des forces pour le lui annoncer, c'est le tendon d'Achille qui est coincé. Heureusement que ce n'est qu'un « pied talus », ça aurait été bien plus grave si c'était un « pied varus équin » ou un « varus équin rigide », car ce serait plus long à soigner et la nouvelle chirurgie orthopédique n'avance pas vite. J'espère qu'il y aura des progrès de faits d'ici quelques années et qu'un jour on pourra opérer cette infirmité.

Agnès ravala ses larmes en s'approchant du lit où Olivia reposait près du bébé maintenu par de grandes bandes tricotées en coton, emmailloté dans plusieurs épaisseurs de langes, de la toile la plus fine ou en molleton, tenus par de grosses épingles à nourrice, qui absorberaient le pipi... Une mignonne brassière garnie de dentelle recouvrait les deux autres de dessous, celle en batiste et celle en finette, coulissées au col.

— Comme elle est jolie ! Quel est son nom ?

— Amandine.

— Amandine ? Je ne connais pas ce prénom, je connais des Armande, mais pas d'Amandine...

— C'est un des prénoms de George Sand, mon auteur préféré ; elle s'appelait Amandine, Lucie, Aurore Dupin, baronne Dudevant...

Olivia souriait, détendue après tous ces efforts. Elle avait enfin sa fille ! Ernest, debout près du lit, regardait ce tout petit bout de bonne femme reposant sur l'oreiller, paisible dans son sommeil. Il pensait à tout ce qui allait arriver dans le futur, il ne pouvait pas parler.

— Alors ? Tu ne la prends pas ? Elle est à toi aussi...

Avec des gestes gauches il essaya de soulever la petite Amandine de l'oreiller, quand Agnès lui dit :

— Attendez, je vais vous la passer, j'ai l'habitude.

Il se retrouva avec la petite tête nichée au creux de son bras, il ne pouvait plus parler, la gorge serrée par l'émotion. Elle était si petite.

— Tu ne dis rien ?

Le regard d'amour pour Olivia était désespéré, elle se dit qu'il était ému.

— Il paraît que c'est pareil pour tous les pères...

— Je sais.

Le docteur entra, après s'être soigneusement lavé les mains au savon de Marseille.

— Je passerai ce soir. Je te laisse ce petit livret, il y a même des dessins ! Tu n'auras qu'à lire et regarder. Si avec ça tu ne nous en fais pas une belle fille ! Berthe, vous m'attendrez pour la langer ce soir...

Tous avaient compris, sauf Olivia. Il arriva en fin d'après-midi en compagnie de Berthe Delpuis, qui avait fait certains achats à la demande du docteur Rougelin.

— Alors, on peut la voir, cette demoiselle

Amandine ? Passez-la-moi.

Il prit le bébé dans son berceau, s'assit tout simplement au pied du lit d'Olivia, étonnée par ce sans-gêne et l'air sérieux du médecin.

— Olivia, il faut que je te parle, ne t'affole pas.

Inquiète, appuyée sur ses coussins, Olivia attendit, elle devinait quelque chose de grave, mais quoi ?

— Ce matin, ce n'était pas le moment de t'effrayer, j'ai voulu que tu te reposes, pour écouter ce que j'ai à te dire. Ta petite fille a une légère malformation. Tu peux remercier Dieu que ce ne soit pas plus grave. Nous allons la prendre en main tout de suite, et je te promets que tout ira bien plus tard.

Le cœur d'Olivia battait à se rompre, elle se demanda ce qu'avait sa petite Amandine. Elle questionna avec anxiété :

— Qu'est-ce qu'elle a, docteur ?

— Un talon qui n'est pas bien descendu.

Et il demanda à Berthe, tout en enlevant épingles et langes :

— Allez préparer ce que je vous ai dit.

Le bébé gigotait, débarrassé de sa prison de langes, le petit pied gauche, tout en arrondis, fermait et ouvrait ses petits doigts de pied, alors que le droit restait raide, allongé.

— Voilà, regarde, ça aurait pu être pire !

Olivia tendit ses deux bras pour serrer contre elle sa petite fille. De grosses larmes inondaient ses joues, un regard désespéré filtrait au travers de ce brouillard. Elle fit ce que seule une mère aurait pu faire, elle baisa ce petit pied, le gardant contre ses lèvres.

— Docteur, vous croyez y arriver ?

— Je te le dis, d'ailleurs on va commencer tout de suite…

Il déroula de fines bandes de toile, en enveloppa légèrement la petite jambe. Berthe entra, une casserole à la main, disant :

— Ça vous ira, docteur ? Je crois que c'est bon…

— Qu'est-ce que c'est ?

— De l'amidon, comme pour mes cols glacés ! Je vais y tremper les bandes, on va entortiller le pied de cette demoiselle et sa jambe, par-dessus celles que je viens de poser.

— Mais ça va la blesser !

— Ne t'en fais pas, on prendra les remèdes de bonnes femmes, comme quand tu étais bébé et que tu avais les fesses toutes rouges. De l'huile d'olive battue avec un peu d'eau en guise de pommade, du talc dans tous ces petits plis, et ta fille ne risquera pas plus qu'une autre. Je passerai te voir demain. Surtout détends-toi, tu vas prendre quelques gouttes de laudanum pour passer une bonne nuit. Il te faut surveiller la montée du lait...

Le docteur remit la petite Amandine dans son berceau.

— Toi qui aimais tant lire, est-ce que tu sais qu'en plus de Talleyrand, qui était bien plus infirme que ta fille, lord Byron avait un pied bot, là, je t'ai lâché le mot ! Qu'il était l'homme le plus romantique de son temps, qu'il a même traversé le détroit des Dardanelles à la nage ?... Qu'ils avaient tous deux un grand succès près des femmes et voyageaient à travers le monde ? Ta petite va être une belle jeune fille, nous irons à Hyères s'il le faut, mais attendons un peu qu'elle pousse.

— Pourquoi à Hyères ?

— Parce que Hyères fait maintenant la concurrence à Berck-Plage, dans le Pas-de-Calais, où l'on soigne les enfants dans des sanatoriums, surtout ceux atteints de tuberculose osseuse, l'air de la mer est vivifiant pour eux, riche en iode.

— Mais à Hyères ?

— A Hyères, l'hôpital de l'hôtel-Dieu est le plus moderne de la région en ce début de vingtième siècle ! Je connais le docteur Biden, nous avons fait nos classes ensemble à l'Ecole de médecine de Montpellier. Il a un jeune assistant, J.-P. Duick, d'Avignon, qui se dirige lui aussi dans cette nouvelle chirurgie, tu vois qu'il y a de l'espoir.

Si en effet il y avait de l'espoir selon le docteur Rougelin, il était plus inquiet pour Olivia. Matteo et Luigi étaient anéantis par la nouvelle annoncée par Agnès, qui pleurait en silence.

— Et comment va-t-elle faire pour marcher ?

— Avec des souliers orthopédiques, j'en ai déjà fait, c'est difficile à faire et ce n'est pas beau !

La voix de Luigi était tout enrouée.

— Je crois que je vais trouver quelque chose de plus joli en attendant…

Matteo vibrait ; il avait de la peine pour ses amis et voulait les aider à sa façon, il ferait tout ce qui serait en son pouvoir, sa force, ses mains. Le lendemain, Agnès apporta à son amie une jolie brassière de laine, tricotée au crochet, avec le petit béguin assorti. Elle n'avait pas fait de petits chaussons, ce serait pour plus tard, l'angoisse était aussi en elle.

Seule Tide Guérin fut dans la confidence, les gens du pays auraient assez de quoi parler dans les mois à venir. Dès qu'elle le pouvait, elle venait passer un moment près de son amie, faisant parfois le chemin à pied depuis Favas, « à la fraîche », comme elle disait, apportant toujours quelque chose cuisiné maison pour Olivia, disant : « Il faut que tu aies du bon lait pour notre poupette. Il lui faut des forces. »

Puis un après-midi, se tournant vers Agnès :

— Et si on allait à Saint-Pierre ?

— Saint-Pierre ? Le *couraïré* [1] ?

— Oui ! Il paraît qu'il y a toujours eu des miracles, et encore de temps en temps, à Saint-Pierre-en-Demuyes !

Olivia n'y croyait guère :

— Qu'est-ce que ça peut lui faire ?

— On ne sait jamais ! Il paraît qu'il faut laver l'endroit malade à la source, y dire une prière à genoux près de la tombe de saint Pierre, puis on glisse le pansement ou un morceau de tissu qui était à l'endroit malade et on le met sous une petite roche qui est là, tout à côté. On dit depuis toujours que saint Pierre l'apôtre a vraiment été enseveli à cet endroit, derrière la chapelle. Les premiers chrétiens l'auraient apporté là et emmené à Rome plus tard, la tombe « gallo-romaine » a la forme d'un corps, d'ailleurs il y avait déjà un cou-

1. *« Celui qui court. »*

272

vent à cet endroit perdu en 1200 et quelque chose, au treizième siècle, les abbesses en étaient Huguette de Villeneuve et Béatrice de Castellane…

— Comment y va-t-on ?

— De Bargemon il faut passer par La Martre ou Châteauvieux, on franchit le col et on descend dans la combe vers la chapelle. Il y a une petite fontaine près des ruines de l'ancienne abbaye, à environ cinquante mètres je crois… Maman y est allée quand papa a eu sa hernie, elle y a déposé le bandage avec la pièce qui maintenait la hernie rentrée, depuis papa n'a plus rien eu ! Mais ce n'est pas facile pour y aller, c'est un chemin pour les charrettes. Dans le temps c'était un marécage, d'où le nom de « Demuyes », qui veut dire marais chez nous dans le haut Var, vers Fréjus ils disent des *palums*, des paluds…

« Tu m'as demandé pourquoi le corps de saint Pierre, l'apôtre, serait venu là ? Celui de sainte Anne, la mère de la Sainte Vierge, serait arrivé à Apt, il y aurait encore de ses reliques. Toute notre Provence a un peu de l'entourage du Christ, Marie Madeleine à la Sainte-Baume de Saint-Maximin, Marthe à Tarascon, Lazare à Marseille. Aux Saintes-Maries-de-la-Mer, Marie-Jacobé et Marie-Salomé, les cousines de la Vierge, avec Sara-la-Noire, leur servante. Il y a beaucoup de légendes, mais il y a aussi des preuves étranges à certains endroits, Simon, ou Siméon, serait le " Simian " de Brignoles… Enfin, avec tout cela et la foi, vous verrez que la petite Amandine marchera normalement un jour. La médecine aussi a fait des progrès.

— Comment vous dire ce que je ressens devant ma petite poupée si jolie qui a ce pied estropié ? Comment va-t-elle marcher quand elle sera plus grande ?

Olivia, secouée de sanglots, se tenait la tête dans les mains, les larmes filtraient entre ses doigts. Elle n'était que douleur alors que la petite Amandine jasait en souriant, regardant le hochet d'ivoire suspendu au-dessus de sa tête, accroché aux volants de la capote de son berceau garni de plumetis.

Matteo ne voulait pas se tenir pour battu ; il ferait une chose qu'il n'avait jamais faite, une mignonne chaussure qui aiderait à redresser le petit pied d'Amandine. Il arrivait à lire le français, le journal local, et recevait ou achetait quand il allait à Draguignan des journaux de dames pour Agnès, mais aussi pour son travail, pour suivre la mode tant en chaussures qu'en vêtements. Il projetait d'aller à la foire de Fréjus l'année suivante, où il devait y avoir un concours de chaussures avec médaille d'or le 8 mars 1903.

Un soir, il prit une pile de parutions, feuilletant, passant, sautant les fanfreluches et déshabillés vaporeux, quand il vit une réclame pour une maison de lingerie qui présentait des corsets. L'idée explosa dans sa tête en lisant l'article vantant la confection, le confort de ces corsets, tant en batiste unie que fantaisie ou brochée, en coutil rose saumon, avec rayures de soie. Batiste tissée de motifs à fleurs, ajourée, le tout orné de tulle et dentelle aux finitions, terminées par une garniture de peluche fine, pour ne pas blesser la peau de ces dames. Les baleines, cachalots, venant vraiment de fanons de baleines ! Les buscs étaient des lames d'acier, maintenues et glissées sous des rubans de sergé à tissage plus serré... Il fut passionné par sa découverte. Agnès, intriguée, se pencha sur lui et dit en riant :

— Tu te lances dans les sous-vêtements pour cocottes !

— C'est bien plus important, j'étudie la fabrication des corsets...

— Et en quoi cela va-t-il te servir ?

— Attends un peu...

Il était tout à son article. Il se leva, prit une feuille de papier et un crayon. Le laçage, les œillets, les agrafes, là il n'aurait pas de problèmes, ni pour la doublure, ni pour les piqûres plus délicates. Le plus difficile serait de glisser les lames d'acier dans les gaines faites par les rubans en sergé piqué. Les ressorts, toujours dans des gaines de rubans, placés en éventail ! Il faudrait limer très fin, gratter en arrondi les lames d'acier, prévoir de les enlever pour les laver. Ouvrir au fer les coutures, pour qu'elles restent plates, ne blessent pas le petit pied, bien prendre les mesures, enfin, le tout fini, border de peluche ou velours le haut et le bas. Pourquoi n'y mettrait-il pas de la fourrure ?

Agnès, de plus en plus intriguée, comprit en le voyant dessiner. Son cœur battit à tout rompre, Matteo préparait une petite chaussure d'enfant. Il marqua en pointillé où seraient les baleines, le rebord haut de la petite bottine, griffonné en fourrure. Matteo imaginait une minuscule chaussure en tissu, montée comme les corsets, pour Amandine. Les baleines soutiendraient la chaussure, il rembourrerait les creux. L'idée avait jailli, il fallait mettre le projet à exécution.

L'enfant venait de naître, il allait commencer par de petites bottines en batiste fine, avec des baleines en cachalot parce que plus souples, même si c'était plus cher. Il inventerait, y passerait des nuits s'il le fallait. Il devait pour cela se rendre à Draguignan voir le bandagiste de la place du Marché, à l'angle de la rue de la République, qui lui céderait bien quelques centimètres de fournitures, il en faudrait si peu.

Il devait déjà commencer en utilisant une de ses vieilles chemises, faire et imaginer ses patrons, la manière dont il maintiendrait fermées ces petites bottines, lacets ou agrafes ? Les lacets seraient le mieux au début.

Il était tard, Agnès attendait en silence appuyée à la table sous la clarté de la suspension, elle pleurait doucement ; son mari était un artiste, mais surtout il avait du cœur.

Ce matin là, les « da-ling-da-lang » des grelots et des cloches réveillèrent Domenica Bradamante plus tôt que de coutume. Elle comprit, à l'aboiement des chiens cernant le troupeau serré et bêlant, que Paulo montait « *aqui n'haout* », « *aperamoun* », c'est-à-dire « tout en haut », et même « tout là-haut » !

Elle ouvrit les volets qui claquèrent et fit un

signe de la main à Paulo. Comme toujours, il tenait son parapluie bleu délavé, celui de l'Escouade, sa grande cape de « cadis » d'Aix, ayant certainement marché de nuit, aux étoiles. Il y avait eu pleine lune et il avait dû y voir comme en plein jour, son ombre plus grande que lui à ses côtés.

Paulo se mit à réparer un des mors pour ses ânes avec du fil poissé et une grande aiguille courbe. Il révisait et consolidait son matériel. Comme Gian-Baptiste arrivait, Paulo lui cria : « *Boun jour, moussu, la coumpagnio !* » Gian-Baptiste était accoutumé aux façons un peu étranges du berger solitaire. Ce « Bonjour, monsieur, la compagnie », alors que Gian-Baptiste était seul, intrigua Domenica, qui l'avait pourtant déjà entendu, elle se demanda une fois de plus si Paulo ne perdait pas la tête. Elle décida de lui poser la question. Pourquoi ajoutait-il « la compagnie » après son « Bonjour, monsieur », puisqu'il n'y avait personne à la ronde ?

— Mais comment, madame Bradamante ? Vous ne savez pas que vous avez un ange gardien ?

— Bien sûr que si, Paulo ! Je l'ai appris au catéchisme.

— C'est qu'il est toujours à côté de vous, je

le crois, alors je le salue, c'est votre « compagnie » ! Je dis *« Boun jour, moussu, la coumpagnio »*, parce que votre mari c'est le patron et que son ange gardien est là aussi ! Si c'était Félix, tout seul, je dirais *« Boun jour, Fêli, la coumpagnio »*, pareil ! Vous avez compris, maintenant ?

— Mais je ne l'avais jamais entendu dire.

— Parce que vous n'êtes pas d'ici ! Tous les vieux le disent. Maintenant, les gens entrent au café et crient « Bonjour la compagnie ! », ou alors c'est autre chose, depuis que vous êtes au pays on entend « Oh ! Garibaldi ! », on dirait que les Chemises rouges sont à Bargemon !

Il avait raison, que de fois les Piémontais s'interpellaient ainsi en riant... « Oh ! Garibaldi ! »

Avec un air complice, comme un signe de reconnaissance en croisant un ami, en souvenir du grand libérateur piémontais né à Nice, en 1807. De l'homme aux longs cheveux romantiques, poncho gris, foulard rouge, bandana au front, souvenir de la Pampa, où il avait passé treize ans, en Amérique du Sud.

Celui qui avait combattu en France en 1870, avec ses deux fils, à la tête des Chemises rouges de Ravelli, et délivra Dijon des troupes allemandes. Celui qui courait le monde pour la liberté, qui avait fini sur une île isolée, Caprera, l'île aux chèvres, entre Corse et Sardaigne, face au cap de Bonifacio, à soixante-quinze ans, en 1882. Garibaldi, c'était *l'Unità*, la liberté de pouvoir vivre en France, à Bargemon, à Draguignan !

Le jour doucement pointait quand Matteo se leva sans bruit, prit la chemise usagée qu'il avait préparée le soir. Il mesura sur une feuille de vieux papier d'emballage les tracés de ce qui allait être une petite bottine. Les arrondis de l'empeigne, le montant et le soufflet auraient la forme du haut d'une pantoufle. Il dessina en pointillé où se trouveraient les piqûres qui maintiendraient les baleines en cachalot, recoupées dans leur largeur, leur hauteur serait à peine de six à sept centimètres.

Matteo, appliqué à sa création, sous la lumière de la suspension de la lampe à pétrole dont il avait tiré le contre-poids, évitait de faire même le plus léger bruit pour ne pas réveiller Agnès, qui devait se lever tôt pour aller à son four. Ciseaux et aiguilles étaient devant lui, de même le fil, sorti de la boîte à couture émaillée où figurait sur le couvercle la marque d'une fabrique de biscuits en vogue.

Une fois son patron dessiné, il l'appliqua sur un morceau de la chemise en coton plié sur deux épaisseurs. Ses doigts d'homme, agiles, tenaient serrée l'aiguille, les petits points en double couture donnaient déjà de la rigidité au tissu. Sa main n'était pas habituée à manier une chaussure de cette dimension, les extrémités de ses doigts emplissaient l'ouverture, on aurait dit un habit de poupée. La tension de Matteo était telle qu'il en avait la main raidie, il venait de pousser un grand « Ouf ! » de détente quand il entendit la porte de la chambre s'ouvrir et Agnès lui dire :

— Qu'est-ce que tu fais, de si bonne heure ?

— Ça y est ! Regarde, j'ai réussi !

La jeune femme était là, à moitié réveillée, admirative.

— Je n'ai plus qu'à aller à Draguignan chercher les fournitures. Plus tard, je les ferai en cuir souple ou en marocain. On verra d'ici là, par la suite…

Il se leva, s'étira. Tout joyeux, il ouvrit la fenêtre, décrocha l'espagnolette des persiennes, qu'il ne fit pas claquer pour ne pas réveiller les voisins.

Avec l'appui du docteur Rougelin, Olivia reprenait confiance. Elle apprit à faire l'armature d'amidon qui maintiendrait le pied de sa petite fille. Amandine était un beau bébé aux cheveux et aux yeux noirs comme ceux de sa mère. Des sourires firent place aux vagissements du nouveau-né. Jour après jour, la petite fille se développait normalement, comme les autres enfants. Olivia était fière d'Amandine quand elle la promenait dans le landau à capote, aux grandes roues hautes.

Agnès avait accepté d'être la marraine, François Vassalo, de son véritable nom « Francesco », qu'il avait lui-même francisé, serait le parrain. Agnès avait cousu elle-même la robe de baptême en dentelle. Matteo avait réussi à merveille les bottines en satin broché blanc. Le docteur Rougelin avait exigé d'Olivia qu'elle abandonne les langes. Il était en avance sur son époque...

« Je veux que ta fille gigote ! Que ses pieds remuent... »

Le grand jour, il y eut foule à la sortie de la messe pour admirer le bébé. On entendait en provençal des cris qui montaient, bruyants et joyeux après le baptême, sur le parvis de l'église...

— *Peïrin, Peïrin, si mandes pas dei soou*

282

lou pichoun sera gibou [1] *!*

L'usage voulait que l'on jette à grandes volées des poignées de piécettes, les gamins couraient les ramasser en se bousculant et riant. Une grosse larme roula sur la joue d'Olivia en entendant la vieille phrase traditionnelle, « le petit sera bossu ! ».

Les gens étaient étonnés de voir Olivia au baptême ; ce n'en était pas l'habitude, seuls le parrain et la marraine, les grands-parents aussi, allaient à l'église ce jour-là. Olivia avait voulu déposer Amandine elle-même, comme le faisait la marraine, sur l'autel de la vierge, selon la coutume, pour qu'elle protège sa petite fille, que celle-ci ne reste pas infirme. Olivia n'avait pas été à la messe des relevailles où toutes les mères devaient aller après un accouchement, pour ne plus être « impures »... Elle se moquait bien de cette tradition biblique ; tant pis si on la montrait du doigt, si on parlait d'elle dans son dos, seule sa fille comptait.

— Vous avez vu les bottines du bébé ? Savoir où elle les a achetées...

— A Draguignan...

1. **« Parrain, Parrain, si tu ne lances pas des sous, le petit sera bossu ! »**

Matteo avait entendu, on parlait des bottines en satin broché… Il se redressa, heureux, content de les avoir réussies, content pour Olivia, son amie, qui remplaçait la sœur qu'il n'avait jamais eue.

16

A Bargemon, Olivia avait bien du souci avec ses pratiques. La clientèle paysanne payait souvent rubis sur l'ongle, mais si les tanneurs se mettaient en grève, comment faire marcher l'atelier ? Elle avait une bonne réserve de cuir, hélas pas inépuisable. Si Luigi ne pouvait toucher son salaire, il attendrait un peu, quitte à manger avec elle et Ernest… Matteo et Agnès auraient toujours de quoi, à la Bastidane.

A l'atelier d'Olivia Bonnefois, on ne pouvait pas rogner sur le cuir pour l'économiser. Il fallait suivre le mouvement des grévistes. Les premiers touchés seraient les tanneurs, et si les peaux n'étaient pas travaillées, séchées, prêtes à l'emploi, que feraient les cordonniers ?

Matteo avait toujours en tête le concours de chaussures qui aurait lieu à la foire de Fréjus au mois de mars 1903. Il avait fait le tour des ateliers voisins, un silence se faisait quand il entrait. Tous savaient, depuis qu'il en avait parlé à la Chambrée et au Cercle, qu'il voulait concourir ; il ne serait pas le seul.

Matteo le comprit. Il reprit le chemin pour Draguignan, se rendant en haut de la place du marché chez le marchand de journaux et publications, près de la paroisse Saint-Michel. Il y acheta des magazines de mode parisiens, dont un plus cher et plus luxueux, ainsi que *L'Illustration*, où l'on voyait les grands de ce monde, le tsar de Russie Nicolas II, le roi d'Angleterre Edouard VII, ainsi que de riches Américains, sans oublier les célébrités françaises, grands acteurs et actrices, de Lucien Guitry à Sarah Bernhardt ou Colette. Le soir, il feuilletait avec patience, une loupe à la main, essayant de découvrir le secret, le détail de ces chaussures élégantes qui recouvraient ces pieds appartenant aux gens de la haute société, aux fortunés, aux princes. Si à Paris, Florence ou Londres on les faisait, pourquoi n'y arriverait-il pas ? La recherche était sa passion.

Le « Derby » anglais devenait à la mode, alors Matteo se pencha de plus en plus sur ses illustrés. C'était alors une chaussure montante, mais moins lourde et moins grossière que celle des montagnards. On commençait aussi à la transformer dans ses détails, soufflets, piqûres, baguette au dos du contrefort… Matteo avait son idée, il allait s'inspirer du Derby, mais sans le haut de la chaussure. Il en ferait une chaussure basse, en cuir souple, noir, pour les jours « habillés », une chaussure élégante mais qui ne resterait pas dans un fond de placard après un mariage !

Il appela Agnès à l'aide pour qu'elle lui prenne les mesures de son pied. Ce soir-là, il y avait de la gaieté dans l'appartement du château. Matteo en caleçon moulant expliquait à sa jeune femme ce qu'elle devait faire pour avoir les mesures d'une pointure « 42 ».

— Comment sais-tu que tu fais du « 42 » ?

— Attends, tu vas voir. Bon ! On commence.

Il était très sérieux, debout sur son papier gris. Agnès à ses genoux retenait un fou rire, crayon plat en main.

— Commence par l'empreinte, tu traces le contour de mon pied, en tenant le crayon bien vertical… Aïe ! Ne me chatouille pas ! Tu vas prendre avec le centimètre le contour de ma jambe, sans trop serrer. Maintenant tu vas mesurer l'entrée du pied…

— Qu'est-ce que c'est, « l'entrée du pied » ?

— Tu prends la mesure en biais, du cou-de-pied vers le talon, et maintenant le tour du pied à la base des orteils…

— Et puis ?

— Je vais te faire voir comment je sais que je chausse du « 42 ».

Il prit le papier où se trouvait l'empreinte de son pied, soit tout le contour, en mesura la longueur, qui faisait 28 centimètres.

— Alors ? C'est « 28 » ?

— Oui ! Tu rajoutes la moitié de 28, soit 14 centimètres, tu obtiens 42 !

Agnès éclata de rire.

— Qu'est-ce que tu vas encore inventer ?

— Une chaussure « habillée », pour homme.

Elle serait fine, avec le bout arrondi, plus un tissu élastique de chaque côté de la languette, qui aurait un petit rabat par-dessus.

Agnès se recoucha, le laissant à ses crayons et mesures, certaine qu'il y parviendrait.

En grand secret, monsieur le curé écrivit à la mairie de Fréjus pour faire inscrire Matteo comme concurrent pour la foire du mois de mars 1903. Tous les maires du département, surtout là où il y avait de la chaussure, avaient reçu l'invitation officielle pour l'inauguration :

Avec le gracieux concours de la Musique de Saint-Raphaël. L'inauguration aura lieu à 2 heures de l'après-midi...

En fin de journée, le 8 mars 1903, le jury décerna la Médaille d'or de la foire de Fréjus à monsieur Matteo Bignante, de Bargemon, pour son « Derby » de cérémonie, en cuir souple, pour homme.

Amandine faisait ses premiers pas, vacillante, elle passait de main en main et chacun tenait ce petit pied droit, le maintenant en douceur mais fermement. Matteo transformait la petite chaussure au fur et à mesure des mois. Il en avait préparé toute une collection, au point que les jeunes mamans venaient demander si elles pouvaient en commander pour leur dernier-né.

Bargemon s'échauffait, les ouvriers entrèrent en politique avec leurs patrons, se présentèrent aux élections pour la mairie. Grande fut la surprise quand un maître coupeur, patron de sa « fabrique », un atelier dans une remise, fut élu maire. Fini la bourgeoisie ou les propriétaires fonciers, le premier magistrat était un cordonnier, patron mais cordonnier quand même ! La joie fusa dans les rues, le drapeau rouge en tête, les nouveaux syndicalistes laissèrent éclater leur contentement ; ils croyaient en un avenir meilleur !

Agnès continuait avec courage et plaisir son travail au four. Petit à petit, l'argent entrait dans son escarcelle, elle n'en avait pas assez pour en déposer chez le notaire maître Peyrard, mais celui qu'elle rangeait soigneusement dans la boîte en métal du tiroir de sa commode était bien à elle, en attendant de retourner vers la Bastidane. Domenica lui avait laissé tout le temps qu'il lui faudrait pour avoir son affaire bien en main. Le soir, elle alignait ses comptes sur son cahier d'écolier, comme le faisait Olivia. Elle s'était organisée ; une sieste pour récupérer les heures passées au four, tenir son ménage, mais aussi du temps libre, oh ! si peu, pour bavarder avec ses amies Olivia et Tide.

Un jour, elle eut envie d'aller à Favas. Tout en marchant vers les hauteurs de Bargemon en direction du château des Grands Seigles, son regard plongeait sur le gros bourg à ses pieds, ses vieux toits, les jardins bien travaillés, en plein soleil, les alignements d'artichauts, aux feuilles gris argent, ou de fèves, vert tendre. Quelques pans de vignes dans la terre brune, un peu rougeâtre, se faisaient voir, de même que d'autres endroits, plus blancs, d'où jadis on retirait des pierres ou du plâtre depuis les Romains.

Si sa sœur Lucia rêvait d'être institutrice, Agnès lisait beaucoup quand elle en avait le temps. Apprendre était en elle, mais les romans d'Eugène Sue ou de Ponson du Terrail l'entraînaient vers un autre univers, de luxe, où les orphelines rencontrent des hommes élégants, toujours preux chevaliers… Elle se passionnait pour les livres puisés dans la bibliothèque de monsieur le curé, surtout ceux qui concernaient le village et ses environs depuis que les Romains s'y étaient installés.

Elle avait découvert que le « mouton couronné » ornant les armoiries du pays signifiait qu'il y avait eu là des bergers, « Berg », et des troupeaux depuis l'Antiquité. Le nom de Bargemon pouvait aussi venir du vieux nom celtique *Berg-Home*, de *Berg*, montagne, et *Home*, habitation. Les Romains, jadis, selon une autre hypothèse, auraient trouvé que l'endroit ressemblait en plus petit à Bergame, « Bergomum », au nord de l'Italie : Bergomonum, « le petit Bergomum », se serait transformé en Bergome, pour arriver à force de raccourcis à Bargemon.

Tout en marchant, Agnès pensait que ces fameux Romains étaient aussi au Reclos, à Favas et Couchoire, que le quartier de Peïrancie était le seul vestige d'une église, la première en pierre, *peïre*, en provençal… Son esprit vagabondait, sans le savoir elle avait la même passion pour l'origine de ce pays que monsieur le baron Marc-Aurèle de Sèguemagne, chez qui elle se rendait.

Agnès serrait au fond de sa grande poche le petit paquet de *courrejhoun*, les courrions, des lacets découpés au tranchet, en rond, dans un bout de cuir par Matteo pour Louis Guérin, le mari de Tide.

En arrivant aux Grands Seigles, après s'être signée en passant devant la chapelle de Sainte-Marie-de-Favas, elle aperçut Auguste Guérin en compagnie de Toine, le jardinier, en train d'irriguer les alignements de leurs plantations printanières. Au-dessus d'eux se trouvait le grand bassin rectangulaire qui était la réserve pour l'arrosage. Des lentilles d'eau étendaient leurs grappes, laissant près d'elles une mousse vert foncé, un peu gluante, qui faisait un coussinet de velours sur le bord du bassin. Il fallait qu'Auguste enlève le gros bouchon entouré de chiffons qui avait été enfoncé là, comme chaque fois, à grands coups de battoir à linge !

L'eau jaillissait du fond du bassin, crachant fort sa retenue, pour aller vers une petite déverse cimentée d'où partait une rigole vers le jardinage. C'était alors avec précision, l'œil à leur manœuvre, que les deux hommes dirigeaient l'eau vers les rigoles, sortes de minuscules tranchées coupées de petits barrages faits avec le dos de leur râteau ou de leur « béchar », où elle coulait alors doucement, domptée, entre les pieds de tomates ou de haricots.

L'eau des citernes contre la maison des fermiers, derrière le château, servait pour la cuisine, à laver les légumes, alors que celle du puits était utilisée pour boire, gardée dans les gargoulettes en terre qui en conserveraient la fraîcheur… Agnès avait préparé pour la citerne de ses amis un sac de charbonille, le charbon de bois purifiait l'eau stagnante dans les grandes réserves maçonnées, les Guérin n'auraient qu'à passer prendre ce sac à son four.

Ce fut un cri de joie quand Agnès, soulevant le grand rideau en grosse toile bise, une toile qui servait à ramasser les olives et à empêcher les mouches d'entrer, frappa au carreau de la porte de Fine. Le bonheur de Tide explosa :

— Regarde qui nous arrive ! Eh bien ! On ne t'attendait plus, depuis que tu dois nous rendre visite…

De gros baisers claquèrent sur les joues d'Agnès.

Fine se leva avec difficulté de la chaise basse où elle était assise près d'une jarre en terre cuite, un grand panier d'œufs à ses côtés.

— Restez assise, ça ne va pas ? Encore vos douleurs ?

— Oh ! C'est le temps, je suis sûre que demain il y aura du mistral, je peux à peine marcher.

C'était toujours avec Fine la faute du temps ! « Aujourd'hui j'ai les yeux qui me transpirent, c'est le temps ! », « Mes jambes me font mal, c'est le temps ! »… Le temps éternel était toujours pour elle la cause de ses maux. Ce jour-là, avec patience, elle enveloppait soigneusement des œufs dans du papier journal, les mettant un par un, doucement, dans la jarre pour les conserver. Elle avait aussi une autre recette de conservation, de l'eau avec de la chaux, ce qui faisait une pellicule blanchâtre sur le dessus, les rendant imperméables à toute contamination. Le seul petit ennui était que l'on recevait comme une petite secousse quand on y plongeait la main ; on aurait dit une légère décharge électrique. Alors, depuis qu'elle était enfant, Tide poussait un « Aïe ! » en y prenant les œufs.

— Vous préparez déjà l'hiver ?

— Non, mais comme nous avons de bonnes pondeuses en ce moment, on en profite, on ne va pas aller courir au marché pour un panier d'œufs !

Agnès était venue pour se détendre.

— Voulez-vous que je vous aide ?

— Ce n'est pas de refus si tu te sens… Tu vas bien prendre un peu de café ?

— Je ne dis pas non.

Les doigts d'Agnès roulaient rapidement les œufs dans les morceaux de journaux déjà préparés.

— Attention, ne va pas trop vite, tu vas me faire l'omelette avant l'heure !

— Fine, n'ayez pas peur, je sais ce que je fais… Je me suis régalée à faire la route, tout le monde travaille dehors en ce moment, enfin ceux qui ne sont pas dans la chaussure. J'ai aperçu Auguste et Toine en train d'arroser, s'il y a du mistral, comme vous le dites, ça va tout sécher. Heureusement, on n'est pas encore à l'été, mais la chaleur va arriver tout d'un coup…

— Et alors, tu monteras moins nous voir, plaisanta Tide.

— Tant que je pourrai, sauf si j'ai un jardin !

— Un jardin ! Tu veux avoir un jardin…

— Mais oui, j'ai envie d'un jardin, je passe le temps à la fenêtre, à regarder en dessous. A force de les fixer, je crois que je fais « monter » les laitues !

Leur rire éclata, franc, joyeux.

— Vous ne voyez personne qui pourrait m'en donner un à faire ? Pas trop loin de chez moi ? Ça m'arrangerait...

— Non, je ne vois pas... Tide, sors un peu des figues sèches, si on ne les mange pas elles vont finir par avoir le ver...

Fine réfléchissait, tout en enveloppant ses œufs.

— J'y pense, il y a la mère Baroni...

— La Suissesse ? Celle qui est toujours devant sa porte avec le chapeau de paille sur les yeux ? Elle reste des heures entières les bras croisés sur la ceinture de son *faoudiou*[1] noir !

— Oui, mais elle en a un autre gris en dessous ! On ne croirait jamais que c'est une Suissesse. Elle vient du versant italien. Comme ta mère, elle parle le provençal aussi bien que moi ! Elle avait un joli cabanon, avec une *fenièro*[2] et une petite remise. Si elle voulait te le laisser, tu ferais une bonne affaire.

1. *Tablier.*
2. *Fenil, pour le foin.*

296

— Où est-il, ce cabanon ?

— En contrebas de la route de Draguignan, je me demande même s'il n'y a pas un ruisseau qui vient de la Doue. Ils avaient aussi une treille avec du muscat blanc, c'était le premier de la saison tellement c'est abrité…

— Oh ! Fine, vous êtes un amour !

— Eh ! Ne me casse pas mes œufs, tu ne l'as pas encore, ton cabanon…

Agnès s'était levée et sautait au cou de Fine, qui riait de bon cœur.

— *Oh ! Lei frémo, aves pas anca fini de jacassa [1] !*

C'était Auguste et Louis Guérin qui entraient se rafraîchir d'une rasade de vin rosé bien frais.

— Il ne manque que « Babet » !

— Va la chercher !

— Et la soupe, qui la fera ?

La conversation roula sur les uns, sur les autres, les grèves et Olivia.

— Amandine, comment va-t-elle ?

— Elle fait la « dent de l'œil », alors Olivia a toujours peur dès qu'elle pleure ou qu'elle a un peu de fièvre. Elle lui frotte les gencives

1. *« Oh ! Les femmes, vous n'avez pas encore fini de jacasser ? »*

297

avec le dos d'une cuillère à café, pour la faire percer...

— On la comprend. Tu sais qu'il y a une épidémie de rougeole en ce moment ?

— Qu'est-ce qu'il faut faire ?

Fine répondit, elle qui n'avait pas eu d'enfant, mais qui en avait tellement soigné...

— Oh ! Il n'y a rien à faire. Il faut attendre, mettre beaucoup de couvertures rouges sur le dessus du lit et clouer des tissus rouges aux volets et devant les fenêtres pour faire sortir la rougeole. Il faut aussi faire boire beaucoup de tisane, de la bourrache, c'est bon pour tout, de la capucine, avec du miel ça aide à respirer et ça fait sortir le microbe de la rougeole...

— Vous y croyez ?

— Bien, demande à ta mère, puisque tu l'as eue ! Tu avais une de ces fièvres, tes cheveux en étaient tout collés...

— Parlant de cheveux, les miens s'écroulent ! J'ai marché trop vite.

Son chignon, d'où s'échappaient deux grandes mèches brunes, glissait doucement, deux longues épingles en écaille étaient elles aussi prêtes à tomber. Tout à coup, une des deux glissa par terre.

— Ramasse-la vite, sinon *leï masco* [1] vont t'ensorceler, et surtout ne jette jamais les cheveux de ton peigne, tu les roules sur les doigts, puis tu les mets dans le feu. Quand tu te coupes les ongles, pareil ! Ne les mets jamais dans la poubelle, on pourrait te jeter un sort…

— Mais, Fine, vous êtes comme ma mère !

— Pourquoi ? Qu'est-ce qu'elle dit, ta mère ?

— Oh ! C'est tout une histoire… Le bébé de sa cousine ne tétait plus, il a fallu demander conseil à la plus vieille femme de son village qui savait ce qu'il fallait faire à sujet. Vous savez ce qu'elle lui a dit ? « *Es enmascado !* Elle est ensorcelée ! Mets les épingles à nourrice à bouillir avec les langes et tu verras celle qui l'a *enmasca*, car elle ressentira tous les coups d'aiguille ! » La cousine a fait ce que la vieille lui avait dit et à ce moment la voisine est entrée en criant : « Qu'est-ce que tu fais bouillir là-dedans ? » Elle est allée droit à la lessiveuse et a voulu enlever le couvercle car elle ressentait toutes les piqûres des épingles… Alors ils l'ont bien secouée, menacée du bâton, jusqu'à ce qu'elle lève l'envoûtement et l'enfant a tété !

— Tu vois que j'avais raison…

1. *Les sorcières.*

— Peut-être. Je me demande si pour Amandine il n'y aurait pas eu quelque chose de ce genre.

Fine ne répondit plus, tint serrées ses lèvres pincées, sourcils froncés.

— Qu'est-ce que vous en pensez ?

— J'ai mon idée là-dessus, je ne peux rien dire.

— Et si vous alliez voir Catho ?

— J'y ai songé, j'attends encore un peu, j'observe…

Un lourd silence plana. Agnès le rompit, elle ne voulait pas gâcher la joie de ses amies.

— Et où allez-vous mettre tous ces œufs ?

— A la cave, pardi, il y fait une bonne température en ce moment. Elle sera beaucoup plus fraîche cet été.

La célèbre cave des Guérin, connue dans tout Bargemon pour ce fameux souterrain que l'on pouvait utiliser aux temps des invasions, dont il ne restait que la crevasse dans la roche.

Le garde-manger suspendu, grillagé de fin, y attendait les gratins et farcis dans les plats ovales en terre cuite vernie. Parfois c'était une daube figée dans son jus au fond d'un poêlon à queue, émaillé rouge. Le sol humide de la cave, d'où aucune poussière ne sortait, avait l'odeur du basilic qui reposait sur l'étagère de pierre fraîche, à côté de la bouteille de pastis qui laissait voir son bouquet de fenouil et d'absinthe, son bâton de réglisse, ses deux grains de café pour le colorer, avec bien sûr l'anis pris chez le pharmacien, qui faisait de minuscules perles en se cristallisant dans l'alcool sucré. Il avait fallu garder la bouteille près de deux mois sur le côté de la cheminée pour attendre qu'il soit à point...

— Fine, pourquoi vous ne feriez pas de la tisane de romarin, avec du miel, Catho dit qu'il n'y a rien de meilleur pour les douleurs et pour le foie...

— Tu ne vas pas me l'apprendre, ni que le thym c'est bon pour les coliques, pour l'estomac et même pour la grippe...

— Je me demande ce qui pourrait vous aider. J'ai entendu dire que les piqûres d'abeilles ça empêchait les douleurs. Vous avez bien des ruches ?

— Oui, mais c'est Auguste qui s'en occupe. Dans le fond c'est peut-être vrai, puisqu'il ne se plaint jamais.

Auguste se mit à rire.

— Bien, vas-y à ma place, le jour où il faut les enfumer, on te verra partir en courant...

L'après-midi avait rapidement passé, Agnès devait rentrer. Elle marchait d'un bon pied.

Comme Perrette, elle faisait des projets, des rêves : jardin... cabanon... Matteo... Si elle pouvait avoir ce cabanon de la mère Baroni !

17

*M*atteo passa par la Chambrée, où il y avait une vive animation. Le 4 mai devait se tenir à Hyères un grand banquet, celui de la Société italienne de secours mutuel, à l'hôtel des Etrangers. Il y aurait les présidents des sociétés de secours des sections de Draguignan, Toulon et La Seyne. En tout, quatre-vingts convives. Il serait question du projet d'une statue de Garibaldi.

Tous les Piémontais étaient en effervescence ; ils proposèrent à Matteo d'aller les représenter, mais il refusa, disant que c'était la place d'un ancien. Il ne voulait pas de nouvelles charges, ni entendre encore des allusions déplaisantes comme il en avait ouï depuis la foire de Fréjus. Jusqu'où pouvait se nicher la jalousie ? Il avait épousé la fille Bradamante, Agnès avait le four, et il était le bras droit d'Olivia, tout cela suffisait pour faire naître des réflexions, ou bien le ton baissait quand il entrait. Pourtant, leur jeune couple ne devait rien à personne, qu'à leur courage et à leurs bras. Ce fut d'un pas pesant que ce soir-là il monta les escaliers le menant chez lui.

Comme toujours, de bonnes odeurs passaient sous la porte, mais quand il entra Agnès remarqua qu'il avait l'air soucieux, ce qui n'était pas dans ses habitudes.

— Tu as l'air fatigué ce soir, qu'est-ce qu'il t'arrive ?

— Rien, beaucoup de travail. Il ne faut pas se plaindre, certains vont peut-être s'arrêter. On parle déjà de faire la quête pour envoyer des secours à ceux de Pertuis, Romans, et même à Fougères, en Bretagne.

Chose exceptionnelle, Matteo avait gardé son tablier de cuir, d'habitude il le laissait accroché à l'atelier. Agnès s'en rendit compte mais ne fit aucune réflexion, elle lui parla de son travail :

— Pourtant, en ce moment, les expéditions partent bien… Ernest m'a dit que chez Blanc ils en envoient à Angers, Saint-Etienne… à Boulogne, sur la mer, dans le Pas-de-Calais ! A Gentilly, près de Paris…

— Oui, je sais, ils ont aussi deux clients à Oran, sept à Alger, Mostaganem, Mascara,

Mauzaïville et Oujda ! Si avec tout ça je n'apprends pas la géographie ! On en parle quand il y a des réunions. Pour ce qui est de Digne, lui c'est sur Paris, l'Ouest, le Sud-Est et Nice, la Corse et même l'outre-mer… ça veut dire loin !

« Maintenant ils ont aussi des voyageurs de commerce, comme ils les appellent, qui emportent des chaussures pour les montrer. Je peux te dire qu'entre Gibelin et Mouriès, des chaussures, il y en a tout un stock pour l'Egypte et l'Amérique en plus de l'Algérie. On parle même de l'Australie, seulement c'était déjà commandé il y a un bout de temps et en ce moment le prix du cuir monte, voilà ! J'en connais qui se serrent la ceinture et leur épicier attend d'être payé ! On vend environ 30 francs une paire de " napolitain ", le " derby " monte à 32 francs et les ouvriers gagnent dans les 4 francs, 4,10 francs, les femmes 2 francs par jour. Ils veulent 6 sous de plus par jour, et pour ça ils sont prêts à faire la grève. S'ils en obtiennent 3… On verra bien !

« Il paraît que pour trouver des clients les " voyageurs " parcourent la Vendée, l'Auvergne, les Bouches-du-Rhône et les départements des Alpes. Il y en a un qui fait le marché de Salernes, et de Castellane… Mais j'ai bien peur que ça ne tourne mal ! Encore bon qu'il y a les commandes pour l'armée et pour la police de Paris…

— Et à Flayosc ?

— Eux, ils ont la marine ! Angelin German a du boulot ! Ils expédient dans le Jura, à Limoges, à Pau… Je ne connais pas toute la France, mais la France va connaître le Var ! On m'a dit qu'il y en a un d'ici qui va s'installer à Marseille… A force de vendre pour les autres, il va vendre pour lui, ouvrir un magasin.

— Heureusement que nous avons du pain sur la planche ! Que dirais-tu d'avoir un grand jardin et un cabanon pour le dimanche ?

— Et tu l'achèteras avec quoi ?

— Ah ça, c'est mon secret. Passe à table, je vais te le dire. Tu ne sens rien ?

— Si ! Ça me donne faim.

— Une salade de pois chiches…

— Tu te moques de moi, qu'est-ce que tu as fait de bon ?…

— Des oignons farcis !

— Comme ceux de Fine ?

— A peu près, mais ce sont les miens… et… il y a une salade de pois chiches !

Pour Agnès, la première fois où, toute petite, elle avait vu le plat d'oignons farcis, en plus de l'odeur alléchante, elle en était restée bouche bée. La magie des oignons farcis ! Comment faisait Fine, avec des oignons blancs et ronds, pour servir ces petites coques blondes et dorées ? Elle en était perplexe, mais ne dit rien jusqu'au jour où, entrant dans la cuisine en compagnie de Tide, elle la vit tout simplement couper les oignons en deux, les séparer en plusieurs coques, les plonger dans l'eau bouillante quelques minutes et les mettre dans la grosse passoire. Là, elle les prenait après les avoir choisis, les disposait en conques dans un plat à gratin graissé et elle les emplissait d'une farce faite d'un mélange de jambon cuit haché, de pain trempé dans du lait, bien pressé, d'un peu d'ail et de persil. Le tout bien rangé dans le grand plat en ordre croissant et saupoudré de chapelure. Puis elle ajoutait une légère rasade d'huile sur le dessus au dernier moment. Cuits au four, blonds et dorés… Le régal d'Agnès était de les manger froids, quand il en restait…

— Alors comment les trouves-tu ?

— Comme toi, à dévorer !

Matteo se détendait ; il avait une jeune femme d'origine italienne, mais tellement provençale, devenue française comme tant de gens des villages voisins, du haut Var, des Alpes, jusqu'à Marseille.

Dès le Moyen Age, où l'on allait à Gênes chercher les paysans pour repeupler les villages après les ravages de la peste, les guerres entre seigneurs où tout était brûlé… les invasions de Charles Quint et les guerres napoléoniennes, les Autrichiens étaient au pays, au Muy, traînant derrière eux les gens du Piémont. Depuis des siècles, quelle n'était pas la famille qui avait une grand-mère ou un grand-père piémontais ? Leurs descendants seraient médecins, écrivains, maires, députés, sénateurs, conseillers généraux, militaires, préfets. Ils deviendraient vraiment français, partant à la guerre, et leurs noms figureraient sur les monuments aux morts.

— Alors, ce « cabanon » ? Tu en parles ? A force de tenir ta langue, tu vas en être malade…

— Tu vois que je sais attendre… Voilà, j'habite ici, au vieux château, et je vois tous ces jardins au soleil, j'ai envie de sortir, de bouger, j'ai envie d'un terrain où je pourrais faire mes légumes, me détendre. J'en ai parlé à Fine, cet après-midi, elle va peut-être m'en trouver un…

— Un quoi ?

— Un cabanon ! La mère Baroni ne peut plus aller au sien, elle est vieille, seule et pleine de douleurs. Bientôt les *cardélo* [1] vont tout envahir. Ses enfants sont partis à Digne, heureusement qu'elle a de bons voisins. Mais le cabanon va s'abîmer s'il reste toujours fermé, les rats vont s'y installer.

— Et il y a de l'eau ?

— Oui… Un branchement de la Doue. C'est sur la route de Draguignan.

— Ça alors ! Ce serait une veine ! Je n'ose pas y croire.

— Pourquoi pas ? Fine va descendre cette semaine et le demander.

— Mais ça va encore faire des jaloux…

— Je m'en moque ! Ce n'est pas eux qui passent la nuit au four, se lèvent aux aurores. Tu te rends compte, le dimanche, on pourrait manger dehors !

— L'aïoli, ou la *suçarello !*

— La suçarello ! Eh bien ! Avant que tu aies ramassé tous les petits escargots blancs, nos *limaçoun,* que tu les gardes dans une caisse avec un grillage dessus pour qu'ils ne s'échappent pas… ce n'est pas pour demain !

— Et tu sais la faire ?

— Non, je demanderai à maman. Attends d'avoir le cabanon.

1. *Laiteron, plante pour les lapins.*

La suçarello faisait partie de ces journées familiales au cabanon, au grand air. Comme pour l'aïoli ou la soupe au pistou, c'était une joie pour la ménagère que de se lever tôt. Préparer longuement ces plats délicieux, appétissants et hauts en couleurs, dresser les grandes tables de bois ou des planches sur des tréteaux, poser les assiettes dépareillées, souvent ébréchées, avec le gros pain de campagne encore bruni et craquant sorti du four d'Agnès. Chacun apportait sa bouteille de vin, une tarte à croisillons ou un panier de fruits. C'était la détente, on oubliait les soucis, entre amis. A la fin du repas, chacun y allait de sa chansonnette, les refrains étaient repris en chœur. Les enfants couraient, tranquilles, les mères les surveillaient du coin de l'œil, surtout quand il y avait un puits. « Ne vous approchez pas du puits ! » A la fin de la journée, les femmes aidaient à débarrasser les tables, laver la vaisselle. On ne fermait le cabanon que lorsque tout était en ordre. Les hommes partaient souvent plus exubérants qu'à l'arrivée, mais marchaient encore droit !

Au cabanon, on trouvait toujours sur les étagères, prises dans l'épaisseur du mur, des bocaux, de belles boîtes de métal en couleurs pour garder pâtes, lentilles, pois chiches, le sel et le sucre, le café à côté du vieux moulin et de la cafetière dont souvent l'émail avait un peu sauté. On montait au cabanon tout ce qui était renouvelé dans la maison.

« Ça, tu peux le monter au cabanon ! »

La bouteille d'huile d'olive voisinait avec celle du vinaigre maison, où se déposait dans le fond la mère, épaisse et gluante… On y rajoutait les fonds de bouteille de vin pour en remonter le niveau.

Il y avait souvent une petite cheminée pour faire une bonne flambée de sarments ou une petite cuisinière en fonte haute sur pattes.

Comment serait celui de la mère Baroni ?

Fine montait péniblement le côté de la place de Notre-Dame-de-Montaigu, où habitait la mère Baroni, qui s'appelait Albertine. Sa maison, une ancienne auberge qui avait porté le nom de « Sainte-Anne », avait été paraît-il un cabaret malfamé, à une lointaine époque. Il en restait, au rez-de-chaussée, une magnifique grande salle à piliers ronds soutenant un plafond en ogive. Le sol en grosses dalles carrées de terre cuite disait son ancienneté. Fine souleva le lourd heurtoir, en frappa deux coups. Albertine Baroni arriva en trottinant, toute menue, sa silhouette se découpait sur le fond de la salle, qui paraissait encore plus immense.

— Vous, Fine, que se passe-t-il ?

— Je viens vous demander un service...

— Ma foi, si je peux.

Toutes deux parlaient le provençal, celui du haut Var.

— C'est pour Agnès Bradamante, la jeune femme du maître cordonnier d'Olivia Payan. Elle cherche un jardin, alors j'ai pensé à votre cabanon. Comme vous n'y allez plus, un de ces jours la *tooulisso* [1] va s'envoler, avec un homme pour s'en occuper, ça ne lui ferait pas de mal...

Fine avait une façon directe et gentille de dire les choses. Albertine Baroni toujours debout la regardait, elle ne s'attendait pas à une telle demande.

— Dites ! Je manque à tous mes devoirs, je ne vous invite même pas à vous asseoir. Ça vous dirait, une verveine ?

— Avec plaisir...

— Je l'ai au jardin, je resterais là tout le jour tellement il y fait bon ! Regardez comme mon palmier est beau...

1. *Toiture.*

— Ça doit vous changer de la Suisse.

— La Suisse, c'est si loin, il y a combien d'années ? Je ne les compte même plus... Venez, on va se reposer un moment, mes jambes ne me portent plus et on est si bien au soleil, à mon âge il me réchauffe...

— Vous croyez être la seule ?

Ce petit jardin était un havre de douceur placé en dessous de la route qui menait à Favas, de là vers Comps et Castellane. Les fleurs étaient tout autour du mur de pierres. Fine aussi, quoique beaucoup plus jeune, profitait du rayon de soleil quand ses yeux se portèrent sur une petite croix gravée, au centre même d'une pierre du sol.

— Vous avez remarqué cette petite croix ?

— Bien sûr ! Depuis que j'y habite...

— Et vous savez ce que ça veut dire ? Je n'en avais jamais vu mais j'en connais l'histoire !

— Oui ! Il paraît que quand il y avait eu un crime dans une maison, on la marquait. Après, on la bénissait et on y gravait la croix sur le pas de la porte en signe de pardon...

— Et cela ne vous empêche pas de dormir ?

— Non, puisque le péché a été effacé.

— Félix m'avait dit en avoir découvert une à Draguignan, je ne voulais pas le croire ! Eh bien ! Il m'a menée la regarder…

— Où ça ?

— Dans le mur des remparts, au boulevard des Remparts, derrière l'ancienne église des Augustins. Elle n'est pas bien grosse, mais elle y est, vous savez, avec monsieur Pierre, il en a appris des histoires, Félix… Je me demande, les anciens, ils croyaient à bien des choses ! Alors, ce cabanon ?

— Entrez, on va faire la tisane, on parlera du cabanon dedans…

La verveine fraîchement cueillie parfumait toute la maison.

— Vous en avez à Favas ?

— Bien sûr ! J'en fais même la liqueur !

— Comment la faites-vous ?

— Je prends soixante belles feuilles, soixante grains de sucre par litre d'eau-de-vie et je laisse soixante jours…

— Oui, c'est ça, je fais pareil.

Albertine but une gorgée du liquide chaud, puis :

— Je crois que je vais me décider, pour le cabanon. Cette Agnès a beaucoup de courage ! Matteo est un brave garçon… Mon mari serait content de voir tout remis en état. On y a passé de bons moments, à ce cabanon ! C'est dommage que mon fils soit parti à Digne, mais il avait trouvé une bonne place dans une distillerie de lavande, il ne voulait pas la laisser passer...

— Vous savez, tout en vous rendant service vous faites une bonne action. Je vais le lui dire.

— Il va falloir que j'y descende, que j'aille leur montrer les limites et leur donner des explications. Il y a un beau noyer au fond, c'est assez rare ici. Il faut que je leur dise qu'ils n'aillent pas faire la sieste à son ombre ; ça rend tuberculeux et ça fait partir de la poitrine.

— Je l'ai toujours entendu dire, il paraît que c'est vrai. Mais on en raconte tellement, des choses...

Agnès entendit le lourd vantail de la porte se refermer seul. Elle laissa son fer de fonte sur le brasero, enlevant vite son tablier, laissant son repassage, et regarda dans l'escalier.

— Fine ! Déjà là... Alors ?

— Attends que je monte et que je reprenne mon souffle, comme tu y vas !

Agnès rougit.

— Oh ! Je suis trop contente ! Entrez.

Fine se laissa tomber dans le vieux fauteuil paillé, souriante.

La pièce sentait bon le repassage, l'odeur de

lessive fraîche et de laine chauffée par la vapeur de la pattemouille.

— Tu as lavé tout ça à la pile ?

— Non ! A Couchoire, au bassin.

— Mais c'est loin !

— Non ! par en dessous, c'est tout près...

Fine sourit.

— *Vaïe !* Je ne te fais plus attendre, madame Baroni te laisse le cabanon et le jardin avec !

— Oh ! Fine !

Elle n'en pouvait plus de joie, embrassant Fine à l'étouffer.

— C'est Matteo qui va être content !

— Tu vas faire des jalouses...

— Matteo me l'a dit.

— Si tu pouvais le labourer, ce serait bien...

— Dommage que Baptiste soit parti en Argentine, il l'aurait fait. Je vois mal Matteo avec un cheval et une charrue.

— Il y a Giuseppe... mais je crois que ton père te donnera volontiers un coup de main.

Agnès allait enfin avoir son cabanon.

— Vous croyez qu'on peut le voir d'ici ?

Et toutes deux de se pencher pour regarder les jardins dans la petite vallée, à flanc de coteau face à Claviers.

— Eh ! N'allez pas tomber !

— Non ! Je me repère, tu vois ce grand cyprès là-bas, derrière les Martin ?

— Oui.

— C'est juste là. La bastide te le cache.

— Vous allez bien prendre une tasse de café ou du vin cuit ?

— Non, merci ! Je viens de boire de la verveine chez Albertine Baroni et mon cousin m'attend au marchand de tabac.

Matteo le soir en rentrant trouva une Agnès toute rouge de joie, les yeux brillants…

— On l'a !

Sous ses aspects austères de montagnarde peu causante, Albertine savait apprécier la droiture, la bonté, même la plaisanterie. Le cabanon avait un sommier et un matelas de crin pour y faire la sieste, recouvert d'une couverture piquée usagée.

— C'était propre, mais depuis que c'est fermé, il vous faudra chasser les araignées. Vous serez bien sous la tonnelle l'été, et quand le raisin sera mûr, vous allez vous régaler…

— Vous y viendrez quand vous voudrez, vous serez moins seule…

— Tu es bien gentille, mais tu as tes parents.

— Ça n'empêche pas.

Matteo n'avait qu'à se mettre au travail, aider Agnès pour l'intérieur. Elle, elle songeait déjà graines et boutures.

Comme l'avait prévu Matteo depuis longtemps, les cordonniers s'étaient mis en grève tout le mois de mars 1904, pour demander 6 sous d'augmentation par jour. Ils durent céder, après avoir reçu une augmentation de 2 sous par jour… C'était vrai que les patrons s'enrichissaient dans les villes, dans la Drôme, à Limoges, à Fougères et dans combien de villages où les cordonniers faisaient les chaussures pour les revendeurs des groupements, n'ayant qu'un nom, en « société », comme ils disaient… Les syndicats avaient leurs propres journaux, selon les métiers, corporations et même spécialisations, des publications périodiques : *Le Réveil des mécaniciens*, *Le Ralliement des employés*… A Bargemon arrivait *L'Ouvrier des cuirs et peaux*, trait d'union entre les syndicats et tous leurs membres.

Plus d'un coupeur ou piqueur avait dû refaire les semelles ou les talons de ses enfants, même mettre une pièce rapportée au bout dur des chaussures des garçons qui les usaient joliment en jouant aux billes !

Les commerçants étaient de leur côté, que faire devant la misère ? Les ménagères se repassaient des recettes bon marché, le boucher vendait plus d'abats, mais les bonnes odeurs demeuraient, toujours aussi appétissantes. Que ce soit de tripes à la provençale ou de brochettes de rognons et petit salé, sur les grosses tranches de pain de campagne, cuites au four de la cuisinière. Les jardins n'avaient jamais été aussi fournis en légumes et l'on n'avait jamais autant mangé de blettes à toutes les sauces, aux câpres, à la tomate, enfarinées, revenues dans l'huile d'olive avec ail et persil pour les côtes, ou en omelettes pour les feuilles, toujours « revenues » de la même façon, ou des épinards, qu'ils soient aux anchois, en gratin avec la morue ! Les conserves s'empilaient, ainsi que les pierres de savon, les kilos de sucre, les pâtes. On préparait le siège…

Olivia avait dû ralentir le travail et Ernest avait repris le « béchar » dans son jardin. Amandine allait avoir trois ans ; elle commençait à bien marcher, ne souffrant pas de son handicap, seul un petit déhanchement se faisait remarquer. Matteo la couvait des yeux pour le moindre faux pas. Il la voyait plus que son père, qui travaillait à l'entrée du village.

La jolie petite Amandine fut vite baptisée « *la goyo* », c'est-à-dire « la boiteuse », par les chenapans du village. Olivia ravala ses larmes en les entendant, pensant à l'avenir de sa fille. Et si elle restait " *goyo* " ? Comme partout, gens charitables et mauvaises langues, un jour ce fut Agnès qui entendit Félicia, une vieille mégère jalouse du succès de l'atelier d'Olivia Bonnefois, dire :

— *Aqueli que lou Boun Diou marco ; dou diablo soun marca* [1] *!*

La femme n'avait pas vu arriver Agnès, qui fonça sur elle, ses yeux jetant des flammes de colère.

— Allez ! Vieille *marido* [2], redites-le bien fort et devant tout le monde !

Un rond de chaises au soleil et quelques femmes qui tricotaient ou tiraient l'aiguille. La mégère, interloquée, réussit à murmurer :

— Mais je n'ai rien dit…

— Ça alors ! Vous y allez un peu fort, et menteuse encore ! Je vais vous les faire rentrer dans la gorge, vos méchancetés ! Espèce de vieille *panouche* [3] ! De vieille *banasto* [4] !

1. *Ceux que le Bon Dieu marque, du diable sont marqués.*
2. *Méchante.*
3. *Serpillière.*
4. *Corbeille.*

Et encore je ne vous traite pas de vieille *bordille* [1] !

Les femmes se taisaient. Elles pensaient qu'Agnès avait raison, mais n'osaient pas prendre parti.

Agnès était hors d'elle.

— J'aurais voulu vous voir si vous aviez eu un enfant estropié ! Imaginez un peu, vous qui êtes grand-mère, si la fille d'Aline, que vous couvez tant, votre « *pichouno Rose* », à qui vous avez donné un nom de fleur, imaginez-la avec un ou deux pieds bots, rampant par terre comme certains... Vous pleureriez toutes les larmes de votre corps et vous iriez en mettre, des cierges, à Notre-Dame-de-Montaigu ou à Notre-Dame de Lourdes ! Vous n'êtes même pas bonne à aller vous confesser ! Vous savez ce que vous êtes ? Une vieille *strega* [2] ! Après tout, qui sait si ce n'est pas vous qui lui avez jeté un sort ?

— Je ne ferais jamais ça à un enfant !

La vieille Félicia se mit à trembler et à pleurer.

— Tiens, tiens... Alors vous pouvez le faire à d'autres ! Vous feriez bien d'aller voir mon-

1. *Ordure.*
2. *Sorcière, en italien.*

sieur le curé, car je ne suis pas tellement sûre que vous n'irez pas brûler un jour en enfer !

Agnès avait vidé sa colère, elle aussi tremblait. Elle tourna le dos au groupe de femmes pendant que de grosses larmes roulaient sur ses joues.

Le dimanche ou le lundi, selon le travail, Matteo, plein d'entrain, travaillait au cabanon Baroni, en faisant une minuscule maison de poupée. Il y avait bien une *fenièro* de plain-pied sur la berge d'arrivée, jadis on mettait là le foin pour l'âne, un peu de grain pour les poules. En contrebas se trouvaient le cabanon et la petite écurie, dont il restait contre la porte l'anneau pour attacher Balthazar et à l'inté-rieur une mangeoire encore garnie... On aurait dit la crèche !

Un petit canal amenait l'eau pour l'arrosa-ge, le vieux puits, fermé par deux demi-cer-cles en tôle épaisse avec sa poulie pour y des-cendre le seau, n'était pas à sec...

— Je vais acheter de l'antésite...

— Et du coco, pendant que tu y es ! On di-rait une petite qui joue à la dame... Je te vois donner de grands coups de langue dans la boî-te de coco !

Le coco était une fine poudre de réglisse que

l'on mettait dans l'eau, surtout l'été.

— Eh bien ! Ta dame te prépare une surprise…

— Quoi encore ?

La fourche en main, rieur, Matteo attendait.

— Je vais te préparer un petit Bignante…

Il resta planté là, Matteo, debout, se tenant à son outil.

— Et comment tu le sais ?

— Parce que je n'ai pas « vu » depuis quinze jours et que je meurs de faim ! J'ai même envie de pain frotté d'ail trempé dans une bonne huile d'olive !

Son mari ne pouvait plus parler, il lâcha la fourche et la prit dans ses bras, la faisant tourner, riant, l'embrassant.

— Pas si fort ! Je veux le garder, celui-là. Nous l'appellerons François, comme ton parrain.

— Et si c'est une fille ?

— Marie ! Comme la Sainte Vierge !

— Tu n'es pas fatiguée ?

— Je ne me suis jamais si bien portée !

Elle était éclatante, Agnès, ses yeux gris pétillaient, ses cheveux bruns luisaient dans le soleil. Matteo l'admirait comme jamais.

— Et tu vas te fatiguer ici…

— Non, j'ai besoin d'air, d'odeurs de fleurs,

de la nature. J'y étais habituée à la Bastidane, ça me manque, même si je suis bien chez nous.

Le soir, Matteo n'osait encore y croire quand il posa sa joue sur le ventre satiné d'Agnès.

— Il est là...

— Oh ! Pas encore, sois patient...

— Je vais lui faire une belle maison, un jour.

— Tu vas « lui » faire une belle maison ? Et les autres, et moi... Et nous ? Avance déjà le cabanon, on en aura besoin pour le mettre au soleil ou à l'ombre !

18

Le travail reprenait en douceur, les commandes arrivaient. Certains ateliers s'étaient équipés de machines à piquer, à coudre, Jones, de chez A. Johnson et Fils, machines à cambrer, machines à perforer et poser les œillets... pour aller plus vite, pour en faire plus...

Finie là chaussure à la main où l'on mettait une pièce pour la dame qui avait un « agassin » (un cor au pied) et qui trouvait son confort avec la pièce de cuir posée sur la forme puis enlevée pour donner de l'aisance, ne pas avoir mal à ce maudit pied.

Le rendement... Les boîtes en carton aussi arrivaient pour les expéditions, les papiers de soie... et les étiquettes. Puis vinrent les machines à chaussures E. Rossi, de Romans... De Grenoble, celles de chez Le Prophète, pour les boutons de chaussures. Les voyageurs de commerce se déplaceraient moins, d'autres feraient le voyage en sens inverse et viendraient trois fois dans la saison choisir les cuirs et passer les commandes directement aux fabriques de Bargemon ou de Flayosc.

Mais ce travail pour aller plus vite, pour suivre le mouvement, s'accélérerait avec les années. Si on agrandissait les remises... une ouvrière faisait le travail de trois ou quatre... autant de gagné... Moins de tiges enfilées sur le bras pour les porter à l'atelier... qui prenait orgueilleusement le nom de « fabrique »... puis de « manufacture de chaussures » ! Où serait-il, le travail à la main, dans le mot « manufacture » ?

On commençait à entendre le « clic-clic-clac » de machines à écrire Corona, Remington ou Underwood... quand ce n'était pas Olivier ou Mignon. Les factures s'ornaient de beaux en-têtes avec palmes et fleurons, dates de foires ou de médailles.

Matteo ne voyait pas, ne sentait pas tout cela. Il restait celui qui avait des mains pour créer, même si ce n'étaient pas tous les jours des chefs-d'œuvre. Penché sur ses journaux parisiens, il admirait ces chaussures nouvelles à bout pointu, en tissus à carreaux, à bout verni… sac à main assorti ! Un matin, de très bonne heure, il prit son pantalon du dimanche dans le tiroir de la commode. Agnès était à son four, il monta « au plus haut », comme l'on disait, soit au dernier étage, à son atelier. Là, il choisit, parmi toutes les semelles découpées dans du journal, celles d'Agnès. Il prit un tranchet et ouvrit le pantalon tout le long de ses coutures… Son beau pantalon en coton velouté, peau de pêche beige. Il allait faire pour Agnès la plus belle paire d'escarpins en toile jamais vue ici à Bargemon, même à Flayosc ! Cousus à points invisibles, doublés de toile fine, une chaussure digne de Paris, digne de sa femme. Il ferait le petit sac après, avec le même bouton que ceux des chaussures. Il n'allait pas travailler à la chaîne.

Il décida à ce moment précis qu'il aurait un atelier, puis, un peu plus tard, une petite boutique à Draguignan. Pourquoi pas dans la rue de Trans ? Elle menait au marché, sise à l'arrivée des routes qui venaient de Trans, de La Motte et des campagnes. Cette rue de Trans où se trouvaient presque tous les corps de métiers : boucher, boulanger, épicier, marchand de salaisons et fromages, une forge, le tabac et même le tisserand Loriol… On y passait pour aller chez les sœurs du Pensionnat Jeanne-d'Arc appartenant aux dames de la Visitation et au couvent du Bon-Pasteur.

Rue de Trans, on y passait pour commander ou réparer des casseroles en cuivre, des bassines pour les confitures ou des tourtières, chez le « dinandier [1] », Joseph Calvani, que l'on appelait « le chaudronnier », au numéro 1, place de l'Etoile. Du nom de l'ancienne auberge, L'Etoile, le propriétaire étant de Moustiers-Sainte-Marie, où se trouvait la fameuse étoile suspendue au-dessus du ravin depuis le Moyen Age.

On y passait, pour se rendre à la messe, en empruntant les vieilles rues par la place aux Herbes où se trouvait, sous la vieille porte qui fermait une des enceintes de la ville, l'épicier italien qui avait sur le pas de sa devanture morues séchées et cageots de tomates avec bouquet de basilic. A l'intérieur, ses sacs de lentilles ou de pois cassés, au détail, avec une petite pelle en métal… Ses gros sacs en papier fort emplis de pâtes, et dans un coin des balais en paille de riz.

Son gorgonzola était le meilleur de la ville, même quand il glissait doucement sur son marbre, pas trop loin de la motte de beurre que

1. *Fabricant d'objets culinaires en cuivre.*

l'épicier coupait avec un couteau cranté, presque ondulé. Ses jambons avaient le lard parfois un peu jauni, mais ils étaient tellement bons ! Oui ! c'est dans ce quartier que plus tard il s'installerait, Matteo !

Tout occupé à préparer ses escarpins, il laissait aller son imagination vers ce qui serait un jour une réalité, plus tard, beaucoup plus tard, quand Agnès lui aurait donné des enfants, élevés sous le ciel pur de Bargemon.

Domenica ne put cacher sa joie quand Matteo et Agnès, main dans la main, le dimanche midi avant de passer à table à la Bastidane, leur annoncèrent :

— Vous allez être grand-père et grand-mère…

Domenica, les bras ballants, ne bougea pas, comme pétrifiée. Gian-Baptiste sortit son grand mouchoir à carreaux mauve, toussa et se moucha bruyamment. Il pensa : « Heureusement qu'elle n'est pas en Amérique ! » Lucia s'écria :

— Il faut l'écrire à Baptiste !

Giuseppe sortit, gêné… Sa sœur allait avoir un gros ventre. Tout le monde saurait qu'elle couchait avec son cordonnier. Mais ils étaient mariés, on ne dirait rien ! Il faudrait qu'il supporte les agaceries d'un mioche !

— Comment vas-tu l'appeler ?

— Si c'est un garçon François, si c'est une fille Marie !

Comme toujours, Rose dit un *Ave Maria* ; elle reculait d'année en année son départ pour le couvent de Turin. Sa mère avait besoin d'elle.

La table desservie, le jeune couple s'en alla. Domenica partit voir le contenu de ses armoires. Il faudrait aller à Draguignan acheter du coton à tricoter, de la laine zéphyr la plus fine, et aussi de la plus grosse, bien moelleuse. Elle allait commencer un dessus de berceau au crochet...

Aura-t-il les yeux gris ? En février il faudra faire attention, pourvu qu'elle ne tombe pas... qu'elle ne prenne un « chaud et froid » en rentrant de son four. « J'irai la remplacer, Gian-Baptiste ne dira rien », décida Domenica.

Matteo annonça la nouvelle à Olivia, il ne savait comment s'y prendre...

— Mais je le sais depuis longtemps ! Avant vous...

— Ah ! Bon... Olivia, j'ai autre chose à vous dire, mais j'ai peur que vous ne le preniez mal.

— Je vous écoute.

— Je voudrais me mettre à mon compte un jour et, plus tard, j'aimerais avoir une boutique à Draguignan. Nous l'aurions déjà si nous étions partis au Chili… Je ne regrette rien car j'ai appris tant de choses nouvelles ici, en France. J'aurais peut-être perdu la main à Santiago !

— Si on s'asseyait ! J'ai pensé à quelque chose… A vous de réfléchir. Voudriez-vous vous associer avec moi ? Prendre la direction complète de l'atelier ? On ajouterait *Bignante* à *Bonnefois* sur l'enseigne !

Matteo écoutait, abasourdi. Olivia continua :

— J'ai fait des travaux dans la maison de mon père et maître Peyrard a trouvé des locataires, des gens de confiance. Depuis qu'il y a la gare, Bargemon s'agrandit, le climat y est tellement bon ! Les gens riches vont à Grasse et ici c'est un paradis, même pour les poumons. Ernest va continuer chez Blanc. Je vais m'occuper davantage d'Amandine, qui en grandissant va avoir encore plus besoin de moi.

Sa voix s'était enrouée, l'émotion gagna Matteo.

— Je ne sais pas quoi vous dire…

— Ça ne vous plaît pas ?

— Oh ! Ce n'est pas ça ! Les gens vont encore jaser, dire que je suis le patron, alors qu'il y a votre mari…

— Ne vous inquiétez pas, tout est décidé avec Ernest.

— Je n'ose pas vous embrasser…

— Faites-le, même si Agnès et Ernest ne sont pas là !

Matteo était heureux. Depuis toujours, il voulait un atelier, être patron, pour pouvoir mieux gagner sa vie en ayant une marge de bénéfice normale, sans pour autant exploiter les autres.

Trouver un local et pouvoir s'offrir une table avec du zinc comme coupeur lui aurait suffi. Il avait ses tranchets, son pied, ses pinces pour les œillets, des formes. La poix, le fil et ses doigts étaient le principal. Là, Olivia et Ernest lui mettaient en main le local, les outils et la clientèle, qui était déjà un peu sienne.

Luigi le vit descendre les escaliers intérieurs qui allaient à l'atelier. Il hésita à questionner Matteo, mais, au bout d'un moment, le voyant silencieux, il lui dit simplement :

— Ça ne va pas ?

— Je n'ose y croire… ni t'en parler, je vais

devenir l'associé d'Olivia !

— Tu le mérites. Je ne te dis même pas que tu as de la chance.

— Mais ce serait plus normal que ce soit Ernest !

— Si tu veux… Mais tu sais bien qu'il n'aime pas diriger la boutique, ni perdre du temps avec les clients. Si Olivia ne s'était pas mise en tête d'avoir cet atelier, il n'aurait jamais existé, ce n'est pas pour rien qu'il s'appelle « Olivia Bonnefois » !

— Mais maintenant elle veut que l'enseigne porte « Olivia Bonnefois et M. Bignante ». Que vont dire les gens ?

— Regarde devant toi, pense à ton avenir et à ton ménage.

A midi, Agnès vit arriver Matteo, il ne disait mot.

— Tu as l'air tout drôle…

— Olivia m'a proposé d'être son associé, j'ai accepté et je l'ai même embrassée ! Je lui avais dit que plus tard je voudrais avoir un atelier et une boutique à Draguignan. Que nous en avions rêvé depuis toujours.

— C'est vrai, ce n'est pas une raison…

— Elle veut se consacrer à Amandine. Le notaire lui a trouvé des locataires pour la maison de son père.

— C'est pour ça qu'elle y faisait des travaux…

Le repas fut plus calme que les autres jours, chacun d'eux avait les mêmes pensées, l'avenir. C'est à ce moment-là qu'Agnès ressentit une chose étrange, un lent mouvement dans son ventre…

— Matteo ! Il bouge !

Le dimanche suivant, en revenant du four, Agnès trouva sur la table la paire d'escarpins en toile et le petit sac assorti. Matteo avait mis le couvert et l'attendait, rieur, manches de chemise retroussées.

— Mais quand les as-tu faits ? Ils sont en quoi ?

— Je travaille quand tu dors et pendant que tu es au four. En quoi ? Cherche…

— En toile ! J'ai déjà vu ce tissu…

— C'est mon pantalon ! Au moins pour la Saint-Jean, madame Bignante aura des chaussures que personne d'autre n'aura dans Bargemon !

— Je ne pourrai pas les mettre pour danser, elles sont trop belles et fragiles…

— Non ! Mais tu pourras les mettre pour aller à la messe… Tu me feras de la réclame…

Agnès s'était vite déchaussée. Escarpins aux pieds, pirouettant sur ses talons, elle sauta au cou de Matteo.

— Tu es un amour !

— Je sais ! Mais ne danse pas trop à la Saint-Jean, même si c'est avec ton cordonnier.

Le ventre d'Agnès s'arrondissait comme les pains bien levés sortant de son four. Son jardin lui aussi prenait tournure. Les tomates rougissaient juste ce qu'il fallait pour en faire de bonnes salades, avec les poivrons verts, tendres, les olives noires de la Bastidane, œufs durs et filets d'anchois dessalés, trempés depuis le matin en ayant eu soin de changer leur eau plusieurs fois, arrosés de la bonne huile d'olive familiale.

L'odeur des premières pêches attirait les abeilles qui ronronnaient dessus tout en butinant en hâte le nectar du fruit. Les rangées de salades étaient arrosées juste ce qu'il fallait et les haricots verts grimpaient allégrement sur leurs tuteurs, que l'on appelait au pays des « tutours ». Encore de bonnes salades en perspective avec les pommes de terre nouvelles, l'ail et l'inconditionnelle huile d'olive qui se retrouvait partout dans les plats de l'été et encore plus au moment des chaleurs. La cuisine en était facilitée par des légumes bouillis, des œufs durs, les anchois pilés et montés en « pommade » comme un aïoli, rien de tel pour ouvrir l'appétit des maris et des enfants.

Les odeurs du « rigoli », appelé aussi « bohémienne » en raison de ses couleurs, sortaient de toutes les maisons ; il n'y avait rien de plus facile à faire ! Surtout ne pas oublier de faire rendre l'eau avec du sel fin aux courgettes, épluchées, coupées dans le sens de la longueur en grosses tranches. Il fallait les préparer en premier et bien les égoutter quand l'eau était au fond du saladier. Les aubergines, un peu amères, retrouvaient toute leur saveur coupées en longues tranches fines après avoir été mises à tremper, changées plusieurs fois d'eau jusqu'à ce que celle-ci devienne claire. Les oignons coupés, eux aussi, en fines lamelles, après avoir fait couler bien des larmes, passaient les premiers à la friture jusqu'à devenir blond doré. Puis c'était au tour des tomates de les rejoindre, suivies dans l'ordre par les aubergines, les courgettes, l'ail et les poivrons… thym, laurier ! Parfois on faisait frire le tout séparément, puis on mélangeait les légumes, chaque femme avait son tour de main.

La ménagère matinale préparait le souper, qui se mangeait aussi bien froid, ce qui l'avançait pour le repas du soir. Sauf pour les aubergines, quand on choisissait de les faire frire. Il fallait alors les éponger dans le papier gris venant de chez l'épicier et qui ressemblait à un buvard, on y voyait encore des brins de paille. Les tranches étaient enfarinées et frites, on les servait avec une sauce tomate. On faisait aussi les courgettes en beignets, les grosses rondelles plongées dans la pâte à frire…

Si la viande ne s'achetait que deux fois par semaine, les lapins ou volailles la remplaçaient avantageusement, surtout accompagnés de champignons séchés l'hiver, embrochés sur de longs fils où ils rétrécissaient un peu plus tous les jours.

Ces odeurs, cette cuisine accompagnée de pâtes fraîches ou « du commerce », laissaient filtrer sous les portes les mêmes relents appétissants de Gênes à Marseille, du Piémont aux Alpilles. La seule différence était que l'on mangeait plus de *trufo*, pomme de terre, ce nom qui variait de la Savoie au Var, tout le long des Alpes. Baptisée « tartifle » dans la région rhodanienne, *tartilla* dans les Alpes-Maritimes, et *trufo* ou *poumo de terro*, du Rhône à la Méditerranée…

Bien des gens du Nord se sont laissés prendre à l'invitation !

« Vous voulez manger une omelette de *tru-fo* ? »

Et l'on vous servait tout bonnement une délicieuse omelette de pommes de terre, qui n'avaient rien à voir avec le célèbre champignon noir vendu à prix d'or, appelé *rabasso* en Provence !

Sous les pierres de la Doue se cachaient les écrevisses, parfois quelques truites… Mais les sardines frites, accompagnées d'un coulis de tomates ou en beignets, faisaient le régal de plus d'un… L'huile était toujours là, et l'on devenait centenaire au village !

Fin février, le docteur Rougelin mit au monde un petit François Bignante. Domenica, sa grand-mère, était au « four d'Agnès » quand Matteo vint lui annoncer la nouvelle. Gian-Baptiste, inquiet, était descendu la rejoindre avec le cheval et la vieille charrette peinte en bleu. Il voulait ce petit-fils. « Pourvu que tout se passe bien ! » pensait-il.

Il restait assis sur la mastro du four, regardant sa femme qui maniait les pelles, le pain, les braises rouges transparentes… Il suçait sa pipe vide par habitude, quand Matteo entra, disant, la voix cassée :

— C'est un garçon !

La pluie était traversière, amenant des flocons de neige fondue des hauteurs du Lachens, de plus haut même, de la route Napoléon…

Gian-Baptiste se leva, se tourna vers Domenica :

— Vas-y ! Je te remplace au four.

— Non ! J'en ai encore pour cinq minutes, on y va tous les deux. Matteo, va en avant, je fermerai et on te rejoindra.

Ils avaient un fanal à la main, la masse grise de Gian-Baptiste avait l'air plus lourde sous sa grosse cape noire retenue par des bretelles croisées. Domenica avait entortillé un gros fichu tricoté qui la couvrait de la tête aux épaules. Sur ses joues rougies par la chaleur du four, les lourdes gouttes d'eau glissaient, elle s'essuyait d'un revers de main. Tous deux hâtaient le pas.

Le temps de s'ébrouer comme le chien de Paulo et d'accrocher leurs vêtements au portemanteau à boules rondes, ils étaient dans la chambre d'Agnès qui, encore alanguie de fatigue, avait le petit François à ses côtés, chaudement emmailloté, bien maintenu par la sangle tricotée au « point d'épine » d'un coton des plus fins.

— Qu'il est beau !

Les larmes ruisselaient sur le visage de Domenica. Gian-Baptiste ne fit que dire :

— Tu nous as donné un garçon…

— Et il a tout ce qu'il faut ! ajouta Matteo fièrement. Venez vous réchauffer…

Sur la table de la cuisine une grande bouteille de forme carrée portait une étiquette, *Rhum Saint-James*, des petits verres étaient préparés tout contre.

— Ça s'arrose ! Vous n'avez pas eu chaud pour venir…

Le rhum Saint-James, clair comme de l'eau de roche, ne fut pas dégusté mais avalé rapidement, tellement chacun était pressé de revoir le petit-fils.

Le docteur Rougelin ainsi que Berthe eurent droit eux aussi au petit verre.

Et puis ce fut le ballet des visites. Olivia et Tide les premières, comme toujours. On entendait :

— Il ne faut pas la fatiguer. Heureusement que tu as ta mère. Et qui va te le garder ?

Agnès, heureuse, comblée, répondait :

— Ne vous inquiétez pas !

Lucia resta une semaine près de sa sœur.

— Ça me fait des vacances !

Clémentine vint de Trans-en-Provence. Le

baptême se fit la quinzaine suivante. Puis Agnès reprit ses pelles en main. Le matin, Matteo, en allant à son travail, lui amenait le petit garçon au four, dans son grand couffin que l'on appelait un moïse. Il le plaçait loin de la grosse source de chaleur ou des courants d'air... L'enfant Jésus de la crèche n'était guère plus honoré par toutes les ménagères. Mais Agnès refusait qu'on se le passe de main en main.

— Il faut le laisser tranquille, sans ça je n'en viendrai plus à bout !

Un peu déconfites, ces braves dames se contentaient de l'admirer...

19

Les mois passèrent, puis, au moment où François commençait à marcher, Agnès fut de nouveau enceinte. Catho lui prédit une fille. Agnès, ce jour-là, ressentit une angoisse, elle sentait que la devineresse du village lui cachait quelque chose, comme pour Olivia quand elle avait dit : « Je vois un enfant malade. » Amandine n'était pas malade, mais elle était estropiée ! Et pour elle, ce jour-là, Catho avait dit : « Je vois une mort. » Elle craignit pour cet enfant qu'elle portait. Quand elle réfléchissait, elle se disait : « Je suis bien bête ! François est magnifique… »

Le 9 février 1906, ce fut une mignonne petite Marie qui arriva ! Matteo en était fou ! Dès qu'il le pouvait, il la portait sur ses épaules, il la faisait sauter sur ses genoux… Blonde et bouclée, les yeux bleus, un rire en cascade, elle faisait la joie d'Amandine qui, à quatre ans, la surveillait comme une grande sœur.

Les jours de fête, Amandine était toujours une des premières petites filles en bordure du cercle des danseurs lors des danses proven-çales. Les yeux émerveillés de l'enfant sui-vaient les pointes et entrechats des pieds chaus-sés d'espadrilles et des jambes gainées de bas blancs en coton, parfois ajourés. Elle contem-plait les mains dont les doigts, sortant des mi-taines de fil, tenaient les jupes matelassées sur les jupons rayés de rouge ou de bleu et blanc. Et les gentils minois aux joues rosies après la danse des « cordelles », dont les rubans se croisaient, pour habiller d'une longue tresse le tour d'un « mai », une main sur la hanche, un regard coquin au garçon croisé, tenant un ru-ban lui aussi.

On dansait les mazurkas ou le rigodon, cette danse inventée au dix-septième siècle par un Marseillais, Rigaud.

Les frisons s'échappaient des bonnets tuyau-tés en mousseline blanche. Amandine aurait voulu sauter avec les autres, se joindre à eux, danser. Ses petits pieds frémissaient, suivaient la musique aigrelette du galoubet, battant la mesure du tambourin. Elle admirait ces belles filles aux poitrines dorées et rondes comme des brioches au-dessus du décolleté carré de leur corsage où brillait une croix d'or. Un jour, elle aussi danserait.

Et il y avait les *Chivaoux-Frus*, qu'elle ne quittait pas des yeux ! Ils dansaient, joyeux, les *Chivaoux-Frus*, les « Chevaux-Fringants », à Bargemon, sur cet air composé par le bon roi René en 1462, et que Georges Bizet avait repris pour *L'Arlésienne*, cet air plein de gaieté, air de farandoles.

Pour la Fête-Dieu d'Aix-en-Provence, le roi René avait eu l'idée de refaire les tournois du Moyen Age, mais avec des chevaux en carton, des sortes de centaures, mi-homme, mi-cheval ! Les jeunes chevaliers entraient dans la partie évidée du cheval caparaçonné de tissus flamboyants et de grelots. Ils portaient ce harnachement retenant leur destrier de carton par deux larges rubans sur leurs épaules, ayant en main un long bâton fleuri qui remplaçait la lance moyenâgeuse. Vêtus de pourpoints avec flots de rubans, de grandes plumes à leur chapeau gris, ils fendaient la foule dirigeant le poitrail de leur « Cheval-Fringant », les *Chivaoux-Frus*. Seule la Révolution arrêta leur joyeuse fête. Ce ne fut qu'après bien des années que la tradition reprit, les danses sacrées, païennes à l'origine, réjouissant villes et villages. Avec la farandole, on entendait chanter comme au vieux temps du roi René...

Madamo de Limagno
Fa dansa leis « Chivaoux-Frus »,
Douno de castagno.
Disom que n'en volem plus.
E danse, ô gus, e danse, ô gus.
Madamo de Limagno
Fa dansa leis « Chivaoux-Frus »...

Madame de Limagne
Fait danser les « Chevaux-Fringants »
Leur donne des châtaignes.
Ils disent qu'ils n'en veulent plus.
Et danse, ô gueux, et danse, ô gueux.
Madame de Limagne
Fait danser les « Chevaux-Fringants »...

Les mois passèrent, très vite. Presque trois ans déjà s'étaient écoulés depuis la naissance de Marie, « la petite Marie », comme l'appelait son père, quand un soir une forte fièvre la fit s'agiter, sa tête allait de droite à gauche sur l'oreiller. Le docteur Rougelin ne comprenait pas... Il demanda une « consulte » à un de ses

346

collègues dracénois, le docteur Pelloquin, qui monta aussi vite qu'il le put avec sa nouvelle voiture, par la vieille route de Grasse et le chemin de Callas, le fameux raccourci pris par Matteo quelques années plus tôt. Très inquiets, tous deux diagnostiquèrent une fièvre cérébrale, pensant surtout « méningite »... Les bras ballants, ils ne purent que dire :

— On ne peut rien faire, il faut attendre...

Attendre quoi ? On alla chercher Catho, qui fit des signes de croix, monologua des choses incompréhensibles. Puis dit, après réflexion :

— Je crois que ça ne fera pas grand-chose... Si vous voulez, on peut essayer le pigeon...

— Le pigeon !

Agnès était horrifiée. Elle savait bien que c'était pour les cas extrêmes. A bout de force et de désespoir, elle répondit :

— Faites ce que vous voulez...

Catho sortit. Elle revint rapidement avec un cabas en toile cirée noire, celui de ses courses. Elle déposa sur la table de la cuisine un torchon dans lequel était un pigeon, fendu en deux par le milieu de la poitrine.

— Vite ! Il faut le lui mettre sur le front pendant qu'il est tout chaud. Je le fais pour les typhoïdes, mais là je ne sais pas !

Elle posa le pigeon ouvert en deux sur le

front de la fillette et l'entoura avec une bande de charpie… L'enfant s'affaiblissait… Au petit matin, elle ne respirait plus… Ce n'était pas la faute de Catho. C'était une méningite foudroyante.

Matteo entra dans le petit cimetière tout contre la chapelle des Pénitents noirs. Il prit l'allée ombragée par les grands cyprès sombres et se dirigea vers le carré des « Petites Tombes », celui des enfants, où reposait sa fille Marie. Il serra les poings. Dieu n'était pas juste ! On ne prend pas un enfant de trois ans, qui lui faisait des câlins et grimpait sur ses genoux pour lui tirer sur ses moustaches quand il les avait frisées au fer avec patience, pour leur donner un air conquérant, comme cela était la mode. Le gravier crissait sous ses pas pendant qu'il se dirigeait vers la croix de fer dominant un ange sous un globe de verre et une belle couronne en perles blanches ornée d'une collerette comme une robe de baptême. La pluie dans quelque temps allait tout abîmer, tout serait rouillé.

Il ne priait pas, Matteo, il ne voulait plus prier. Il ne resta pas longtemps devant la tombe, juste le temps d'essuyer une larme silencieuse. Ses pas le portèrent vers la sortie, il passa devant les tombeaux somptueux des patrons de la cordonnerie locale. Certains avaient même leur buste dans un médaillon. Matteo lui aussi l'aurait. Il y mettrait la petite Marie.

Il avait redressé son dos, dont les épaules avaient fléchi sous le chagrin. Son chapeau noir aux larges bords couvrait son crâne, qui était déjà bien dégarni. Il toucha son couvre-chef des deux doigts de la main droite, ce qui le releva légèrement, pour saluer une voisine qui le croisait sur la place Saint-Etienne, là où il faisait jadis de grandes parties de boules... Où il venait danser avec Agnès. Il ne voulait plus aller y jouer, sur cette place d'où il voyait en face le village de Claviers, c'était trop près du cimetière. Place Saint-Etienne, où il avait fait des rêves de bonheur avec Agnès, cette place où on danserait dans quelques jours... Il ne voulait plus vivre à Bargemon !

Agnès, les yeux secs, avait usé toutes ses larmes. Elle enfournait ses pains avec des gestes automatiques, ses pratiques entraient et sortaient sans bruit, respectant son silence et sa douleur. Matteo lui apportait du café bien chaud en passant, laissant François dormir, avant d'aller à l'école.

Agnès avait monté « au plus haut » tout ce

qui avait appartenu à la petite Marie… Rangé en pleurant silencieusement les sangles tricotées, le tout dans la malle d'osier, avec des sachets de lavande. Monsieur le curé lui avait dit :

« Ta vie n'est pas finie ! Tu en auras d'autres, la Sainte Vierge t'écoutera. »

Elle n'avait pas perdu la foi, Agnès, elle ne demandait plus rien.

Un matin, ce fut un Matteo plus grave que jamais qui dit du bout des lèvres, on l'entendait à peine :

— Je vais aller à Draguignan voir si je peux trouver quelque chose.

— Que veux-tu faire ?

— Je ne peux plus rester ici. Je vais partir seul en avant. Puis vous me rejoindrez.

— Et Marie ?

— Marie… est bien ici, près de la chapelle. Marie est au paradis, à celui de Bargemon…

Agnès lui tendit la main, qu'il serra éperdument. Leurs doigts enlacés étaient noués à jamais dans l'amour et la douleur.

— Je vais descendre chez Caglieri. Il connaît du monde depuis qu'il est là-bas. Il paraît qu'il y a une boutique de fermée, rue de Trans.

As-tu remboursé à ta mère l'argent qu'elle t'avait prêté ?

— Je ne lui dois plus rien et elle pourra nous aider s'il le faut.

— On verra. Je prends le train de huit heures. Ne m'attends pas avant demain soir.

Retrouver ses vieux compagnons de jeunesse, cordonniers piémontais, lui redonna du courage, il se surprit même à rire.

Les fabriques et ateliers de Flayosc et Bargemon restaient dans leurs fiefs. A Draguignan, seuls quelques artisans ayant pignon sur rue près de la place aux Herbes ou rue des Marchands avaient réputation de qualité pour les bourgeois et notables locaux dont faisait partie monsieur le conseiller général !

César Caglieri habitait rue des Chaudronniers, où les maisons hautes n'avaient pas de cour. Le linge séchait aux fenêtres et comme toujours, de la placette des Minimes au bout de la rue des Chaudronniers, sortaient des effluves à vous mettre en appétit.

De rencontre en rencontre, de boutique en boutique, Matteo se décida enfin pour une échoppe située rue de Trans ; une réserve donnait directement sur la traverse des Jardins, jadis un déversoir des eaux de la colline. On y voyait encore une sorte de pont suspendu garni de plantes grasses et de géraniums, qui disaient l'ensoleillement du quartier, mais aussi les traces de l'ancien ruisseau.

Matteo dut aller se faire inscrire à la chambre de commerce pour avoir sa patente de « cordonnier sur mesure ». On ne connaissait pas à Draguignan le nom de « chausseur », sauf celui de « maître bottier » à la caserne Abel Douai !

Sa patente payée dûment signée, enregistrée, Matteo alla régler son premier loyer, d'avance, ce qui impressionna le propriétaire. Puis ce fut la recherche d'un appartement provisoire. Il trouva trois belles pièces d'un premier étage à l'angle de la rue des Chaudronniers et de la traverse du Jeu-de-Paume.

Dans ce vieux quartier, les fenêtres de Matteo donnaient sur l'ombrage des platanes, à l'arrière de la rue de Trans, alors que sa boutique était sur l'autre trottoir, qu'il ne pouvait voir, les maisons étant adossées les unes aux autres. Matteo pensait qu'Agnès s'en accommoderait, c'était l'affaire de peu de temps…

Agnès avait mis ses parents au courant de leur décision. Ils comprirent la situation ; les enfants voulaient fuir le drame, eux aussi avaient une peine immense…

Il fallait prévoir le déménagement. Matteo s'était rendu chez Chaffary, le carrossier, « Voitures et peintures ». Ils se connaissaient de longue date.

Il n'y avait pas meilleur homme. Il recommanda Matteo à son confrère Victorin Henry, « Déménageur pour tous pays, *Le Dragon*, casse garantie, voiture, cadres capitonnés, 29 boulevard des Marronniers et rue du Champ-de-Mars » ! Le dragon étant l'emblème de la ville de Draguignan, il devait être le meilleur. Par chance, il avait un chargement pour Bargemon, faisant d'une pierre deux coups, il fit un prix à Matteo.

— Vous venez de la part de Chaffary, on s'arrangera toujours !

Passant devant la banque Chaix, boulevard de l'Esplanade, Matteo décida subitement d'y entrer. Il demanda un rendez-vous au caissier principal, qui faisait office de second près du banquier. Matteo lui dit vouloir s'installer à Draguignan, savoir dans quelles conditions il pourrait être aidé, soulignant que, si on ne pouvait le recevoir, il se rendrait à la banque Isnard. Entendant le nom de leur confrère sur la place de Draguignan, le caissier donna rapidement le rendez-vous pour la semaine suivante.

Matteo s'enhardissait, il n'était pas encore un « Monsieur », mais il allait devenir patron, il fallait qu'il ait bonne allure. Venant du boulevard de l'Esplanade, il traversa face au théâtre pour aller rue de la République, en passant devant la prison.

Il ignorait que Baltard, l'architecte qui avait construit les Halles de Paris, ainsi que l'église Saint-Augustin, à Paris toujours, avait bâti cette prison…

N'aimant pas le voisinage de celle-ci, Matteo hâta le pas pour se rendre chez le barbier, le coiffeur Golfier, à qui il demanda si on pouvait lui faire la barbe et égaliser ses cheveux. Là, il se détendit enfin, le crissement du rasoir sur sa joue mousseuse de crème à raser, les serviettes tièdes et la poudre de riz fine et parfumée, il se laissait doucement aller, écoutant d'une oreille distraite les bavardages de ses voisins, tant sur la politique, les escarmouches au Maroc, les cancans concernant les personnalités dracénoises.

Il regagna la gare du Sud-France sans se presser, en faisant le tour de la place du Marché, montant jusqu'à la porte d'Orange, tout en haut, où se trouvait la fabrique de chapeaux des frères Baldinotti, pas très loin du magasin de mode Chapeaux pour Dames « Au Chinois » des demoiselles Fantini.

Redescendant la rue Nationale, il s'arrêta chez le marchand de couleurs Hugues Willy, au cas où il lui faudrait repeindre le petit appartement. Tout à côté, face à la mairie, était l'hôtel Féraud, qui s'était appelé, avant d'être l'hôtel Bonvin, l'Auberge du Cheval-Blanc. Garibaldi y avait séjourné, ainsi que la reine Christine d'Espagne, avec sa suite, à la fin du siècle précédent.

S'il connaissait un peu la vieille ville, Matteo n'avait pas l'habitude des nouveaux quartiers que, comme à Paris, la baguette magique du préfet Haussmann avait transformés. Les ceintures des vieux remparts, devenues des boulevards aérés avec de beaux immeubles, formaient la « ceinture haussmannienne », où il fallait habiter pour être considéré lorsqu'on faisait partie de l'industrie dracénoise : huile d'olive avec ses moulins, savonneries, fabriques de chapeaux de paille, canotiers ou feutres, magnaneries (vers à soie).

Son tour de ville fini, Matteo passa par le boulevard de la Commanderie, où il fut étonné de trouver une sorte de nappe marécageuse, d'eau stagnante, avec joncs, têtards et grenouilles, moustiques d'eau… presque en pleine ville !

Le train était en gare, il trouva un wagon où il avait des connaissances, les vingt-cinq kilomètres le séparant de Bargemon passeraient plus vite en bonne compagnie.

Agnès attendait avec impatience son retour. Ce départ précipité lui rappelait celui pour le Chili qui n'avait jamais vu le jour. Cette fois elle était décidée, Draguignan n'était pas si loin. Olivia ne les traiterait pas d'ingrats, leur maison serait toujours ouverte pour Ernest, sa femme et Amandine. Ses parents « descendraient » quand ils le pourraient, entre vendanges et cueillette des olives. Le boulanger voulait reprendre le four pour son compte, si tout se passait bien. Quand Matteo entra, elle s'écria :

— Que tu sens bon !

— Hé ! Je viens de la ville ! Je suis allé chez le barbier…

C'était une vieille habitude italienne que d'aller chez le barbier, pourtant Matteo se rasait tous les jours, mais c'était lieu de rencontre, comme pour d'autres le café ou le cercle.

— Si tu as eu ton four, j'ai ma boutique ! Et

j'ai trouvé un petit appartement près de l'église des Minimes, à l'angle de la rue des Chaudronniers, et la boutique est rue de Trans, de l'autre côté, juste près du tisserand Loriol.

— Que vas-tu faire ?

— Je suis déjà inscrit à la chambre de commerce et j'ai payé les loyers. Je suis passé à la banque Chaix.

— Mais…

— Il n'y a pas de mais ! J'ai faim !

François, qui écoutait, demanda où il irait à l'école.

— On verra, nous ne sommes pas encore au mois d'octobre.

Petit à petit, jour après jour, Matteo se retirait de chez « Bonnefois et Bignante ». Olivia voulait le garder pour associé, c'était une façon détournée de l'aider qu'il ne pouvait accepter.

Comme Olivia à ses débuts, après avoir organisé sa réserve, mis en place son *veyadou*, il partit chez Fouque, le marchand crépin de l'Esplanade, puis aussi à Barjols, chez Plauchud et Fils. S'il voulait bien débuter, il lui fallait un ouvrier. On lui recommanda un garçon qui avait vingt ans et connaissait son métier, il s'appelait Arthur Rouvier. Celui-ci avait un frère, Joseph, âgé de quatorze ans.

Matteo ne pouvait s'offrir un ouvrier et un apprenti, il le leur dit carrément. Joseph lui répondit :

— Moi je reste, même si vous ne me payez pas !

— Mais c'est impossible…

— Je ne trouve rien ! Mais je peux balayer, préparer les cuirs, ranger la réserve, livrer des clients, et j'apprendrai en vous aidant.

Avec l'arrivée des nouvelles machines dans la chaussure, c'était vrai qu'il y avait moins d'embauche, Matteo lui dit :

— On verra plus tard…

Les voisins sur le pas de leur porte, du boucher qui était au bout de la rue au cafetier en face, du taillandier au marchand de salaison italien, se demandaient qui allait s'installer là. Encore un Piémontais ? Il n'y en avait peut-être pas assez à Draguignan ? Maintenant, ils envoyaient leurs enfants à l'école des sœurs et on allait les retrouver bientôt au collège !

Après avoir écrit plusieurs noms sur une page de cahier, un soir avec Olivia et Ernest, il fallut se décider pour l'enseigne. « Au Chat Botté » ? Non ! Il y en avait partout… « Aux

Bottes de Sept Lieues » ? Non ! « Au Cuir de Russie » ? Non ! On n'aimait pas les Russes. Ce fut Olivia qui proposa, se rappelant ses débuts :

— « Au Cuir de Cordoue » ?

Tous cherchaient, Matteo sourit, disant :

— « Au Cordouan »... Ça vous va ?

Cordouan, Cordouannier, ça sonnerait bien dans le quartier pour un cordonnier.

Il fallut bien annoncer la nouvelle à Favas chez Tide et Fine, ainsi que chez les Guérin. Puis ce fut au tour des pratiques du « four à cuire le pain », en attendant qu'il change peut-être de nom. Agnès se rendait tous les jours au cimetière, ne voulant pas quitter sa petite Marie. Que dire de Matteo, qui travaillait à l'autre bout de la place Saint-Etienne, tournant le dos à la chapelle et au cimetière ? Il avait dû céder avec Olivia, c'était vrai que depuis des années c'était grâce à lui que l'atelier avait prospéré. Ils décidèrent d'un compromis ; attendre les premiers résultats de la boutique du « *Cordouan* » avant d'arrêter les comptes.

Le mistral soufflait ce jour-là, les feuilles des platanes s'enroulaient en tas contre leurs troncs ou se nichaient dans les creux des trottoirs, au grand régal des enfants qui y traînaient leurs pieds tant qu'ils pouvaient, se régalant du bruissement des feuilles, on était loin des 40 degrés apportés par le Sirocco...

L'appartement, bien placé en bout de rue, n'avait rien à voir avec le panorama sur Claviers ! Mais Agnès s'en réjouit, ils allaient faire un nouveau départ dans la vie. Ils garderaient le cabanon d'Albertine Baroni, Louis Guérin entretiendrait le jardin, ils pourraient ainsi « monter au frais » quand il ferait trop chaud en ville, puis il y avait la Bastidane, où les attendraient « pépé et mémé »...

Les hauteurs de Draguignan, avec la vue sur les Maures, faisaient toujours leur admiration, on apercevait la Sainte-Victoire, d'Aix-en-Provence, et le Coudon de Toulon ! Matteo, après sa boutique, rêvait déjà d'un cabanon sur la route de Grasse et pourquoi pas d'y avoir un jour une maison ?

Agnès équipa François pour la rentrée d'une blouse noire avec empiècement à liseré rouge. Matteo, en plus de belles bottines montantes, lui fabriqua une ceinture en cuir. Il allait faire des jaloux, le petit Bignante, à l'école de garçons, rue de la République...

Le banquier Chaix fit faire au Cordouan une paire de chaussures pour la venue de Clemenceau à l'hôtel Bertin, où il devait dîner un soir avec le sénateur du Var, à qui il parla de son bottier ! Des magistrats, un ministre devinrent ses clients. Les commandes affluaient, il devint le cordonnier à la mode. Débordé, Matteo garda Joseph, le jeune frère de son ouvrier. Il repassa des commandes à Olivia, qui faisait le gros du montage à Bargemon. A Draguignan, des fabriques, ouvertes par des Italiens, s'installèrent, l'industrie arrivait.

En travaillant en artiste, de ses mains, Matteo avait gagné. Il aurait sa maison !

Fin

Imprimé par

HUROPE, S.L.
tel. 0034932743558
à Barcelone

pour les

EDITIONS V.D.B.
F.84210 La Roque-sur-Pernes

Dépôt legal: septembre 2002